Fleur Hana

follow me

Tome 1
SECONDE CHANCE

Hugo Roman

Playlist

Alice in Chains – *Nutshell (Unplugged)*
Alice in Chains – *No Excuses (Unplugged)*
David Bowie – *The Man Who Sold the World*
Nirvana – *The Man Who Sold the World*
Bob Dylan – *Knockin' on Heaven's Door*
Guns N' Roses – *Knockin' on Heaven's Door*
Bon Iver – *Skinny Love*
Birdy – *Skinny Love*
The Beatles – *With a Little Help From my Friends*
Joe Cocker – *With a Little Help From my Friends*
Bob Marley & The Wailers – *Three Little Birds*
Guns N' Roses – *Sweet Child O' Mine*
Muse – *Dead Inside*
Queen – *Bohemian Rhapsody*
The Lumineers – *Slow it Down*
Roger Glover – *Love Is All*
Will Smith – *Just The Two of Us*
Bruno Mars – *Count on me*
Bruno Mars – *Treasure*
Madonna – *Holiday*
Mika – *Lollipop*
David Bowie – *Starman*

Avant

Ange

Elle a encore mis le *live* d'Alice in Chains. J'aime quand elle l'écoute.

Je l'observe écouter.

Je pourrais la regarder pendant des heures. Juste elle, moi et la musique.

Elle sourit, les yeux fermés. Ses cils trop maquillés reposent sur ses joues. Deux éventails miniatures. Elle tient ma main. Elle en caresse distraitement le dos avec son pouce. Doucement. Au rythme de la chanson. Les paroles de *Nutshell* démarrent et elle pose la tête sur mon épaule. Je voudrais capturer cet instant, le conserver en moi. Tout me paraît tellement parfait qu'il me semble que cette perfection pourrait facilement me glisser entre les doigts. Si ça devait arriver, je prélèverais ce moment, pour le conserver, en moi. Je l'userais à trop l'aimer.

Pourrais-je l'user, elle, à trop l'aimer ?

Chacune de ses respirations se calque sur un battement de mon cœur. Ou bien est-ce mon cœur qui se laisse hypnotiser par son souffle ? Par ses lèvres entrouvertes et ce léger sourire qui les quitte rarement ? Lorsque je l'ai vue, ce jour-là, j'ai immédiatement su.

Elle m'attire à elle et nous nous allongeons. Le rituel que nous partageons depuis des mois me sort de mes pensées. Sa main glisse le long de ma jambe, elle effleure l'intérieur de ma cuisse. Je l'embrasse tout en la faisant basculer. Ma langue s'immisce délicatement dans son sourire et caresse la sienne au rythme de la musique. La sensualité de nos baisers provoque un frisson le long de ma colonne. Comme chaque fois, *plus que chaque fois*. Avec cette sensation que ça y est, je suis le plus heureux. Et pourtant, elle me prouve sans aucun effort, sans même s'en rendre compte, qu'elle peut toujours me rendre plus amoureux. Je suis placé au-dessus d'elle, en appui sur les avant-bras, les mains posées sur ses joues. Un écrin pour la garder près de moi. Je laisse mon corps entrer en contact avec le sien, il n'est pas une parcelle de mon être qui ne soit en communion avec elle. Elle commence à onduler le bassin sous moi. Je plonge les doigts dans ses cheveux étalés sur mon oreiller avant de prendre un peu de recul. J'ai besoin de la regarder. J'ai toujours besoin de la regarder.

J'aime la voir dans mon lit.

J'aime qu'elle fasse partie de mon univers.

Je repousse une boucle auburn de son front. Elle ouvre ses grands yeux verts et me sourit tout en déboutonnant mon jean. Sa main m'entoure et je soupire contre ses lèvres entrouvertes. Je dépose des baisers sur sa tempe, sa joue, le coin de sa bouche… Elle resserre ses doigts sur moi et je pose le front contre son épaule en laissant mes paupières se fermer, un réflexe, en savourant les sensations qu'elle déclenche.

Elle s'écarte doucement, provoquant en moi un manque irrationnel. Elle me repousse un peu et se faufile hors du lit. Elle fouille dans son sac de cours. Je l'attends, allongé sur le dos. Elle revient et dépose quelque chose dans ma main. Je regarde.

– Tu es sûre ?

Elle hoche la tête en souriant. Je l'attire plus près et l'embrasse. Nous nous déshabillons sans un mot, la musique continue de déverser ses notes dans ma chambre. Je veux prendre mon temps.

Elle est mince, fragile, tellement fine qu'elle n'a jamais besoin d'enfermer ses petits seins dans un soutien-gorge. Et j'aime ça autant que ça me surprend chaque fois. Je sais qu'elle n'en porte jamais, mais le plaisir de cette découverte ne diminue jamais. Alors j'effleure sa poitrine, avec une certaine admiration. Je veux que ce soit parfait pour elle. Je caresse chaque partie de son corps avec mes doigts, mes lèvres, ma langue, mon souffle…

J'aime sa peau. Douce, rosée, délicate…

Je l'aime tant que c'en est parfois effrayant.

No Excuses démarre au moment où elle déroule le préservatif, un peu maladroitement. Ses gestes sont hésitants. L'imperfection de ses mouvements intensifie la sensation que j'ai d'être là où je dois être, précisément. Jamais je n'ai été aussi sûr que ma place était *ici et maintenant*. Elle me fixe, me sourit encore et je m'accapare lentement sa virginité. Très lentement. Je veux apprécier chaque seconde de cet instant. Je veux effacer la légère crispation que je perçois sur son visage. Je veux qu'elle soupire, qu'elle sente qu'elle peut également me faire confiance. Je ne prends pas, elle n'offre pas… nous partageons.

Elle gémit. De plaisir, enfin.

Elle place ses mains sur ma nuque et me ramène à elle. Elle m'embrasse, je jouis, trop vite, trop fort, et elle me serre dans ses bras.

Je saisis cet instantané et le range à côté de tous ces fragments d'elle, de nous, qui donnent un sens à ma vie.

1

Neuf ans plus tard

Lise

– Lise ! Voldemort m'a dit que tu avais dû partir en urgence !

Je glisse mes écouteurs dans mes oreilles afin de pouvoir discuter avec Loïc tout en travaillant. Oui, je suis une femme, je suis polyvalente.

– Je suis chez Annabelle, elle a fait une mauvaise chute et s'est cassé le col du fémur. Je vais juste l'aider à s'installer chez elle, qu'elle prenne ses marques.

– Oh non… Tu l'embrasses de ma part.

– Bien sûr.

– Et ça va, toi ?

– Je gère, ne t'en fais pas.

– Non, je veux dire… Tu vas sûrement *le* croiser.

– Je préfère ne pas y penser.

Presque une décennie hors de sa vie et ça y est, j'y suis. À quelques pas de peut-être le revoir. Quelles sont effectivement les probabilités de nous croiser ? Compte tenu du fait que ses parents vivent de l'autre côté du palier d'Annabelle, elles sont plutôt élevées. Je n'ai jamais été très douée en mathématiques, mais les statistiques ne jouent pas en ma faveur.

Lorsque j'ai su que je devais venir retrouver mon amie, qui est aussi ma grand-mère de substitution, j'ai immédiatement pensé à Ange. J'ai l'impression de revenir sur les lieux du crime… Ça ferait un médiocre scénario de téléfilm de l'après-midi : elle quitte son petit ami follement amoureux d'elle, part à l'aventure des centaines de kilomètres plus loin, réalise qu'elle l'aime toujours, passe à côté de sa vie et revient environ dix ans plus tard, pas pour lui, mais est toujours amoureuse. Ah oui… c'est douloureux de résumer ma vie en une phrase, mais tellement conforme à la réalité que je pourrais sûrement écrire un mauvais guide. *Comment piétiner son propre cœur pour les nuls.*

– Tu parles de lui tous les jours depuis qu'on se connaît et là tu vas réussir à ne pas y penser ?

J'ignore le sarcasme dans sa voix. Il est en train d'anéantir mon plan qui était pourtant parfait et consistait à faire l'autruche.

– Il ne vit plus chez ses parents, il y a donc peu de risque que je le rencontre.

– Oui, mais si ça arrive, tu m'appelles immédiatement.

– Pourquoi ?

– Je peux gérer tes crises de panique à distance.

– Très drôle.

– Tu as besoin que je reprenne un article ? Quelque chose ? Dis-moi ce que je peux faire.

– Non, tu es gentil, mais ça ira. J'ai amené de quoi travailler. Elle m'appelle, je te laisse. Sois sage, je te fais signe demain.

Je raccroche et sauvegarde mon fichier avant de retrouver ma plus vieille amie dans sa chambre. Vieille parce que nous nous connaissons depuis toujours ou presque. Et puis bon, vieille aussi car elle accuse quatre-vingt-trois printemps. J'essaie de ne pas montrer mon choc de la voir toute frêle dans ce grand lit médicalisé au milieu de sa chambre si élégante.

– Ah, Mademoiselle, pourriez-vous tourner le verrou, s'il vous plaît ? Mon amie va me rendre visite et j'ai peur qu'elle ne puisse pas entrer, elle ne possède que la clef du bas.

– Quelle amie ?

– Lise, elle revient dans le Sud exprès pour me voir, elle est adorable… Elle a posé des congés afin de pouvoir s'occuper de moi, je ne sais pas ce que je ferais sans elle.

Il me faut quelques secondes avant de réaliser qu'Annabelle n'est pas en train de plaisanter et qu'elle parle de moi, sans avoir conscience que je suis avec elle, dans la pièce.

– Annabelle, je suis déjà là.

Ses yeux semblent faire le point, comme si elle avait regardé dans le vague jusqu'à maintenant et qu'elle prenait conscience de l'instant présent. Je vois ses lèvres trembler et je m'approche pour la rassurer.

– Tout va bien, je suis là et l'infirmier va bientôt arriver.

– Le verrou…

Elle bredouille en s'agitant. Je ne l'ai jamais vue comme ça.

– Je vais l'ouvrir, rassure-toi.

– Lise doit venir et… je…

– Je suis Lise, tu te souviens ? Je suis arrivée hier et nous sommes rentrées tout à l'heure de l'hôpital. Maintenant l'infirmier va venir pour vérifier tes pansements.

Elle hoche la tête, je constate cependant qu'elle est toujours confuse. Au moins autant que moi, même si j'essaie d'avoir l'air sûre de moi pour ne pas l'affoler encore plus.

– Il faut ouvrir le verrou, elle pourrait repartir sans me voir, elle n'a pas la clef du haut…

– Je m'en occupe, tout ira bien.

Je lui tapote la main et me rends dans l'entrée. J'ouvre la porte et m'échappe un instant sur le palier. Je referme doucement pour qu'elle ne m'entende pas, m'adosse au mur et pose la main sur ma bouche. Je sens les larmes rouler sur mes joues avant que le premier sanglot ne se manifeste.

Elle ne m'a pas reconnue.

Elle ne sait pas qui je suis.

J'ai une boule dans la gorge qui m'empêche de respirer correctement. Je sais que je ne dois pas me laisser aller, mais elle ne m'a pas reconnue ! Nous nous connaissons depuis que j'ai quatorze ans et elle n'a aucune idée de qui je suis ! Je ferme les yeux pour retenir mes larmes plus facilement, il ne faut pas qu'elle me voie dans cet état. Quand j'estime être calmée, je me redresse et je l'aperçois, juste là.

Ange

Elle pleure.

J'aurais dû me douter qu'elle serait avec Annabelle.

Non, je n'aurais pas pu.

Elle n'est pas revenue depuis… depuis qu'elle est partie. Tout mon corps la reconnaît et je déteste l'effet que sa simple présence a sur moi.

J'ai déjà guéri d'elle.

C'est ce que je pensais, c'est ce que je voulais. Ce que je voudrais.

Je suis sûr que mon cœur vient de sauter un battement, ou plusieurs. J'ai le réflexe de tendre la main, de la rassurer, et je me souviens qu'elle n'est plus à moi. Et que je ne suis plus rien pour elle. Je serre les dents et les poings lorsque toute cette souffrance revient me rappeler pourquoi nous sommes deux étrangers, à présent.

Elle relève la tête. Ses yeux sont un peu gonflés. Elle n'a pas changé.

Son éternel jean, ses Dr. Martins, son t-shirt de Kiss coupé au col qui retombe sur une épaule. Son corps est toujours aussi mince, un physique à la Vanessa Paradis. Féminine et fragile autant que forte et dynamique. Ses cheveux sont attachés à la va-vite et plusieurs grosses boucles roux foncé s'échappent de tous les côtés, entourant son visage constellé de larmes.

Ses grands iris verts me fixent sans ciller.

Elle est toujours *elle*…

Juste un peu plus femme.

Juste un peu moins celle que j'ai aimée.

Lise

Tout en sachant que ça arriverait, je ne me suis pas réellement préparée à le voir. C'est juste que, là, il est devant chez Annabelle. Impossible de faire comme si je n'avais pas remarqué sa présence. Je reste bloquée un instant à l'observer. Mon souffle se coince quelques secondes coincé dans ma gorge, c'est trop surréaliste. J'ai rêvé de ce moment tellement souvent que je ne parviens pas à me dire qu'il est vraiment là. Je sens de petits frissons remonter le long de ma colonne, le crépitement de l'anticipation au creux de mon ventre leur faisant écho. La peur, aussi, je n'ai jamais été aussi impressionnée par quelqu'un qu'en cet instant.

Il a tellement changé et en même temps… c'est tellement lui, aussi. Il porte ses cheveux blonds et longs, c'est nouveau. Ça lui donne un petit côté rebelle, qu'il a toujours eu, en fait. J'aimais son allure, alors. Je l'adore, aujourd'hui. Il les a attachés en demi-queue, dégageant son visage fin et à la fois si masculin. La barbe, c'est définitivement nouveau et ça me rappelle à quel point les années ont passé. Plus qu'une ombre naissante sur ses joues, elle n'est pas non plus trop longue à mon goût. Comme si mon goût avait son mot à dire… Ses yeux bleus ressortent d'autant plus, mais ils n'ont plus la douceur que je leur connaissais. J'y vois le reflet de ma culpabilité, celle qui est devenue ma meilleure amie il y a presque dix ans. Il a toujours son look un peu surfeur, un peu skateur. Excepté que j'ai quitté un garçon et que je retrouve un homme. Un homme qui ne semble pas ravi de me faire face.

Je ne l'ai pas revu depuis des années. Et cette question revient encore une fois : pourquoi suis-je partie ? Oui, j'ai opté pour la solution « raisonnable », j'ai fait passer mon avenir professionnel avant nous. C'était ce qui semblait le plus logique à faire. Dans ce cas, pourquoi ai-je regretté cette décision chaque fois que j'y pense ?

J'essuie rapidement mes larmes et me redresse. La dernière fois que je me suis montrée vulnérable comme ça devant lui, il s'inquiétait pour moi et je comptais pour lui. Je dois me faire violence et me rappeler que ce temps appartient au passé. J'avais imaginé nos retrouvailles de tellement de façons différentes ; aucune ne se déroulait ainsi. Je n'aime définitivement pas la manière dont il me fixe. C'est la première fois en presque dix ans que nous nous rencontrons et j'ai l'impression que plusieurs décennies supplémentaires n'auraient pas été de trop. Il s'approche de moi et m'adresse un simple signe de tête, froid et impersonnel. C'est ridicule. Je lui ouvre en évitant soigneusement de le toucher, je le sens tellement hostile… Il a toutes les raisons de l'être, je le sais. Ça n'en est pas moins douloureux. Je n'ai pas le droit de ressentir cela, c'est moi qui suis partie. Alors je tente de reprendre contenance :

– Tu es l'infirmier ?

Au temps pour la contenance. C'est l'intention qui compte...

Il me regarde et hausse un sourcil. Je n'ai pas eu affaire à un infirmier à domicile avant. Je pensais qu'ils débarquaient en blouse et sabots. Dans les hôpitaux, il n'y a rien de moins glamour qu'une infirmière ou un infirmier. La tenue est moche et informe. Dans le privé, ce n'est visiblement pas le cas. J'ignorais qu'un infirmier pouvait être sexy. J'essaie de ne pas trop m'attarder sur cette pensée. Son apparition a cependant le mérite de me détourner de la déprime qui menaçait avant son arrivée. En plus, je trouve ma question légitime, même si je me prends un vent magistral en guise de réponse.

Je le précède et le minuscule trajet entre l'entrée et la chambre d'Annabelle suffit à me mettre encore plus mal à l'aise. Après le coup que je lui ai fait, je ne suis pas très rassurée qu'il marche derrière moi. Non pas qu'il serait capable de me faire une prise ninja pour m'éliminer silencieusement dans ce petit couloir. Quoique... On ne peut jamais jurer de rien, surtout que je ne le connais plus... Peut-être qu'il est en train de fomenter un coup pour me faire payer ce que je lui ai fait endurer.

Il s'approche du lit et se penche un peu vers Annabelle :

– Madame Laval, heureuse d'être rentrée chez vous ?

Entendre à nouveau sa voix me projette dans le passé. Le contraste entre le ton qu'il emploie pour lui parler et le regard froid auquel j'ai eu droit me confirme qu'il n'est pas enchanté de me revoir. Il n'est probablement pas mon fan *number one*, mais si ça peut le rassurer, je lui avouerai, un jour, que je ne m'apprécie pas des masses. Vivre avec la culpabilité de ses actes, même s'il n'y a pas mort d'homme, même si ce n'est pas la fin du monde, ça pèse. Savoir que je l'ai fait souffrir m'a perturbée des années durant et je n'avais pas réalisé à quel point ce fardeau était lourd, jusqu'à maintenant. Jusqu'à ce qu'il soit devant moi.

Je souris à Annabelle et sors discrètement. En me cognant contre le guéridon. Je n'ai jamais bien géré la nervosité. Je marmonne des excuses et me réfugie au salon. Je m'occupe comme je peux en allant sur ma boîte mail, l'objectif étant de ne pas penser à Ange, qui se trouve dans le même appartement que moi. Je n'appelle pas Loïc, pas question de lui raconter ces retrouvailles désastreuses. À tous les coups, il aurait un plan complètement foireux à me proposer. Il m'entend évoquer Ange depuis tellement longtemps qu'il ferait n'importe quoi pour ne plus avoir à supporter mes regrets. Et moi aussi, pour être honnête.

– Il me faudrait les ordonnances.

Je sursaute. J'ai si bien réussi à m'absorber dans mon travail que je ne l'ai pas entendu arriver. Je me lève d'un bond et cherche dans mon sac les papiers qu'on m'a donnés à l'hôpital. Je les lui tends à bout de bras, histoire de maintenir une distance de sécurité. Il ne masque absolument pas son animosité lorsqu'il s'en saisit brutalement, et quelque chose me dit que ça lui demande un contrôle intense pour ne pas perdre son sang-froid. Pourtant, il n'est pas violent de nature. Il ne l'était pas, en tout cas. Si ma simple présence le pousse à l'être, ce n'est pas bon signe. Il m'en veut, bien sûr. Je ne suis pas étonnée. Juste prise de court, je n'ai pas eu le temps de me préparer psychologiquement à ces pseudo-retrouvailles.

C'est complètement faux. Bien sûr que j'ai eu le temps. Mais être là, près de lui, ce n'est pas du tout la même chose que l'imaginer. Je le regarde me tourner le dos, ses épaules bien droites, trop tendues, et je me souviens que c'est moi qui lui ai tourné le dos…

Il s'installe à la grande table de la salle à manger et parcourt les feuilles des yeux. À présent, il se comporte comme si nous ne nous connaissions pas. Il m'ignore, même. Et encore, je suis persuadée qu'il serait bien plus poli avec une totale inconnue.

Peut-on dire qu'on connaît toujours quelqu'un après tant de temps écoulé sans aucun contact ? Non, c'est ce que je dois être pour lui : une inconnue. J'aimerais que ce constat ne me touche pas, mais ce n'est pas le cas. J'aimerais qu'il me sourie, chaleureusement, qu'il me dise à quel point il est heureux de me revoir. Que ça serait vraiment super qu'on aille boire un verre, pour parler de tout ce temps passé loin l'un de l'autre. Oui, parfois je vis ma vie en technicolor, comme si j'étais sous acide et que tout était merveilleux.

– Je demanderai à un collègue de venir, demain.

Je dois être la seule en train de triper et je ne peux vraiment pas le blâmer pour ça. J'ai beau avoir donné tous les mois à des associations de chatons sans moustaches pour soulager ma conscience, les faits restent les faits et je n'en suis pas moins responsable de mes actes. Heureusement que c'est déductible des impôts.

– Je peux m'absenter le temps de ta visite. Annabelle sera rassurée que ce soit quelqu'un de familier qui vienne s'occuper d'elle. Toi, elle sait qui tu es, tu la connais depuis toujours. J'irai faire un tour ou je resterai dans ma chambre. Ou dans la cuisine. Il y a le balcon, aussi. Et je vais arrêter de parler parce que je suis sûre que tu as d'autres patients à retrouver.

Sans lui laisser le temps d'en placer une, je vais à la porte d'entrée, l'ouvre et m'efface, les yeux au sol. Je le sens approcher, il marque une pause et sort. Je pousse un soupir de soulagement peu distingué lorsque je referme enfin.

La vache ! La tension disparaît de l'atmosphère, je respire enfin.

Qu'est-ce que je m'étais imaginé ? Que je pouvais revenir dans le coin et ne croiser personne ? La dernière fois que je lui ai parlé, c'était pour lui dire « Hé, je sais bien que tu avais des projets, mais vu que j'ai été prise dans cette super école à plusieurs centaines de kilomètres, je propose qu'on se sépare et comme ça, chacun fait sa vie. En plus, on est jeunes, hein, on a plein de choses à découvrir. *Deal ?* » D'accord, je ne lui ai peut-être pas dit ça comme ça… je pense cependant que l'effet aurait été le même si ça avait été le cas.

– Lise…

Je retrouve Annabelle dans sa chambre.

– Tout va bien ?

Elle me sourit, elle a l'air bien plus alerte que tout à l'heure et hoche la tête avant de lancer l'offensive :

– C'était Ange, tu l'as vu ?

Elle me demande ça avec ce qui me semble être de l'espoir dans la voix. Je suis en terrain glissant. Elle m'a toujours soutenue dans mes choix, inconditionnellement. Ce qui ne l'a pas empêchée de me signaler lorsqu'elle était en désaccord.

– Oui, j'ai vu.

– Je suis contente que ce soit lui qui s'occupe de moi. Comme ils sont plusieurs associés, je n'étais pas sûre que ce serait lui qui viendrait.

Elle savait qu'il risquait de se pointer et elle n'a pas jugé bon de me prévenir. Dommage, ça aurait été pas mal, histoire que je puisse me préparer un minimum et avoir l'air moins ahurie.

– Ça tombe bien, alors.

J'essaie vraiment d'adopter le ton détendu de la conversation anodine. Je pense que je suis loin de la réussite quand je remarque qu'Annabelle me fixe sans plus rien dire.

– Vous avez discuté, lui et toi ? me demande-t-elle enfin en scrutant ma réaction.

– Très peu.

Si on peut appeler ça parler…

– C'est pratique pour lui de venir faire mes soins. Il peut rendre visite à ses parents. Il doit être chez eux, d'ailleurs, il m'a dit qu'il y ferait un saut.

Je ne sais pas pourquoi elle me raconte tout ça. Je la laisse parler.

– Il me semble que tu lui dois des excuses.

Peut-être que j'aurais mieux fait de l'interrompre, tout compte fait. J'étais persuadée qu'Annabelle était l'une des rares personnes qui prendrait mon parti. Je sais qu'elle désapprouve mon départ initial, mais elle est comme une grand-mère pour moi. Elle me connaît depuis mes quatorze ans et… oui, elle connaît aussi Ange depuis longtemps. Mais j'étais sa demoiselle de compagnie, son amie, comme sa petite-fille.

J'avais rencontré Annabelle au supermarché avec ma mère. Nous étions devant le rayon fruits et légumes et je devais choisir un melon sans aucune idée de la meilleure façon de le faire. Annabelle m'avait patiemment expliqué que l'odeur, la souplesse du chapeau et de la tige aidaient à savoir s'il était mûr ou pas. Ma mère nous avait trouvées en train de discuter, ça faisait bien dix minutes que nous parlions de tous les signes auxquels on reconnaît un bon fruit. Annabelle s'était présentée et lui avait donné son numéro de téléphone en nous expliquant qu'elle avait aimé parler avec moi et qu'elle cherchait justement une jeune fille de compagnie. J'allais pouvoir gagner de l'argent à quatorze ans, je me sentais tellement importante, sur le moment. Bien sûr, nous sommes devenues amies et je n'ai jamais voulu être payée, j'allais chez elle pour boire ses paroles. Elle me racontait sa vie, son passé, ce qui était pour moi des aventures. Et elle est devenue un membre de ma famille aussi important que les autres.

Les grands-mères, ça prend la défense de leurs petits-enfants, non ? Ce n'est visiblement pas toujours le cas. Je refuse de discuter de ça avec elle, ni avec qui que ce soit, d'ailleurs.

– Je pense qu'il y a prescription. Maintenant, repose-toi encore un peu, je vais préparer le dîner. Je te fais de la soupe ?

Elle ne répond pas, alors je prends son silence pour un « oui » et m'échappe. Cette fois, j'évite le palier, où je risquerais à nouveau de croiser Ange s'il n'est pas encore parti de chez ses parents. Je sors sur le balcon et m'accoude sur la rambarde. Je pleure, je ne retiens pas mes larmes. On va dire que je me laisse ce petit moment de faiblesse et qu'ensuite je me ressaisis. Si mon boss me voyait, j'imagine qu'il me dirait : « Monroe ! Quand tu auras fini de chialer, tu bougeras ton cul, je ne te paye pas à rien foutre ! » En même temps, je ne lui ai jamais donné l'occasion de me voir pleurer. Instinct de préservation, Darwin, tout ça…

Ici, rien n'a changé. Les balcons se touchent tous, il n'y a pas d'intimité dans cet immeuble et si l'appartement d'Annabelle est un peu préservé, c'est uniquement parce qu'il est en bout de bâtiment. Personne à gauche. À droite, une petite barrière agrémentée de lambris me sépare du balcon des parents d'Ange. Je me souviens des soirées qu'on passait ici, Annabelle et moi, à discuter avec Ange et sa famille juste à côté. Avant, cette proximité m'arrangeait. Aujourd'hui, elle me perturbe. Annabelle aurait pu depuis longtemps faire comme la plupart des propriétaires et installer une paroi divisant totalement les deux balcons. Elle n'a jamais dû éprouver le besoin de s'isoler d'eux, et c'est réciproque, il semblerait. Combien de fois nous sommes-nous retrouvés, Ange et moi, pour nous embrasser, cette petite séparation entre nous, avant de nous coucher ?

– Pourquoi tu pleures ?

2

Lise

On ne peut pas s'apitoyer tranquillement sur son sort, dans cet immeuble ? Je me retourne. Une petite fille haute comme trois pommes m'observe.

– J'ai une poussière dans les yeux.

– Ma maman dit tout le temps ça quand elle veut pas que je voie qu'elle est triste. Alors, pourquoi t'es triste ?

Elle a les mêmes yeux bleus que lui. Ce qui me fait une nouvelle information de taille à digérer parce que je sais, en un regard, qui elle est. Bien que personne n'ait jugé bon de me prévenir. Non pas que je mérite une mise à jour locale, mais tout de même…

– J'ai eu une longue journée. Et toi, qu'est-ce que tu fais dehors, toute seule ? Tu ne devrais pas être en train de dormir, à l'heure qu'il est ?

– Je m'appelle Emma, ma maman s'appelle Marie et mon papa s'appelle Ange. Mon papy s'appelle papy et ma mamie s'appelle mamie. Et toi ?

Elle va me faire tout l'arbre généalogique, la demi-portion ?

– Lise.

– Et pourquoi tu pleures, Lise ?

– Parce que je suis fatiguée.

– Moi aussi je pleure quand je suis fatiguée et même que ma maman elle dit que c'est parce que j'ai attendu trop longtemps pour me coucher alors des fois je pleure et tellement que je pleure je m'endors. Tiens.

Elle s'approche de la barrière et disparaît de mon champ de vision. Elle est trop petite pour dépasser. Ça me fait sourire.

– Viens, Lise, je te vois plus !

Je la rejoins et me penche. Elle tend son petit bras encore potelé vers moi, elle tient une tétine dans la main.

– Je ne pense pas que ta maman et ton papa soient contents que tu me donnes ta tétine.

– C'est pas une tétine, c'est une tototte. Et j'en ai plein d'autres. Maman, elle a des cujés de totottes partout parce que si j'ai pas ma tototte, je pleure.

– C'est quoi un cujé ?

– C'est des boîtes avec plein de totottes.

– Ah oui, un QG.

– C'est ce que j'ai dit.

– Garde ta tétine, tu es gentille. Je n'ai pas envie de m'abîmer les dents.

– C'est pas une tétine, c'est une tototte, je t'ai dit. Pourquoi tu dis qu'elle va t'abîmer les dents ?

– Parce que c'est vrai. Après, tu vas avoir les dents en avant comme un lapin et le dentiste va devoir te poser un appareil et ça va coûter très cher à tes parents.

Elle m'observe, pensive, tout en plissant les yeux. Elle ne m'aurait pas confirmé qu'Ange était son père, je l'aurais tout de même déduit. C'est lui en version naine et fille. Elle a de grands yeux bleus bordés de cils noirs, encore plus longs que ceux de son père. Peut-être tient-elle ça de sa mère… Ses cheveux sont blonds avec plusieurs nuances, comme lui… Et le sourire qui étire ses lèvres à l'instant est celui d'Ange, sans aucun doute. Elle a même hérité des petites fossettes au creux des joues. C'est génétique, les fossettes ? Ça lui donne un air choupinou qui pourrait m'attendrir si j'aimais les enfants. Je me demande ce que ça aurait pu donner, un mélange de nous deux. Est-ce qu'elle aurait pris mes yeux verts ou mes cheveux châtain foncé que je teins en auburn depuis tellement longtemps, d'ailleurs, que ça serait sûrement passé dans les gènes. N'importe quoi ! Que quelqu'un ait pitié et m'empêche de penser.

– Oh, un papillon !

Merci.

Elle se jette sur la jardinière à l'autre bout du balcon et fait fuir l'objet de son soudain intérêt. Les enfants ont une piètre capacité de concentration… De vrais poissons rouges. Elle laisse tomber une peluche infâme, grise, sans forme, moche. *Le doudou.*

Je me détourne lentement, espérant m'esquiver en mode furtif-mission-commando, quand la baie vitrée s'ouvre dans l'appartement d'à côté.

– Emma, viens, c'est l'heure du bain ! Oh, Lise !

La mère d'Ange reste interdite en m'apercevant et moi, je me dis que peut-être ce serait le moment d'arrêter les bonnes surprises pour ce soir. Cette fin de journée me rappelle toutes les raisons pour lesquelles j'ai invité Annabelle à venir chez moi en vacances, ces dernières années, plutôt que de lui rendre visite. J'ai ici un passé trop important pour espérer traverser les prochaines semaines sans qu'il me revienne en pleine tête. En mode rafale.

– Hélène, ça fait longtemps, je lui lance en mettant toute la jovialité disponible dans le ton de ma voix.

Sourire crispé, voix un peu trop vers les ultrasons. C'est l'intention qui compte.

– Lise est triste et elle pleure.

Merci, la mioche, ton intervention renforce ma crédibilité. Surtout qu'Ange débarque à son tour :

– Emma, tu me fais un bisou, je repars travailler.

Ben voilà, on est tous là, n'est-ce pas merveilleux ?

– Viens, ma chérie, papa va parler avec la dame d'à côté.

Je suis devenue « la dame d'à côté », comme c'est intéressant. Emma ramasse son affreux doudou et s'en va en m'adressant un petit signe, sous les regards étonnés de son père et de sa grand-mère. Hé, moi aussi je suis surprise, les gars, inutile de me fixer comme ça.

Sans que je puisse trouver une excuse vaseuse pour m'enfuir, me voici à nouveau seule avec Ange.

– Annabelle va bien ?

– Oui, je prenais juste l'air.

– Tu as pleuré.

Je hausse les épaules. Simplement parce que je ne perçois pas de compassion dans ses mots, juste un constat. Je devrais m'estimer heureuse qu'il m'adresse la parole, je pense qu'on peut considérer avoir fait un pas en avant.

Il rentre et referme la porte-fenêtre sans un mot de plus.

Peut-être bien qu'on a fait du surplace, en réalité.

À peine ai-je fini de faire la vaisselle après le dîner qu'on tape à la porte. Annabelle s'est déjà endormie et je suis sûre qu'elle n'attend personne. Cette visite imprévue ne me dit rien qui vaille. Effectivement, après un coup d'œil dans le judas, j'hésite à m'éloigner sur la pointe des pieds. Allez, je ne suis pas peureuse, j'ouvre. Je bosse pour Voldemort, bon sang ! Si je peux l'affronter lui, le reste, c'est du loukoum à côté !

– C'est toi qui as dit à ma fille que sa tototte pouvait lui abîmer les dents ?

J'aurais mieux fait d'écouter mon instinct de survie. On minimise trop l'importance de nos réflexes primaires.

Stratégie numéro un : si je ne réponds pas, il va croire que je ne suis pas vraiment là et repartir sans insister.

– Ma mère m'a appelé pour que je vienne calmer Emma qui refuse de prendre sa tototte, car elle s'imagine que ses dents vont tomber ! Et elle ne peut pas dormir sans ! Donc, on fait quoi, maintenant ? Puisque tu sembles en connaître un rayon sur les totottes.

Stratégie un : avortée.

Stratégie numéro deux : nier les faits.

– Je n'ai pas dit que la tétine ferait tomber ses dents. J'ai juste dit que ça les lui pousserait vers l'avant, ce qui est absolument vrai.

Je me suis contentée d'énoncer une vérité qui devrait d'ailleurs être transmise aux parents à la sortie de la maternité dans un petit livret pédagogique qui…

– Ma fille a cinq ans, Queen, tu penses que c'est essentiel pour elle de savoir que, oui, ça peut effectivement lui décaler un peu les dents ?

Je souris. Parce qu'il m'a appelée par mon surnom, comme avant. Et qu'avec la journée surréaliste que je viens de passer, ça me fait égoïstement un bien fou d'avoir un ersatz de normalité. Aussi lointaine et obsolète soit-elle.

Au moment où je sens que mon sourire l'agace au point de lui donner envie de devenir désagréable avec moi, la porte de chez ses parents s'ouvre et je réalise que l'insonorisation est très bonne. Les hurlements stridents de la petite Emma m'agressent les tympans et je fais un pas en arrière. Si elle continue à beugler comme ça, la diversion sera parfaite et je pourrai discrètement me barricader chez Annabelle…

– La petite veut voir Lise.

… ou pas.

Il a pris un coup de vieux, le père, et je me demande s'il n'est pas lui aussi en pleine confusion, comme Annabelle cet après-midi. Parce que j'ai dû parler trente secondes et demie avec la fille d'Ange et en plus, je n'ai aucun diplôme de parent, donc, je ne vois pas bien ce que je pourrais faire pour arranger les choses.

– Elle arrive, lui annonce Ange sans me quitter des yeux.

Lui aussi doit être au beau milieu d'un délire psychotique. L'eau du quartier est sûrement intoxiquée. Je me sens certes un peu en cause pour avoir déclenché cette situation, cependant pas responsable non plus de la glumaude qui se paye une phobie dentaire, comme par hasard pile au moment de se coucher. Je ne veux pas encore faire de la psychologie parentale, mais enfin, il me semble qu'ils se font tous bananer bien comme il faut. Si je n'ai pas encore d'enfant, il y a une raison à ça. En dehors du fait que je n'ai pas de partenaire, s'entend. Ce qui est un détail, nous sommes au XXIe siècle, tout de même.

Ange me tourne le dos et, au lieu de courir m'enfermer à l'abri comme la raison me le dicte, je le suis. Pas parce que j'adore les enfants, ni parce que j'ai une conscience, non. Simplement parce que depuis que j'ai réalisé que j'ai fait une erreur en le quittant, il me manque. Ça fait dix ans qu'il me manque. Si je peux glaner quelques minutes près de lui, même si pour ça je dois supporter la lilliputienne, je prends.

Il me précède dans son ancienne chambre qui a été adaptée pour en faire une chambre d'enfant. Ça me fait bizarre… Il y a du rose partout, je me sens visuellement agressée. Je vais faire une overdose. Sans parler des hurlements.

– Liiiiiiiiise !

L'angoisse.

– Arrête de pleurer !

Elle se tétanise en m'entendant crier. Pour ma défense, c'était ma seule option pour qu'elle la mette en veilleuse, question de logique. Que ça fait du bien de redevenir moi-même. Ah ! Finalement, fréquenter Voldemort ça conditionne, mine de rien.

– Bon, c'est quoi cette histoire de tétine ?

– C'est pas une tétine, c'est une tototte. Et t'as dit que mes dents elles allaient tomber !

– Ne mens pas, ce n'est pas beau de mentir, ton nez va s'allonger. Non, je plaisante, j'ajoute en voyant son air effrayé, ce sont des histoires qu'on raconte aux enfants pour les obliger à avoir un sens moral irréprochable. Donc, j'ai dit que tes dents allaient être décalées et que tu ressemblerais à un lapin et…

Je m'interromps en voyant le regard assassin que me lance Ange.

– Tout ça pour dire que tu peux la reprendre, tes dents ne tomberont pas. Je te le jure.

Elle ne semble pas convaincue. Ses petites épaules sont secouées de sanglots à présent silencieux, je remarque qu'elle fait un effort pour ne plus repartir dans les aigus. J'apprécie. Je ne suis pas très à l'aise avec les enfants, s'il est besoin de le préciser. Je n'ai jamais eu de petits autour de moi. J'ai quelques vagues cousins et cousines un peu partout dans le pays, je ne suis cependant assez proche d'aucun pour avoir l'occasion de rencontrer leur progéniture. Quant à mes amis, ils sont célibataires ou sans enfants. Je suis pour ainsi dire en terrain totalement inconnu.

– Voici ce que tu vas faire : il te faut un sevrage.

Cette fois, j'ignore le regard d'Ange et je m'assois à côté de la petite fille. Il n'avait qu'à pas faire appel à moi, maintenant, il faut assumer.

– C'est quoi ? T'en as un ?

– Tu dois t'habituer petit à petit à ne plus garder ta tétine pour dormir. En plus, ton papa m'a dit que tu as déjà cinq ans, et moi à ton âge…

Je laisse volontairement ma phrase en suspens histoire de voir si elle mord à l'hameçon.

– T'as eu mon âge ? C'était quand ? Y'a très longtemps, non ?

Sale gosse.

– Une vingtaine d'années, grosso modo, ce qui n'est pas *si* longtemps que ça.

– Vingt ans ! Tu es très vieille !

Patience est mère de toutes les vertus.

– J'ai vingt-sept ans, pour ta gouverne, et je me considère encore comme une jeune femme dans la fleur de l'âge.

– T'as eu une tototte ?

– Oui, et je l'ai donnée quand j'avais trois ans.

– T'en avais qu'une ?

– Mes parents étaient très pauvres. Alors oui, je n'en avais qu'une. Figure-toi que j'ai rencontré un monsieur qui était encore plus pauvre que nous. Il faisait des travaux dans notre maison et il m'a avoué que son bébé n'avait pas de tétine, ils ne pouvaient pas lui en payer une avec sa femme. Ils avaient dû choisir entre acheter à manger ou une tétine. Alors je lui ai offert la mienne pour qu'il la donne à son bébé.

J'ai toute son attention à présent. J'essaie de ne pas trop m'embrouiller dans la fausse anecdote que je suis en train de raconter.

– Je connais beaucoup de gens qui n'ont pas assez de sous pour offrir une tétine à leur bébé. Alors si tu veux, tu pourras me donner les tiennes et moi je les leur offrirai. Il faut y aller en douceur, hein, un sevrage ne se pratique pas d'un coup sinon tu ressens le manque et…

Ange tousse pour attirer mon attention et j'interromps ma digression.

– Tu connais vraiment beaucoup de gens pauvres ?

– Un paquet. Tu n'as pas idée. Ce que je te propose pour ce soir, c'est de garder ta tétine dans la main, comme ça tes dents ne craignent rien et ça te laisse le temps de lui dire au revoir. Tu sais, la vie d'une tétine n'a de sens que si elle a conscience d'être auprès d'un bébé qui a vraiment besoin d'elle.

Ce que je peux raconter comme âneries quand je suis lancée. Ce serait bien qu'Ange me dise de rentrer chez moi, maintenant.

– Les totottes ont des aventures, dans leur vie ?

Elle peine à rester réveillée et je pense que si j'arrive à la baratiner encore un peu, je serai bientôt libre de retourner chez Annabelle. Je regarde les dessins sur le mur tout en reprenant mon histoire :

– Des tas d'aventures. L'existence d'une tétine ne s'arrête pas quand tu n'en as plus besoin. Elle n'est épanouie que lorsqu'elle a rempli sa mission auprès de plusieurs bébés.

Si un pédiatre m'entendait, il aurait des choses à dire sur l'hygiène douteuse que mon récit sous-entend.

– Alors tes tétines, quand elles vont partir chez d'autres bébés qui en ont vraiment besoin, ça va être un peu comme une renaissance pour elles. La récompense ultime c'est quand elles s'aperçoivent que tu n'as plus besoin d'elles, elles ont rempli leur rôle, elles peuvent…

La main d'Ange sur mon épaule me fait sursauter. Il place l'index sur ses lèvres et je remarque qu'Emma s'est endormie.

– Depuis quand elle dort ? je chuchote en levant la tête vers lui.

– Depuis qu'elle a posé sa dernière question.

– Tu ne pouvais pas me le signaler plus tôt ?

Je me lève et sors de la chambre. Quand je passe devant lui, je vois qu'il se retient de sourire. Je distingue à peine ses fossettes sous sa barbe, je voudrais pouvoir m'approcher et vérifier qu'elles sont toujours bien là. Ce qui est stupide, bien entendu qu'elles n'ont pas disparu. J'atteins la porte de chez Annabelle lorsqu'il me dit :

– Hé, Queen… Merci.
– Pas de souci.

Ange

Elle vient seulement d'arriver et je cherche déjà la moindre excuse pour la voir. La sentir près de moi ravive tellement d'émotions que je ne réfléchis pas. Elle réveille en moi tout ce que j'ai enfoui.

Je ne pensais plus l'aimer.

Je voudrais être assez fort pour la regarder dans les yeux et lui dire qu'elle n'est rien. Comme je n'étais rien pour elle.

Et puis je me rappelle son rire.

Ses yeux qui pétillaient quand elle me voyait arriver vers elle.

Sa main qui attrapait la mienne, spontanément, chaque fois que nous marchions côte à côte.

Ses sautes d'humeur.

Son entêtement.

Tout.

Et je sais.

3

Lise

Je me redresse d'un coup dans mon lit. Je ne suis pas chez moi, où suis-je ? Ah oui… Complètement désorientée, j'entends la sonnette de l'entrée et réalise que c'est ce bruit qui m'a réveillée. Je regarde mon téléphone, il est déjà huit heures ! Eh mince… C'est l'infirmier ! Je me lève, me rétame en me prenant les pieds dans les draps, attrape un élastique et me fais une queue-de-cheval en vitesse en me précipitant dans l'entrée.

– J'arrive !

Je suis en pyjashort Star Wars et je n'ai bien sûr pas de soutien-gorge. Sur un malentendu, l'infirmier ne captera rien. Ou alors, il sera assez poli pour faire semblant de ne pas remarquer que je viens à peine d'émerger.

J'ouvre en souriant.

Ange

Elle vient de tomber du lit, littéralement je pense. J'aurais pu demander à Sofiane de venir, ou Anthony. Mais non, il a fallu que je m'inflige ça.

Je lui tends la boîte qu'Emma m'a donnée pour elle.

– De la part de ma fille. Elle te fait dire que les autres QG arriveront bientôt, elle doit prendre le temps de dire au revoir à chacune, avant.

– Oh, d'accord.

– Tu vas en faire quoi ?

– Les donner aux pauvres ?

Je grimace.

– Je déconne, je vais les jeter, enfin sauf si tu veux les garder en souvenir, ou ta femme.

– La mère d'Emma et moi ne sommes pas mariés.

– Ah.

– Je peux entrer ?

Elle se pousse et je me dirige vers la chambre d'Annabelle. Cette fois elle ne m'accompagne pas. Je jette un coup d'œil par-dessus mon épaule. Elle est toujours à la porte, elle fixe la boîte dans sa main d'un air plutôt absent.

Lise

Qu'est-ce que je vais faire d'une boîte pleine de tétines mâchouillées et couvertes de microbes ? J'entends Ange et Annabelle discuter et je sors de ma léthargie. Je ferme la porte et me réfugie dans ma chambre. Après tout, il n'a pas besoin de moi et je ne suis pas certaine d'être réellement éveillée… OK, je me planque. Il avait dit qu'il demanderait à un collègue, et pourtant, il est là. Une partie de moi a envie de croire que c'est pour me voir. L'autre sait bien qu'il est juste très professionnel et qu'il fait ça pour Annabelle.

Elle l'adore, depuis le début. Elle le connaissait avant moi, ils ont toujours été voisins avec ses parents, et c'est comme ça que lui et moi nous sommes croisés, un jour. Puis un autre. Puis qu'il m'a embrassée dans les escaliers entre le quatrième et le cinquième étage où il n'y a jamais personne parce que tout le monde prend l'ascenseur. C'est comme ça que nous nous sommes retrouvés dans le petit bois qui longe la résidence et qu'on s'est pelotés pour la première fois. Sans le voir venir, c'est aussi comme ça qu'on a partagé quatre ans de nos vies d'adolescents. Quatre ans, quand on est jeune, c'est l'équivalent d'au moins le double dans une vie d'adulte. Au moins.

– Lise ?

Je sors de ma chambre et je me retrouve juste devant lui. Je suis encore dans le passé et s'il se penchait pour m'embrasser, il n'y a rien au monde que je ne trouverais plus naturel. C'est incroyable comme neuf années n'ont pas suffi à effacer les quatre qui les ont précédées.

– Annabelle m'a parlé de sa fille décédée durant tout le soin.

– Hier, elle ne m'a pas reconnue. Je crois qu'elle commence à perdre ses repères.

Il recule et il me manque déjà. J'essaie de me focaliser sur Annabelle, qui est bien plus importante que mes regrets.

– C'est la première fois que tu constates ça ?

– Ça fait des mois que je ne l'avais pas vue.

– Je croyais qu'elle allait souvent en vacances chez toi.

– J'ai beaucoup de travail.

– Elle n'a personne à part toi, tu le sais.

Le reproche dans sa voix n'est même pas déguisé. Je l'encaisse sans broncher, bien que ça ne le regarde absolument pas. Je n'ai pas à me justifier auprès de lui, ni de personne. Ce qui n'explique pas pourquoi ça m'ennuie autant qu'il ait une piètre opinion de moi. Ça ne devrait pas m'atteindre.

– Tu as terminé ? Je dois l'aider à se laver.

Je le dépasse et retrouve Annabelle. Je l'entends sortir de l'appartement. Tant mieux. Il se prend pour qui, sérieux ?

– Mademoiselle…

Je ferme les yeux une seconde, le temps de me recomposer un visage serein.

Lorsque j'ai su qu'Annabelle allait avoir besoin de quelqu'un avec elle tous les jours, je n'ai pas hésité un seul instant. J'ai pris mes dispositions pour le travail et j'ai sauté dans ma voiture. Elle et moi, même sans lien de sang, nous sommes ce qui se rapproche le plus d'une famille l'une pour l'autre. Mes parents vivent en Australie depuis mes dix-huit ans et je n'ai pour ainsi dire personne à part eux. Enfin, j'avais, puisqu'ils ont déserté. Mon père est de là-bas, un musicien assez connu dans son temps, et c'est un peu l'autre bout du monde. Annabelle n'avait qu'une fille qui est décédée des suites d'une septicémie. Son mari, ses frères et sœurs sont tous morts de diverses maladies dues à la vieillesse. Il ne reste qu'elle. Et moi. Alors les reproches d'Ange à mon égard me font bien plus mal que je ne l'aurais pensé. Peut-être est-ce la culpabilité à son égard qui s'ajoute à celle que je ressens envers Annabelle. Si je m'étais préoccupée plus tôt d'elle, j'aurais été là et elle ne serait pas montée sur ce tabouret pour attraper son plat à couscous qu'elle est de toute manière incapable de soulever seule. Elle ne serait pas tombée, ne se serait pas cassé le col du fémur et nous n'en serions pas là.

Mais avec des si…

– Annabelle, c'est moi, Lise. Allons à la salle de bain, d'accord ?

Elle hoche la tête, mais je réalise bien qu'elle ne me reconnaît pas. Je baisse son lit au maximum avec la télécommande et j'approche le fauteuil roulant du bord. Je l'aide à s'y installer. Elle a beau avoir perdu beaucoup de poids, elle reste difficile à déplacer. C'est comme s'occuper d'un enfant. Sauf que je ne me suis jamais occupée d'un enfant, heureusement pour lui.

– Où est Alexandra ?

Je ne sais absolument pas comment gérer la situation. Est-ce que ça vaut la peine de lui expliquer que sa fille est décédée ? Ou est-ce qu'il est préférable de ne pas la traumatiser puisqu'elle aura probablement oublié d'ici quelques instants ? Enfin, je n'en sais rien. Je n'ai aucune idée de ce qui se passe. Pourquoi maintenant ?

Je l'aide à aller aux toilettes en préservant son intimité le plus possible et je constate qu'elle a mouillé ses vêtements. Je suis un peu dépassée. Je n'ai aucune formation d'aide à domicile. Je fais mon maximum pour qu'elle ne s'aperçoive pas de ma découverte. Je l'aide à prendre sa douche en évitant de la regarder. C'est seulement quand je la raccompagne dans son lit que je réalise que les draps doivent également être changés.

– Tu peux rester juste un moment dans le fauteuil ? Je vais refaire le lit, ce sera plus agréable avec du linge frais.

– Merci, Lise. Je ne sais pas comment je ferais sans toi.

– Arrête de répéter ça, tu sais bien que ça me fait plaisir.

Je suis soulagée de voir que son épisode de confusion est passé. Je change la literie en papotant de tout et de rien.

– J'ai assez d'argent pour engager une aide-soignante, m'interrompt-elle. Tu sais que je peux assumer les dépenses nécessaires sans problème.

Oui, je le sais. Annabelle a un patrimoine assez important et elle a divers comptes en banque bien garnis. Je ne vois néanmoins pas l'intérêt de payer quelqu'un alors que je peux me charger moi-même, gratuitement, de tout ça, pendant quelques semaines, au moins.

Je la réinstalle dans le lit, finis de la border et me redresse.

– Ne dis pas de bêtises, je peux…

– S'il te plaît, je ne veux plus que tu me voies si diminuée.

– Ça ne me dérange pas du tout de m'occuper de toi, Annabelle. Après tout ce que tu as fait pour moi, ça me paraît être le minimum.

J'essaie de me persuader que les propos d'Ange n'influencent pas mon entêtement. En vain. Je sais que c'est ma façon de lui prouver qu'il a tort. Même s'il n'en saura rien. Je me prouve à moi-même qu'il a tort ? Bref, il a tort, c'est ça qui est important.

– Je préférerais, je voudrais que tu conserves une image de moi plus digne.

La dignité.

C'est peut-être tout ce qu'il lui reste actuellement et je suis en train de la lui dérober sans même m'en apercevoir.

– C'est d'accord, je vais me renseigner. Sache quand même que je suis sincère, ça ne m'ennuie pas.

– Merci.

Elle lève la main, faiblement, et me caresse la joue. Pourquoi ai-je l'impression qu'elle a capitulé ?

– J'ai été mariée deux fois, tu sais…

Je m'assois sur le bord du matelas et pose ma main sur la sienne.

– Je l'ignorais.

Je suis surprise qu'elle ne m'en ait pas parlé avant. J'avais pourtant l'impression qu'elle m'avait raconté tout ce qu'il y avait à savoir sur elle. Toutes ces heures passées à discuter…

– J'étais très jeune. J'avais dix-neuf ans.

Je l'aide à se réinstaller dans le lit et son regard se perd dans un autre siècle. Elle s'anime, c'est tellement rassurant de la voir retrouver une partie de l'énergie que je lui connais.

– Je travaillais au cinéma avec ma mère, tu sais que nous étions une famille de filles. Il fallait qu'on se débrouille par nos propres moyens. Je tenais la caisse les soirs de séances, je faisais aussi la comptabilité. C'était très apprécié et tellement rare chez une femme qu'ils étaient ravis de m'avoir pour le peu qu'ils me payaient. Et moi j'adorais ça. La première fois que je l'ai vu, il venait pour *Les Dix Commandements*, qui sortait à peine. Il était seul et vraiment élégant. Il m'a souri, il m'a remarquée. Les clients ne me regardaient pas, j'étais juste la caissière… Alors que lui, il a posé les yeux sur moi, pour de vrai. Et puis il est revenu à la séance suivante. Il a continué ainsi chaque semaine pendant deux mois avant d'oser m'inviter à dîner. Nous nous sommes très vite mariés. Il est des personnes pour lesquelles tu as la certitude qu'elles feront partie de ta vie. Pour lesquelles attendre un délai raisonnable ne rime à rien. Nous avons à peine eu le temps de nous aimer. Il a été appelé en 1958 en Algérie, comme de nombreux autres hommes l'avaient été avant lui, mais il était militaire de carrière, tu sais. Nous savions que ça pouvait arriver. Il n'en est jamais revenu. Comme beaucoup également. J'étais veuve à vingt ans…

Je laisse le silence suivre cette confidence. Je sens les larmes affluer et je ne fais rien pour les retenir. Les histoires tragiques comme celles-ci méritent qu'on ne se cache pas, qu'on les pleure librement.

– Alors tu vois, Lise, quand tu rencontres celui qui complète si bien ton âme que c'en est effrayant, ne le laisse pas partir.

– J'y veillerai.

– Tu lui as déjà tourné le dos… Et si le destin le remet aujourd'hui sur ton chemin, ce n'est pas sans raison. Ne ferme pas les yeux sur l'évidence.

– Quelle évidence ?

– Ange…

Je soupire. Annabelle n'a jamais vraiment abordé le sujet avec moi, avant. Elle sait que c'est un terrain miné. Si elle souhaite en parler aujourd'hui, c'est que ça doit vraiment être important pour elle.

– Tu pourrais lui expliquer, insiste-t-elle.

– J'ai laissé passer presque dix ans, il est plus que trop tard pour tenter d'expliquer quoi que ce soit. J'ai fait mon deuil de cette relation et tu devrais le faire également. Il a une famille, maintenant. Il est passé à autre chose, faisons de même.

Je ne voulais pas être sèche. Mais elle ne se rend pas compte qu'elle est en train de me donner de l'espoir.

– Alexandra n'est pas arrivée ?

Mince, je l'ai à nouveau perdue.

– Je vais faire du thé…

Je retourne au salon, en ferme la porte de communication et appelle le médecin généraliste qui suit Annabelle depuis toujours. Je me sens perdue et j'ai besoin d'un soutien médical, ne serait-ce que pour m'aider à gérer la situation. Nous convenons d'un rendez-vous à domicile afin qu'il en profite pour rendre visite à Annabelle, je suis déjà un peu rassurée.

J'essaie ensuite de me changer les idées. J'envoie un email à mon patron pour lui signaler que je ne serai pas en retard sur les délais, et aussitôt, mon téléphone sonne :

– Monroe ! Tu en es où, exactement ?

– J'avance, patron, j'avance.

– Ne nous fous pas dans la merde. Cette histoire de te tirer deux semaines avant le bouclage, déjà, j'ai les bonbons qui collent au papier !

– Mais je…

Il raccroche. Stéphane Lans est un trou du cul, mais un trou du cul qui connaît parfaitement son boulot. Du coup, nous considérons tous que c'est un honneur de travailler sous ses ordres. Officiellement. Car entre nous, nous l'appelons Voldemort et nous faisons des paris sur qui sera le prochain à se prendre une soufflante du boss. Il tient le magazine *Rock Your Soul* depuis presque trente ans et c'est un incontournable, dans le milieu. Alors quand, après mon stage, il m'a proposé de tenir la rubrique « Old School » à la suite de celui qui partait à la retraite, j'ai dit oui. Personne ne voulait de ce poste, car en général, les personnalités évoquées sont mortes ou grabataires. Les événements se font rares et à part les piliers increvables comme Iron Maiden, AC/DC et les Rolling Stones, c'est un peu la rubrique qui sent la naphtaline et où les groupes sont à l'état de momie (vivante ou morte).

En ce moment, je bosse sur un article passionnant que j'ai proposé en réunion éditoriale et qui a fait l'unanimité. Sur lequel je rame un peu parce que… Eh bien, parce que je réfléchis toujours *après* avoir parlé. Et que dans la théorie, faire une *battle* de titres originaux versus les reprises était une bonne idée. Dans la pratique, c'est un peu plus complexe et, soyons honnêtes : je galère. Mais j'aime les défis et, de toute façon, si je ne rends pas mon papier à temps, Voldemort me tombera dessus. C'est motivant.

Je lance ma *playlist* spécialement élaborée pour l'occasion. *The Man Who Sold the World* version Bowie démarre, elle sera suivie de celle de Nirvana, bien sûr. Ces musiques m'apaisent et j'arrive à me concentrer sur autre chose que l'état de mon amie que je vois se dégrader sans pouvoir rien y faire.

4

Lise

– Donc, pour résumer, je dois essayer de la recadrer sur la réalité, sauf que ça ne sert à rien ?

Je confirme : je suis paumée.

– Disons que son état ne va pas s'améliorer. C'est très fréquent de mentalement décliner après une fracture du col du fémur, à cet âge. C'est souvent un signe de lâcher-prise. Annabelle approche l'âge où ça arrive, je ne suis pas étonné. Essayez de lui expliquer ce qu'il en est chaque fois qu'elle se perd.

– Il n'y a rien à faire, concrètement ?

– Non, c'est malheureusement irréversible.

– C'est une forme d'Alzheimer ?

– Pas vraiment, plus une démence sénile. Même si, dans les faits, le résultat est le même. Elle a déjà passé plusieurs examens, ça a démarré avant son accident, qui n'a rien arrangé. Elle ne vous en a pas parlé ?

Je secoue la tête. Non, elle n'a sûrement pas voulu m'embêter avec ça. J'ai eu beaucoup de travail, cette année, avec les rubriques que j'ai décrochées à droite et à gauche. Elle aurait dû, pourtant, elle aurait dû savoir que j'aurais été disponible pour elle. Les paroles d'Ange me reviennent en mémoire et ça m'agace de réaliser qu'il a raison. Elle n'a que moi et je n'étais même pas là pour prendre conscience de ce qui lui arrivait. Je retiens mes larmes, encore. J'essaie, car si je commence à me laisser aller maintenant, je ne suis pas certaine de pouvoir m'arrêter. Et elle a besoin de moi, pas d'une version défaitiste de celle que je suis vraiment.

– Vous connaissez des aides à domicile qui pourraient venir pour lui faire sa toilette, ces choses-là ? Elle préférerait que ce soit une inconnue plutôt que moi.

– C'est tout à fait compréhensible. Et croyez-moi, c'est mieux pour vous également. Il est souhaitable que vous conserviez une image positive d'elle dans vos souvenirs.

– Vous parlez comme si elle était déjà morte.

Il soupire en ouvrant sa sacoche qui doit être aussi âgée que lui. Je ne me souviens pas l'avoir vu sans. Je me concentre sur ce détail, ça m'aide à tenir le coup. Ces petites touches de normalité sont salvatrices. Elles donnent l'illusion que tout va bien. Elles distraient mon esprit du désespoir qui me pousserait presque à allumer la télé et à bader les programmes pourris. Presque.

– Préparez-vous à ce que ce soit psychologiquement très difficile. Vous la connaissez depuis longtemps et la personne qu'elle est en train de devenir n'aura bientôt plus rien de commun avec celle qui était votre amie.

Il sort une carte du fatras de papiers qui débordent de sa mallette et me la tend :

– Voici les coordonnées d'une association qui fournit des aides à domicile en tout genre. Vous devriez rapidement les appeler afin de mettre ça en place au plus tôt.

– Merci.

– Ne partez pas perdante, il se peut que ses épisodes de confusion restent sporadiques. Préparez-vous quand même. Ce qui est réconfortant, c'est que durant l'épisode, elle-même n'a pas réellement conscience de ce qui se passe. Elle est enfermée dans cette époque de sa vie qui appartient au passé, sans avoir aucune idée de ce qui se produit dans le moment actuel. Elle réalisera, pendant ses passages de lucidité, qu'elle perd la mémoire du présent, mais elle n'en souffrira pas, elle sera simplement un peu désorientée. C'est une consolation, bien maigre, j'en conviens, mais il faut vous raccrocher à tout ce que vous pouvez.

– Je vois, d'accord…

Ça en fait des informations à encaisser. Je me demande à quel moment je vais craquer et tout envoyer valser. Je suis venue pour aider Annabelle pendant sa convalescence et me voilà à assister, totalement impuissante, à sa descente aux enfers…

Le médecin est parti depuis plusieurs heures, l'aide à domicile va démarrer dès ce soir, Annabelle m'a appelée trois fois « Mademoiselle » et m'a encore demandé deux fois où était sa fille. Je pense qu'on peut considérer que c'était une journée bien remplie. Sans parler du conseil qu'elle m'a donné et qui tourne inlassablement dans ma tête. Elle n'aurait pas dû me dire tout ça. J'avais réussi à éteindre la petite lueur d'espoir par rapport à Ange et la voilà ravivée. Je vais juste un peu plus me faire souffrir. Et comme j'ai un karma moisi et puant, c'est le moment que Jérôme choisit pour se pointer sur le balcon d'à côté.

Il est toujours aussi beau, il lui ressemble sans lui ressembler. Il est brun, il porte ses cheveux courts, ses yeux sont aussi bleus que ceux d'Ange. Ils tiennent ça de leur mère. Ils n'ont que dix-huit mois d'écart alors, même si Ange est l'aîné, ils sont souvent sur un pied d'égalité. Enfin, *ils étaient.* Je ne peux plus parler d'eux comme si je les connaissais. L'homme qui me regarde, là, n'a plus rien à voir avec le garçon qui m'a envoyée me faire voir quand je suis revenue. Ni avec celui qui passait ses soirées avec nous à écouter de la musique, rire et manger des pizzas.

Lorsque j'ai prévu de séjourner quelques semaines ici, j'avais plutôt bien réussi à occulter le fait que la famille de mon ex y vivait. Naïve et stupide… Je vais peut-être toucher un mot à Annabelle sur la nécessité d'installer une cloison opaque entre les deux balcons, surtout si je dois y passer du temps.

– Emma m'a parlé de toi.

Bonjour à toi aussi, connard.

D'ailleurs, je ne prends pas la peine de lui répondre. Je profite de la sieste d'Annabelle pour faire le plein de vitamine D tout en travaillant sur mon article. J'ai bien avancé, même si ce n'est pas encore ça. Et peu importe qui vit ou se promène sur le balcon d'à côté, j'ai le droit d'être tranquille. Il est en train de me pourrir *Knockin' on Heaven's Door* et ça, je ne sais pas si je pourrais le lui pardonner, en revanche. Donc, ça serait parfait qu'il la boucle. Genre, maintenant. On ne gâche pas la version de Dylan, quand même, un peu de respect !

– Tu es revenue pour lui ?

– Va te faire foutre, Jé.

Bon, j'ai répondu. Je ne suis pas très douée dans la guerre du silence. C'est-à-dire que j'aimerais bien bosser sans être interrompue par tout le voisinage.

– Laisse-le tranquille.

– Qu'est-ce que tu ne comprends pas dans « va te faire foutre » ?

– Je ne plaisante pas, Lise.

– Moi non plus, *Jérôme*.

Ce que ça peut m'agacer quand les gens s'adressent à moi en mettant mon prénom en avant, comme si j'étais une gamine qui avait besoin d'être remise à sa place.

Hein, Lise, nous sommes d'accord, Lise, tu as compris, Lise…

Je connais mon prénom, merci bien. Bon sang, il m'a déjà fait le coup il y a neuf ans, ce boulet plus jeune que moi ! Il me fait passer pour un succube doublé d'une veuve noire !

– Je te préviens, je…

– Quoi ? Tu vas mettre un contrat sur ma tête ? Non ? Bon, alors, je ne vois pas bien ce que tu pourrais faire. Je suis ici pour Annabelle, que ça te plaise ou non. Quant à ma relation avec ton frère, elle ne te concerne pas.

– Pourquoi tu cries sur mon tonton ?

Il ne manquait plus que la naine.

– Tu n'es jamais à l'école, toi ?

– C'est les vacances, je suis toujours chez papy et mamie pendant les vacances.

– Tu parles sur un autre ton à ma nièce !

Je l'imite en grimaçant avec une toute petite voix aiguë, ce qui fait rire Emma, mais pas du tout Jérôme. J'adresse un clin d'œil à la petite fille qui me le rend bien. Enfin, elle ferme les deux yeux très fort, c'était bien tenté.

– Viens, Emma, on rentre.

– Non, je reste avec Lise.

– Elle a du travail.

– Absolument pas ! Bonjour Emma, j'ai bien eu ton QG de tétines, je le fais passer aux nécessiteux dès que possible. Alors, qu'as-tu fait de beau, aujourd'hui ?

Je ne le regarde pas, je sais qu'il doit être en train de tenter de m'éliminer façon Jedi. Si ça peut l'agacer, je suis prête à passer un moment avec la glumaude. Je ne suis pas spécialement vindicative de nature, excepté le fait que Jérôme a le don de réveiller en moi les pires aspects de ma personnalité. Oui, d'accord, je suis clairement revancharde. J'essaie de me contrôler, on va dire que c'est un bon début. Ce n'est pas une mauvaise idée d'accumuler des bons points, sait-on jamais, qu'il y ait vraiment un paradis, voire une réincarnation… Et les enfants, c'est « points comptent triple », au moins, non ?

Emma prend un air pensif avant de déclarer :

– J'ai regardé *Raiponce*, et puis j'ai fait le salon de thé et tonton a fait une vidéo. Tu montres ? ajoute-t-elle à l'attention de Jé qui semble ravi.

– Je n'ai pas mon téléphone.

– Je vais le chercher !

La miss part en courant, manque de se prendre la baie vitrée dans la tête, fait un dérapage contrôlé sur le carrelage et disparaît dans l'appartement. Je fais exprès d'ignorer Jérôme qui fulmine certainement. Emma revient très vite avec un téléphone et me le colle sous le nez, ou presque, vu la différence de taille. Je me penche un peu par-dessus la barrière où je l'ai rejointe. Son oncle se saisit du portable et lance la vidéo avant de le lui rendre, sans un mot. Cette gamine a toute la famille à son service, c'est évident. Elle ouvre ses grands yeux bleus et m'est avis qu'elle peut demander n'importe quoi à n'importe qui, elle l'obtiendra d'un battement de cils et d'un petit courant d'air dans ses boucles blondes.

Je regarde la vidéo où on la voit consciencieusement servir le thé.

– C'est bien, cependant, sais-tu que le thé est vivement déconseillé aux enfants ?

– Pourquoi ?

– La théine c'est comme la caféine. Ça te surexcite et après, impossible de t'endormir et tu rends tes parents complètement chèvre. Si en plus tu manges des aliments sucrés après dix-sept heures, c'est terminé, te voilà réveillée jusqu'à minuit à courir partout comme une dératée.

– Pas de thé, pas de café, alors ?

– Jamais pour les enfants, non.

– Et quand je serai grande ?

– C'est à réfléchir. Parce que ce sont des boissons qui tachent les dents. Alors après, si tu veux avoir les dents marron, c'est toi qui vois, hein. Franchement, une jolie jeune fille qui dégaine un sourire de gueuse, ça le fait moyen.

– C'est quoi une gueuse ?

– Emma, c'est l'heure du goûter, non ?

Piètre tentative de Jérôme pour se débarrasser de moi.

– Il est quelle heure ? lui demande la petite demoiselle.

– Quatre heures et demie, environ.

– C'est quand dix-sept heures ?

– Dans trente minutes.

– C'est long comment trente minutes ?

– Ben… comme trente minutes… une demi-heure, quoi…

– C'est long comment une demi-heure ?

– Je sais pas… comme…

– Comme la moitié de *Raiponce*, j'interviens en jubilant.

J'adore le voir essayer de s'en sortir en échouant lamentablement, et c'est encore plus jouissif de l'interrompre et de constater la compréhension sur le visage d'Emma.

– Si je veux des céréales pour mon goûter, je dois me dépêcher ?

C'est à moi qu'elle pose la question et je ne peux m'empêcher cette fois de lancer un sourire étincelant de satisfaction à Jé. J'ai la jubilation modeste.

– C'est ça, parce que c'est bientôt dix-sept heures. Si tu veux, tu peux demander à ton oncle de mettre une alarme sur son téléphone, comme ça, tu sais quand c'est dix-sept heures.

Mouhahaha, je suis fourbe.

– Tonton !

– Rentre prendre ton goûter, Emma, j'arrive.

– À bientôt, Lise !

– À bientôt, Emma comme Madame Bovary !

– C'est qui Madame Movary ?

– Je te raconte la prochaine fois, promis.

Elle me lance un bisou de loin et je l'attrape au vol avant de le déposer sur ma joue. Elle me rend chamallow, cette gosse, je dois me reprendre ou Voldemort ne fera qu'une bouchée de moi. Elle retourne à l'intérieur et moi je m'installe à la table de jardin, devant mon ordinateur, comme si de rien n'était.

– Tu fais chier, Lise.

– Tout le plaisir est pour moi, Jé.

Je n'ai aucun scrupule à utiliser une enfant pour ridiculiser mon ennemi juré. J'achète ceux de mon quartier avec des goodies, alors je ne suis pas à une corruption près. D'ailleurs, je vais envoyer un email au stagiaire au magazine pour qu'il m'en fasse parvenir un lot. Histoire d'être sûre que la gamine sera de mon côté la prochaine fois qu'on se retrouvera tous les trois avec son connard d'oncle.

Je relève la tête et constate que je suis seule. Je rentre moi aussi pour préparer une collation à Annabelle. En espérant que, cette fois, elle me reconnaîtra du premier coup.

« Non, laisse-moi, je ne peux plus souffrir ta présence. Tu me dégoûtes !

– Je t'en prie, essaie de comprendre ! Je ne suis plus l'homme que j'étais alors !

– Tes mensonges ne m'atteindront plus jamais ! Je te hais, tu entends ! Adieu !

Elle sortit en courant, ses longs cheveux blonds fouettant le vent avec une fougue qui n'avait d'égale que sa détermination à mettre le plus de distance possible entre cet individu qu'elle exécrait et son cœur meurtri. »

– Sérieusement ? Je trouve ça très mauvais, Annabelle. On devrait changer de livre.

– Continue, s'il te plaît, je veux savoir s'il essaie de la rattraper.

Je souris. Annabelle a toujours été fan des romans à l'eau de rose et, depuis que sa vue a baissé, je suis lectrice officielle. Aucune romance avec Fabio en couverture n'a de secret pour moi. J'ai une culture inquiétante dans ce domaine. Des années 80 à nos jours, tout y est passé, du médecin au cow-boy sans oublier le milliardaire ! Je reprends donc ma lecture en essayant de mettre le ton dans les dialogues. Quitte à faire quelque chose, autant le faire bien.

« *Lydia, mon amour, écoute-moi, je peux tout expliquer !*

– Arrête ! Ne m'abreuve plus de ton venin ! Je refuse de te laisser continuer à me servir tes salades !

– Elle n'est rien ! Elle n'a jamais rien représenté pour moi !

Ses yeux bleu azur, dans lesquels Lydia parvenait d'ailleurs à lire la sincérité, la scrutaient avec désespoir. Oui, il pensait réellement ce qu'il disait. Soudain, ce fut le désir et la fougue qui remplacèrent l'inquiétude dans le beau regard de celui qui lui avait ravi son cœur des années auparavant. Ses jambes devinrent aussi molles que de la gelée à la groseille et il la rattrapa de justesse alors qu'elle perdait totalement pied. »

– C'était ouvert…

Je me retourne d'un coup et découvre Ange, tranquillement installé contre le chambranle de la porte, les bras croisés, un demi-sourire aux lèvres.

5

Lise

Parfait.

– Je crois qu'elle s'est endormie, fait-il judicieusement remarquer.

Je reporte mon attention sur Annabelle qui roupille en effet sereinement pendant que je me ridiculise. Cette situation commence à se répéter un peu trop à mon goût. Serait-ce un coup du vieux bonhomme là-haut qui s'éclate à faire de ma vie une vaste plaisanterie ?

– Je vous laisse, j'annonce en me levant.

Je me drape dans les lambeaux de ma dignité (ces romances à l'eau de rose commencent à déteindre sur moi) et sors de la pièce. J'ai du mal à m'empêcher de sourire et je pense qu'Ange s'en est rendu compte. Ce qui me donne la fausse impression que lui et moi pouvons toujours être complices. Peut-être que si je partais en courant, en fouettant le vent de ma chevelure bouclée, il tenterait de me rattraper et… C'est cela, oui. Il est temps que je me prépare une infusion.

J'ai ramené avec moi ma tisane elfique, un mélange d'herbes apaisantes, je pense que je peux m'octroyer une double dose. D'habitude je fais attention, car ce petit paquet de verdure coûte un rein, mais on va dire que ce soir je me fais plaisir. Je m'installe à la table de la cuisine pour déguster mon breuvage hors de prix quand Ange me rejoint.

– Je peux m'asseoir un moment ? J'ai un peu de temps avant mon prochain patient.

– Bien sûr. Tu veux une infusion ?

– Non, merci.

Il prend la chaise en face de moi et me fixe en silence. J'aime l'avoir si près de moi, même si je doute que mon cœur s'en remette tellement il s'emballe. Ange porte ses cheveux attachés en arrière, quelques mèches retombent sur son visage, ça lui va bien. Il ne dit rien et ça commence à devenir un peu embarrassant parce que, lui aussi, il me détaille sans vergogne. Ou alors, je me fais des films et il se contente de me regarder normalement. Ce qui est plus que probable. Il n'y a aucune raison qu'il me regarde autrement.

– Il y a un souci avec Annabelle ? je lui demande, inquiète.

Comme je l'ai dit, je ne suis pas très douée en guerre du silence.

– Je suis passé voir ma fille avant de venir.

– D'accord.

Je ne vois pas en quoi ça me concerne, mais je ne vais pas le contredire. Il doit avoir un tas de seringues dans son sac à dos et je ne voudrais surtout pas lui donner une bonne raison de s'en servir sur moi. De bonnes raisons supplémentaires, s'entend.

– Elle refuse de boire son chocolat chaud à l'heure du goûter. Une idée de la raison de cette nouvelle lubie ?

Je plonge dans mon infusion en réprimant un fou rire. Cette gamine a le chic pour transformer tous mes propos et qu'ils se retournent contre moi. Pourtant, au lieu de m'agacer, ça m'amuse. Ce qui en dit long sur mon âge mental.

– Il paraît que ça pourrait la rendre « ratée ». Toujours pas d'idée ?

– Il se peut que j'aie éventuellement amené le sujet sur le tapis. Laisse-moi te dire que ta fille entend ce qu'elle veut entendre, car je n'ai absolument pas incriminé le chocolat. Juste le thé et le café. Et le sucre après dix-sept heures. Ce qui, à mon humble avis de nullipare, devrait de toute façon être pris très au sérieux. Considère donc que je t'ai rendu service.

– Elle t'aime bien.

Je hausse les épaules. C'est mignon et tout ça, enfin bon, les gosses…

– Tu fais souvent la lecture à voix haute ?

– Elle ne dormait pas quand j'ai démarré.

Dit comme ça, ce n'est pas très flatteur. J'endors les vieux en lisant. Pourtant j'ai mis le ton et tout.

Il me sourit.

Attaque de fossettes que je distingue enfin.

Soupir intérieur.

Je lui rends son sourire.

Ce n'est pas grand-chose et ça me fait du bien. Le genre de détail qui est le bienvenu, surtout dans les circonstances actuelles.

– Tes cheveux, je ne crois pas que tu les aies déjà eus aussi longs.

Je baisse les yeux sur mes ondulations qui m'arrivent sous les seins. Oui, c'est vrai, ils n'ont jamais été aussi longs. Et qu'il le remarque, c'est bête, ça me fait plaisir. Il a l'air dans ses pensées. Je ne réponds pas. Je laisse cette remarque a priori anodine prolonger cet instant. Il se reprend rapidement :

– Annabelle était en forme, ce soir, elle m'a reconnu et m'a dit que tu avais pris des dispositions pour qu'une aide à domicile vienne passer du temps avec elle.

Dommage, j'ai cru qu'on avait enterré la hache de guerre. Naïve et stupide, c'est confirmé. Forcément, je suis de suite sur la défensive :

– Elle a insisté. Je ne fuis pas mes responsabilités, si c'est ce que tu sous-entends.

Il lève les deux mains :

– Je ne te reproche rien, je m'informe.

– Bien sûr.

– Je vais y aller.

– Oui, bonne idée.

– Pourquoi tu te braques ? Je t'ai connue moins tendue.

Je suis tellement étonnée qu'il aborde notre passé commun que je ne réponds rien et le regarde partir.

Qu'y a-t-il de plus malhonnête que de donner des conseils sur la vie sexuelle des gens quand la nôtre est quasi inexistante ? Eh bien, être payée pour. Voilà, c'est mon taf. Enfin, celui dont personne ne soupçonne l'existence, à part Loïc, bien sûr. Je gère quelques rubriques sexo et courriers du cœur pour des magazines et webzines féminins. Mon rêve, c'est la musique. Mais si les rêves payaient les factures et remplissaient les frigos, ça se saurait. Je suis patiente, je sais que je finirai par me faire un nom dans le milieu.

Je réponds en général à toutes les questions que nous recevons à la rédaction. C'est ensuite la rédac chef qui choisit celles qui seront publiées dans cet hebdomadaire à tirage national. Et certaines sont également diffusées sur le site Internet. J'y œuvre sous le pseudo KinkyLili, dégoté par Loïc. Il adore me charrier sur les réponses parfois saugrenues que j'apporte.

Loïc me manque et j'aimerais pouvoir me confier à lui. Sur tout. Nous n'échangeons que quelques emails où je le tiens informé de la situation, sans entrer dans les détails. Alors je m'absorbe dans mes rubriques féminines au lieu de céder à la tentation de m'épancher et geindre à son oreille. Et puis c'est plus sérieux.

Finalement, je ne m'en sors pas trop mal, financièrement parlant. J'aimerais aller plus loin, quand je vois des collègues qui finissent par avoir des émissions à la radio ou à la télé, forcément, ça me fait rêver. Je suis meilleure à l'écrit, c'est certain, je ne suis cependant pas contre explorer d'autres médias. C'est mon truc, l'ambition professionnelle. C'est ce que je fais le mieux. Je fais aussi très bien le tiramisu, mais cela est hors propos. Bien que ma version, avec des Thé de Lu et une couche de pâte de Spéculoos, soit indécente tellement elle est délicieuse. Et comme ce doit être le seul plat que je cuisine, j'ai tendance à souvent le réaliser pour compenser le fait que je sois incapable de m'en sortir aux fourneaux. D'ailleurs, je devrais en faire un, tiens. J'ai faim.

Ambre, la nouvelle aide à domicile, vient de donner sa douche à Annabelle et je les laisse tranquillement faire connaissance. Même si je suppose que, forcément, le fait de l'avoir lavée crée des liens et qu'elles ont déjà partagé quelque chose de très intime. Je les entends discuter dans la chambre. Elle reste jusqu'à vingt heures et a souhaité s'occuper du repas. C'est elle la pro, je suis le mouvement. Mais j'avoue que ça me fait quelque chose de lui passer la main, je me sens inutile.

Je ne suis pas étonnée d'entendre la sonnette vers dix-neuf heures trente. Une intuition. Pas forcément de bon augure. Je termine ma bouchée de tiramisu, une tuerie comme je le disais, et je vais ouvrir.

6

Lise

Ange a l'air passablement agacé, probablement les restes de notre conversation de tout à l'heure mélangés à la nouvelle fixette de sa fille. Pour laquelle je ne me sens absolument pas responsable, d'ailleurs.

– Elle veut encore te voir. Et ce n'est pas mon idée, mon père pense que ça nous épargnera les cris qu'on a eus hier soir.

Je termine ma cuillerée et j'essaie de faire comme si je n'avais pas remarqué que les yeux de mon voisin provisoire sont fixés sur mes lèvres. J'espère surtout que je n'ai pas du chocolat partout.

– Tu as…

Il tend la main, comme pour me toucher, se ravise. Je me tourne vers le miroir de l'entrée. Ben oui, j'ai du chocolat aux coins des lèvres, c'est tellement plus fun, comme ça. Je m'essuie rapidement.

– Je préviens l'aide à domicile et j'arrive.

Je lui tourne le dos et vais informer Ambre que je suis juste à côté en cas de besoin. D'après ce que je vois, elles se débrouillent parfaitement sans moi, ce qui me contrarie, et j'arrive donc dans l'appartement voisin un peu crispée.

– Bonsoir, Hélène.

Je salue la mère d'Ange en souriant, je l'ai toujours appréciée. Même si le regard acéré que je récolte me rappelle que j'ai fait souffrir son fils et qu'elle ne me le pardonnera pas aussi facilement, voire jamais.

J'ajoute cela à mon humeur déjà peu enjouée et vais directement dans la chambre d'Emma. Dès qu'elle me voit, elle saute de son lit et s'accroche à ma jambe. Je la secoue un peu pour qu'elle lâche, récolte un regard réprobateur du père de la glu et tente de m'agenouiller pour me mettre à la hauteur d'Emma.

– C'est une tétine que je vois dans ta bouche ?

– Che lui dis auvoir comme cha.

– Enlève-la quand tu me parles, sinon je ne t'écoute pas. C'est très mal élevé de parler à quelqu'un la bouche pleine.

Elle obtempère et je lui fais lâcher ma jambe en ignorant l'ombre d'Ange qui se rapproche.

– Quel est le problème ? Tu sais que j'ai une vie, quand même ? Je ne peux pas venir te border tous les soirs, c'est le boulot de tes parents, voire de tes grands-parents. Pas le mien. Sauf si on me payait pour le faire, excepté que je ne suis pas baby-sitter, donc j'aime autant que nous réglions le problème et que cela ne se reproduise plus.

– J'ai mangé du dessert.

– Et alors ?

– C'était du sucre et il était plus que dix-sept heures. J'avais oublié. Papy dit que c'est pas grave mais je veux pas être ratée.

– Je n'ai pas dit que tu serais ratée, pour commencer. J'ai dit que tu courrais partout comme une dératée.

– C'est quoi une dératée ?

– Une folle.

Il peut toussoter si ça l'amuse, je suis là à sa demande, maintenant il fait avec et basta.

– Tu as brossé tes dents ?

Elle hoche frénétiquement la tête.

– Bon, ça ira. J'ai oublié de te dire qu'on a droit à une exception sucrée en dessert, le soir. Si on se brosse bien les dents pendant trois minutes, puis la langue, ça passe.

Elle se tourne vers son père avec un air désespéré :

– J'ai pas brossé ma langue !

– Vas-y…

Il semble blasé. Attends, mon gars, si tu n'expliques pas correctement à ta fille l'hygiène bucco-dentaire, ce n'est pas ma faute !

Elle sort de la chambre en courant, fait un demi-tour et revient se planter devant moi :

– Tu pars pas, je reviens !

– Fais vite, je suis occupée.

C'est totalement faux, mais si je pouvais ne pas avoir l'air d'une *no life*, ce serait pas mal. Elle file à nouveau à toute allure. Je prends appui sur le sol pour me relever et glisse sur un truc roulant. Ange me rattrape, je l'entraîne dans ma chute et nous tombons sur une licorne en peluche. Le tout en une seconde et demie, environ. J'en ai le souffle coupé parce que, concrètement, il est tombé sur moi.

– Mince ! Ça va ?

Il se relève et me prend les mains pour m'aider à me remettre moi aussi sur pieds.

– Je crois que oui…

Je relève la tête, croise son expression amusée juste avant qu'il ne se mette à rire. Je l'imite, c'est sûrement une façon pour nous d'évacuer le stress que nous avons accumulé.

– Vous foutez quoi ?

Ah ben, si Jérôme veut se joindre à nous, pourquoi pas. Je dois pouvoir m'arranger pour qu'il se pète la tronche, lui aussi. Et qu'il tombe sur quelque chose de bien pointu. Pile entre les jambes. Moi, si je peux rendre service, hein.

– Une belote, je gagne.

– Emma voulait voir Lise, enchaîne Ange en reprenant son sérieux.

– Tonton ! Lise va me raconter mon histoire du dodo ! s'écrie la fille de mon ex en se précipitant sur moi.

Plaît-il ?

Elle est sérieuse la demi-portion ?

Je lève les yeux et croise le regard (bleu azur… je déconne) d'Ange qui hausse les épaules l'air de dire « c'est elle la boss ».

– En même temps, j'ai été témoin de tes dons de narratrice, lance-t-il l'air de rien.

Je rêve ou il se fout de moi ?

– S'il te plaît, Liiiiise… me supplie la naine.

– Tu vas la laisser seule avec ta fille ? Après ce qu'elle t'a fait ?

Je l'avais oublié, le frangin. Cette petite réunion de famille dont je ne fais pas partie commence à me taper sur les nerfs.

– Tonton, tu n'as pas, genre, un truc à faire dans l'espace ? je lui rétorque, sans chercher à masquer mon impatience.

– Lise, je te préviens je…

– On la lit cette histoire ? je propose à Emma qui me lâche enfin la jambe et va se blottir dans son lit.

J'entends Jé sortir et je sais qu'Ange est juste derrière moi, ce qui me rend un peu nerveuse… alors je tente de faire abstraction.

– Tu veux quoi comme histoire ?

– La petite sirène !

– Je n'aime pas l'histoire de la petite sirène, je vais plutôt te raconter une version sympathique de Mélusine, qui est aussi une sirène, ça te va ? Même si je viens de te spoiler l'un des moments clefs de l'histoire.

– D'accord.

– Alors, il était une fois un prince très riche et très beau, comme le sont tous les princes, qui se languissait de tomber amoureux.

– C'est quoi se languissait ?

– Si tu commences à m'interrompre, ça ne va pas le faire. On ne coupe pas la parole. Et tu regarderas dans le dictionnaire.

– C'est quoi un dictionnaire ?

– Un livre qui t'explique tous les mots que tu ne comprends pas parce que, lui, il a le temps et la patience et que c'est son boulot.

– Je sais pas lire !

– Il est temps d'apprendre, je te rappelle que l'année prochaine, tu rentres au CP. Bon, mon histoire t'intéresse ? Sinon je m'en vais !

Elle pose son index sur ses lèvres scellées et je reprends donc mon récit :

– Ce prince avait son royaume au bord de la mer. Ce qui est fort commode pour l'histoire qui nous intéresse. Tous les jours, il se plantait sur son rocher préféré et s'écriait dans le vent, vêtu de sa chemise à jabot, ses cheveux couleur des blés ondulant au gré de la brise marine : « Pourquoi ne puis-je enfin trouver l'amour ? »

Je dois sérieusement arrêter avec les livres d'Annabelle, je commence à avoir des tendances mièvres. Emma a l'air d'apprécier, cela dit. Son doigt n'a pas quitté sa bouche et ses yeux sont grands ouverts. Elle, au moins, reconnaît mes talents oratoires. Merci.

– Un jour où il se lamentait encore, il aperçut une chevelure rousse et bouclée à la surface des vagues.

– C'est Mésine !

– Oui, c'est Mé-lu-sine. Répète après moi. Mé-lu-sine.

– Mé-lu-sine.

– Bien, à ton âge c'est quand même mieux de ne pas écorcher les noms. Par contre ne m'interromps plus, tu as gâché ma chute. Je disais donc, il aperçut une tête dans l'eau et à peine fit-il un pas dans sa direction qu'elle disparut. Plusieurs jours plus tard, il guettait l'océan et paf !

La petite sursaute en même temps que je tape dans mes mains. Je suis fan des effets de style. Je devrais peut-être en ajouter pour Annabelle, c'est ça la solution !

– Voilà qu'il se rendit compte que, en réalité, elle avait une queue de sirène ! « Ne partez pas ! » qu'il lui dit, mais tu penses, elle était déjà au fond de l'eau. Encore plusieurs jours s'écoulèrent sans qu'il eût de ses nouvelles quand un matin, alors qu'il commençait à perdre espoir, elle revint. « Mon père accepte que je vous épouse et me donnera des jambes humaines à une condition : chaque soir je m'enfermerai dans mes appartements et vous ne devrez pas me rendre visite sans mon autorisation. » Le prince accepta, il était un peu désespéré et ne voulait pas finir vieux garçon. Et puis le roi avait envie d'une descendance, ça craint un royaume sans héritiers, c'est un coup à attirer tous les opportunistes du coin et à se coltiner une guerre. Y'a qu'à voir dans *Game Of Thrones*. Bref, Mélusine tombait plutôt bien. Il y eut un beau mariage, tout ça, et un soir, alors que Mélusine s'était enfermée dans sa chambre, comme convenu, un ami du prince lui fit remarquer que c'était bien étrange que sa femme fasse des petits secrets. Piqué par la curiosité, le prince entra sans se faire annoncer et découvrit sa jeune épouse dans un bac d'eau, une queue de serpent à la place des jambes. Elle poussa un hurlement strident qui brisa toutes les fenêtres du palais, ce qui allait coûter une fortune au roi pour les remplacer, et s'écria : « Tu m'as trahie, tu ne me reverras plus jamais ! », avant de sauter par la fenêtre. Celle-ci était par chance juste au-dessus de la mer, ça aurait été dommage qu'elle se…

– Je pense qu'on est bon pour ce soir, fait remarquer Ange.

– Je n'ai pas terminé !

– La version censurée suffira, merci.

Le monde n'est pas encore prêt pour ce que j'ai à lui offrir.

Il s'approche et embrasse Emma sur le front avant d'arranger les couvertures. Elle fixe ses grands yeux sur son père comme les petites filles savent le faire. Avec une expression qui veut dire « mon père, ce héros ». Ça me fait quelque chose de les observer tous les deux. Une petite voix dans ma tête me dit que ça aurait pu être ma famille. Et ça me fait frémir d'horreur, parce que… une enfant.

Je me lève et adresse un clin d'œil à ma nouvelle copine avant de m'éclipser. J'arrive à peine à la porte d'entrée de chez Annabelle, je sens qu'il est derrière moi.

– Merci. Je ne sais pas pourquoi, ta franchise lui plaît.

Je me retourne et lui demande :

– Et toi ?

– Moi quoi ?

– Est-ce que tu me détestes toujours ?

Il me regarde sans rien dire. Je n'arrive pas à déchiffrer ce qui passe dans ses yeux. Dommage, avec Edward, dans la romance que je lisais à Annabelle, ça avait l'air si simple. Malheureusement, ma vie n'est pas un roman et je ne pars pas gagnante avec un « et ils vécurent heureux » sous le bras.

– Je suis désolée, tu sais… pour tout. Je ne voulais pas…

– C'était il y a longtemps. J'ai tourné la page, me coupe-t-il dans mes pathétiques excuses qui arrivent de toute façon dix ans trop tard.

Bizarrement, ça ne me rassure pas du tout. Au lieu de me dire que c'est chouette qu'il ne m'en veuille plus, je suis déçue qu'il ne ressente plus rien pour moi. Peut-être bien que, finalement, je préférerais qu'il me déteste.

– Tu me manques.

Réfléchir avant, parler après. Ce n'est pourtant pas compliqué. Mais non, il semblerait que j'en sois incapable. Et à en juger le choc sur le visage d'Ange (cette fois je décrypte sans souci), ce n'était pas la meilleure chose à dire. J'ignore pourquoi j'ai balancé ça. En plus, il est avec la mère d'Emma. Ma déclaration est clairement inappropriée. C'est pourquoi je me réfugie dans l'appartement et referme la porte avant qu'il ne puisse répondre quoi que ce soit.

Avec un peu de bol, demain il aura tout oublié.

Ange

Quand je la vois s'éloigner de moi, comme ça, c'est son premier départ que je revis.

Elle qui vient me trouver, distante. Moi qui ne comprends pas immédiatement.

Elle qui me dit qu'elle a été acceptée dans cette école, à cinq cents bornes.

Qu'elle a besoin de faire une pause.

Une pause ?

Je me souviens ne pas avoir intégré tout de suite ce qu'elle voulait dire.

Une pause ?

Je ne voulais pas arrêter, moi. Je voulais tout lui donner, passer ma vie avec elle.

Elle n'avait pas le droit. Ni de partir. Ni de revenir.

7

Lise

Si quelqu'un me croisait maintenant, je suis convaincue qu'il appellerait le service psychiatrique le plus proche. Je suis dans la cage d'escalier, en nuisette en coton tellement lavée qu'elle est plus grise que blanche. Recroquevillée sur la dernière marche, celle où il m'a embrassée, la première fois. Je me berce doucement en imaginant ce que ma vie aurait pu être si je ne l'avais pas laissée m'échapper. J'ai l'impression d'avoir été oubliée sur le bord de la route à un moment donné et d'avoir assisté au déroulement des années comme une spectatrice. De loin. Sans aucune possibilité d'interaction avec les événements qui me concernent pourtant directement. J'aurais voulu crier pour qu'on m'entende, *qu'il* m'entende. Au lieu de ça, c'est comme si j'avais ouvert la bouche et qu'aucun son n'avait voulu en sortir. Juste un goût amer, celui des regrets, et aucune possibilité de le faire passer.

Je sais bien que je suis pathétique. J'ai fait tellement d'efforts pendant tout ce temps loin de lui que j'ai presque réussi à me convaincre moi-même que j'allais bien.

Presque.

Il a refait sa vie, bien sûr qu'il n'allait pas m'attendre ! Bien sûr qu'il est allé de l'avant !

Alors pourquoi, moi, je n'ai pas réussi à me détacher de nous ? Je suis probablement plus sensible que d'ordinaire à cause de la situation avec Annabelle. Elle a réveillé en moi des blessures qui n'avaient jamais vraiment cicatrisé. Et de la voir si affaiblie, si proche de la fin de sa vie, c'est un peu comme si quelqu'un venait remuer le couteau dans la plaie. Avant, celui qui me motivait et me poussait à affronter les obstacles au lieu de les fuir, c'était lui. Or, celui auquel je dois faire face aujourd'hui, *c'est* lui.

Et lui faire face me terrorise plus que je ne le pensais. Je me mets à avoir des insécurités sur tout. Et s'il me trouvait moche ? Je n'ai pas tellement changé depuis le lycée. Je suis toujours aussi mince, trop mince au point que je suis plus embarrassée qu'autre chose si je mets un soutien-gorge. Je lève les bras et il se barre à moitié. Ange aime peut-être les femmes bien formées et il me voit toujours comme une gamine. Et mes cheveux, ils ne ressemblent à rien, je les ai toujours laissés faire leur vie. Je les colore en auburn, oui, mais sinon, c'est assez champ en friche, comme coupe. Je vois bien qu'il me fait perdre mes moyens, je ne suis pas du genre à me soucier de ce que les autres pensent de moi. Mais il n'est pas les autres. Il est plus, tellement plus.

– Tu ne devrais pas laisser la porte d'Annabelle ouverte.

Il est là, devant moi, en bas des escaliers où je me trouve, les mains dans les poches. Comme si c'était la chose la plus naturelle au monde qu'on se croise ici tous les deux. Comme si nous ne nous étions pas arrêtés.

– J'entends si quelqu'un arrive.

– Tu ne m'as pas entendu.

– Tu es venu pour me faire la morale ? Parce que ce n'est vraiment pas le moment. Alors si tu veux bien me laisser pleurer tranquillement et revenir un autre jour pour te la jouer grand sage, mes jérémiades et moi apprécierions, merci.

Je me lève pour ponctuer ma tirade agacée et à peine ai-je fait un pas qu'il gravit les quelques marches qui nous séparent, m'attrape par le poignet et m'attire à lui avant de me pousser contre le mur. Il me fixe en silence et je n'ose ni esquisser un geste ni parler. Je reste figée sous son regard auquel il m'est impossible de me soustraire. Sa bouche n'est qu'à quelques centimètres de moi, je sens son souffle se répercuter sur la mienne à chaque expiration. Il respire fort, comme s'il tentait de se contrôler. J'entrouvre les lèvres pour envoyer un peu plus d'air à mon cerveau, ses yeux suivent aussitôt le mouvement. Sa main vient doucement se poser sur ma gorge, délicatesse en contraste avec la pression exercée par l'autre sur mon poignet. Comme s'il luttait entre l'envie de moi et le besoin de s'éloigner. Ou le contraire. Je le laisse faire, je savoure chaque seconde si près de lui. Et quand ses yeux reviennent au niveau des miens, j'ignore ce qu'il y lit, mais ça semble être le déclencheur qui a raison de son contrôle.

Il ne m'embrasse pas ; il prend mes lèvres.

Il ne me caresse pas ; il me revendique.

Il n'y a aucune tendresse dans ses gestes. Seulement une frustration longuement contenue, une revanche, un solde de tout compte. Il plaque ses mains sur mes épaules et sa langue pénètre ma bouche sans douceur. Je n'en veux pas, de douceur… c'est parfait. Il m'embrasse comme s'il voulait rattraper ces neuf dernières années. D'un coup. Je lui rends son agressivité en agrippant ses cheveux. Ils sont doux, je le maintiens contre moi. Sa barbe caresse mes joues et les irrite un peu, aussi. J'aime ça. Ce mélange de sensations contradictoires. Ses doigts descendent le long de mes bras et viennent enserrer ma taille. Il me soulève et j'enroule les jambes autour de lui. Il me maintient à sa hauteur en me soutenant sous les fesses. Jamais il ne rompt le contact entre nos lèvres. Jamais il n'ouvre les yeux. Jamais il ne me donne la sensation d'être à ma place. Et pourtant je ne me suis jamais sentie aussi adéquate qu'en cet instant. Ses yeux demeurent fermés, ils m'ignorent. Les miens le scrutent, impriment chaque image de lui au fond de mes rétines. Je ne suis pas certaine d'être bien éveillée, je suis convaincue que ce que nous faisons ne nous rendra pas service, mais ça m'est égal. Il me veut, je le veux, c'est l'essentiel.

Et soudain, c'est comme s'il reprenait conscience de l'instant présent.

Il me repose au sol.

Appuie son front contre le mien.

Soupire.

Et s'en va.

Je me rajuste. Je redescends jusqu'au troisième étage et me faufile sans bruit dans l'appartement. *J'ai seize ans et je rentre après avoir fait le mur.* Je le faisais souvent pour retrouver Ange et cette nuit a un goût de passé qui ne me déplaît pas.

Je suis dans un état vaseux et j'ignore si je vais en sortir. À moins que ce ne soit simplement le choc de ce qui s'est produit dans les escaliers. Ou plutôt de ce que je pense qui s'est produit, car je me demande de plus en plus si je n'ai pas fantasmé toute la scène. Pris mes désirs pour la réalité. Et ma tisane au prix prohibitif ne m'aide pas du tout à reprendre contact avec le présent. Dès que je me laisse un peu aller, je ressens ses lèvres sur les miennes, sa langue dans ma bouche, ses… OK. Il est temps que j'aille sous la douche. Surtout que je dois reprendre contenance pour sa visite matinale à Annabelle.

Quand je suis enfin habillée et présentable, on sonne à la porte. Il a un peu d'avance, j'essaie de ne pas trop m'emballer quant à la signification de ce timing. J'essaie. J'échoue. J'ouvre la porte, un peu fébrile, j'avoue, et je me ramasse la tête la première. Métaphoriquement parlant, bien sûr. Je n'ai absolument aucune idée de qui est le type sur le palier. Il est clairement infirmier puisqu'il lit une ordonnance et que bon… nous n'attendons personne d'autre.

Ce type, là, vient démolir encore plus les préjugés que j'avais sur les infirmiers. Il a les cheveux un peu longs sur le front et les côtés, bouclés, avec un vague air de Hugh Dancy tout jeunot. Il est assez grand, mince, et je n'ai jamais vu un mec aussi bien sapé. Je veux dire… je me sens complètement pouilleuse à côté de lui. Il relève la tête et me sourit.

– Bonjour, je remplace Ange, ce matin. Je viens voir Annabelle. Vous devez être Lise ? Je suis Anthony !

Hé, attention, trop d'enthousiasme tue l'enthousiasme, mon petit ! Et puis, le retour à la réalité est assez cash. Si le monsieur pouvait m'excuser un instant que je ramasse mes dents qui jonchent le sol.

Ange envoie un remplaçant et il est fort probable que ce remplaçant sache pourquoi il le remplace.

– Entrez.

Je le guide jusqu'à la chambre où Annabelle somnole devant la télévision et je les laisse pour les soins. Si ma fierté se demandait comment gérer la confrontation post-nocturne, elle vient d'avoir l'occasion de s'aplatir lamentablement. C'était tellement horrible pour lui d'imaginer me voir après ce qui s'est passé ? Rude. Chienne de vie. Et la mère d'Emma, dans tout ça ? Le garçon que je connaissais n'aurait jamais eu un comportement d'enfoiré avec elle, et l'homme ?

Je n'ai pas trop le temps de m'appesantir sur mon misérable sort qu'on sonne à nouveau à la porte. Aurait-il eu des remords de me laisser comme une vieille chaussette encaisser son esquive ? Ah non. C'est l'aide à domicile. Je l'avais oubliée, celle-là.

– Bonjour, Lise ! Notre Annabelle a bien dormi ? me lance-t-elle en souriant.

Elle a trop de dents. Elle sourit trop de bon matin. Et depuis quand Annabelle est « notre » quoi que ce soit ?

– Oui, très bien, elle est en soins avec l'infirmier, là.

– Annabelle est prête pour sa toilette, nous interrompt justement le remplaçant d'Ange.

– Bonjour, je suis Ambre !

J'abandonne dans l'entrée l'aide à domicile et l'infirmier en grande conversation et m'installe sur le balcon. Avec un peu de chance (c'est cela, oui, elle semble tellement me sourire aujourd'hui), Jé ne sera pas dans le coin. Il faut bien qu'il bosse, lui aussi, à un moment. Et puis je ne vais pas me confiner à l'intérieur avec un temps magnifique comme celui que nous avons ces jours-ci, juste par crainte de croiser des membres de la famille de mon ex. Je bosse pour Voldemort, je ne crains personne. Méthode Coué.

8

Lise

– Monroe, j'ai besoin de toi pendant deux jours. Des interviews à gérer et je n'ai personne de dispo.

– Et vous avez pensé à moi parce que je ne me trouve qu'à cinq-cents kilomètres et que je suis en vacances ?

– Je t'attends la semaine prochaine.

– Ça ne va pas être…

Et voilà ! Il a encore raccroché ! Ce type est imbuvable ! J'étais prête à me remettre à bosser, mais puisque c'est comme ça, je vais m'octroyer une petite sieste en même temps qu'Annabelle.

– Tu dors ? Dis, tu dors ? Tu dors ?

– Quoi ?

J'ouvre les yeux et constate que je suis seule. Bien. Si maintenant je me mets à entendre des voix.

– Tu dors plus ?

La naine. Encore elle. Elle me traque, je crois. Je me lève et m'approche de la séparation qui m'arrive à hauteur des hanches, en bâillant.

– Tu es encore dehors toute seule, sans surveillance ? Ta famille n'a donc aucun sens pratique ?

– Le balcon est protégé, mamie elle a dit, alors je peux venir si je veux parce que papy il a mis des protections et qu'il y a rien pour grimper alors moi je peux sortir quand je veux faut juste que je le dise et c'est pas dangereux.

– Qu'est-ce que tu veux ? J'ai du travail.

Lise… reprends-toi, c'est juste une gosse…

– Tu as promis de me parler d'Emma Movamy, me répond-elle, pas le moins du monde vexée.

Je pose les avant-bras sur la barrière et appuie mon menton dessus pour être plus ou moins au niveau de la glumaude.

– Bo-va-ry. Répète.

– Bo-va-ry.

– Tu vois quand tu veux, tu y arrives.

– C'est qui ?

– C'est une héroïne de roman.

– C'est quoi une héroïne ?

Misère, je ne suis pas sortie de l'auberge.

– C'est le personnage principal de l'histoire. Dans Mélusine, c'est Mélusine l'héroïne. Dans *Madame Bovary*, c'est Emma Bovary l'héroïne. Tu piges ?

Elle hoche la tête, l'air très concentré. Faut que je fasse attention à ne pas trop lui raconter de bêtises, elle serait fichue d'être encore traumatisée pour trois fois rien. Et j'ai comme qui dirait envie d'éviter son paternel et son oncle pendant un petit moment. Si c'était possible… ce ne serait vraiment pas du luxe.

– Donc, Emma est mariée à un médecin, sauf qu'il est très ennuyeux.

– Il veut jamais jouer avec elle ?

– Voilà, c'est ça. Il ne s'occupe que de ses patients. Et Emma, elle aime les belles robes, les livres, se pomponner, jouer à la grande dame. Mais que quand son mari rentre du travail, il veut manger sa soupe et aller se coucher. Emma s'ennuie.

– Et il lui arrive quoi ?

– Si je te le dis, ça te gâchera toute la surprise pour le jour où tu le liras. Et crois-moi, tu le liras au moins une fois quand tu seras à l'école, c'est une sorte de bizutage littéraire.

– C'est quoi un bizutage ?

– Tu as brossé tes dents après ton petit déjeuner ? je lui demande sans transition histoire de tenter de noyer le poisson.

– Oui et j'ai même brossé ma langue ! me lance-t-elle toute fière avant d'ouvrir la bouche et de tirer sa petite langue rose.

– C'est bien. Bon, maintenant je vais retourner travailler.

– Tu travaillais pas, tu dormais. Des fois maman fait la sieste, que quand son amoureux est à la maison.

– Tu veux dire ton papa.

– Non, mon papa c'est pas l'amoureux de ma maman. Ils m'aiment moi mais eux ils s'aiment plus d'amour. Alors maman elle a dit à papa de s'en aller et papa il a dit d'accord mais qu'il voulait me voir. Alors maintenant, ils s'aiment comme des amis mais pas comme des amoureux. Et puis ils criaient beaucoup elle a dit maman, mais moi je sais pas j'étais trop petite et même que papa il dit qu'ils n'étaient même pas dans la même maison.

J'essaie de ne pas exécuter une petite danse de la joie en apprenant qu'Ange et la mère d'Emma ne sont plus ensemble. Ce ne serait pas charitable pour la petite et ça ne signifie pas qu'il n'a pas quelqu'un d'autre dans sa vie. Je me reconcentre sur le babillage de la demoiselle.

– Et maman elle fait la sieste que quand son amoureux est là pour pas que je sois toute seule. Alors son amoureux, il s'appelle Alain, et ben il joue avec moi aux PetShop.

– C'est quoi ça, des pets de quoi ?

– Non, des PetShop. T'en as jamais vu ? Je vais en chercher !

Pas le temps de trouver une parade, la voilà repartie en mode bolide dans l'appartement. Elle revient moins d'une minute après, une caisse de jouets presque aussi grande qu'elle dans les bras.

– Ça, c'est ma boîte de PetShop quand je suis chez papy et mamie. Regarde ! Même que maman, elle a une copine et sa fille elle est trop grande maintenant et elle voulait plus jouer avec ses PetShop alors elle a donné tout ça et plus même mais j'en ai gardé à ma maison.

Parce que maman elle dit que ça coûte un bras ces petites bestioles alors on peut pas en acheter mais c'est pas grave parce que la copine de maman elle a donné des tas et des tas de PetShop.

Je suis essoufflée rien qu'à l'écouter…

Elle me tend une tortue de trois centimètres de long, à la tête démesurée.

– Y'aurait pas comme un souci de proportions à ton bestiau, là ?

– Je sais pas. Ça veut dire quoi ?

– Non, laisse tomber. Et ils font quoi tes animaux difformes ?

– Je vais te montrer.

La voilà partie à sortir tout ce qui se trouve dans la grosse boîte en plastique. Je rapproche une chaise de la séparation et m'y installe, à genoux pour être à une bonne hauteur.

– Je fais la ville des PetShop, y'a le marchand de glaces, le docteur des animaux, le coiffeur…

Elle me balance l'inventaire tout en plaçant méticuleusement chaque élément à l'endroit précis où elle estime qu'il doit se trouver. Ça fait mal de me l'avouer, mais je commence à m'attacher à cette gamine et ce n'est franchement pas une bonne idée. Au moment où je me demande d'ailleurs comment ça se fait qu'elle soit livrée à elle-même aussi longtemps, j'aperçois la mère d'Ange derrière la baie vitrée. Elle est installée sur un fauteuil et tricote en nous jetant des regards réguliers. Au moins, elle n'a pas brandi un crucifix en m'aspergeant d'eau bénite. Dans la situation actuelle, je considère cela comme du positif. Je m'accroche à ce que je peux.

– Tiens, toi tu fais le chien.

– Heu, t'es mignonne, je préfère être la tortue, et de loin. Ce chien a une tête de mutant. File-moi la tortue.

Elle me redonne la tortue dont le crâne est gonflé à l'hélium et nous démarrons un jeu de rôles qui ne me passionne pas… dans lequel elle met tellement de motivation que, malgré ma réputation, je n'ai pas le cœur de l'interrompre.

Une heure plus tard, je suis sauvée par la mère d'Ange qui rappelle sa petite-fille à l'intérieur.

– Tu reviens pour le goûter ? On n'a pas fini.

Encore une fois, elle me regarde avec ses grands yeux bleus aux cils que je jalouse (on dirait qu'elle porte du mascara et moi, pour avoir ce résultat, je dois en mettre dix couches…) Et donc, je lui promets de revenir pour seize heures trente.

– Tu vas pas assez vite !

– Je suis une tortue, par définition, j'avance lentement.

– On n'a qu'à dire que ta tortue, elle va vite !

– Ma tortue a déjà une grosse tête et subit un déséquilibre de son centre de gravité à cause de ça, laisse-la tranquille.

– Tu vas être en retard pour ton rendez-vous chez le coiffeur !

– T-Rex n'a pas un seul cheveu sur le caillou ! Que veux-tu que le coiffeur fasse ?

Elle réfléchit un instant et sourit d'un coup de toutes ses dents. Ce qui est un peu inquiétant, car elle a l'air totalement machiavélique et ça ne me dit rien qui vaille. Elle rentre et je la vois parler à sa grand-mère. Celle-ci lui tend quelque chose et Emma revient en courant, toute fière, brandissant un petit poing triomphant sous mon nez.

– On va lui faire des cheveux !

Elle tient des brins de laine violette entre ses doigts et semble convaincue qu'elle vient d'avoir l'idée du siècle.

– Lise, vous désirez un thé ? Oh, bonjour Ange.

Si Ambre, l'aide à domicile, n'était pas intervenue, je n'aurais pas relevé la tête. Je n'aurais pas réalisé qu'Ange est devant la baie vitrée ouverte. Je n'aurais pas remarqué qu'il nous observe, sa fille et moi. Et je ne serais pas en train de me demander depuis combien de temps il espionne notre partie de PetShop.

– Pas de thé, merci Ambre.

– Emma, tu veux bien aider mamie à préparer le repas ?

Alors que je me suis demandé toute la journée pourquoi il m'avait évitée, j'irais bien, moi aussi, aider mamie à préparer le dîner… Bien entendu, personne ne me le propose.

– Tu t'entends bien avec elle.

– De ce côté de la barrière, je pense qu'elle est la seule avec qui c'est le cas. Alors aussi misérable que ça puisse me faire paraître, j'apprécie.

– Pour cette nuit…

– Ne te fatigue pas, un moment d'égarement, j'ai compris. Le message a été très clair. Et si tu pouvais épargner un chouille ma fierté en ne m'expliquant pas pourquoi tu m'évites en envoyant l'un de tes collègues à ta place, ce serait très altruiste de ta part.

– Un moment d'égarement ?

Je crois que je viens de faire une boulette.

– Tu vois ce qui s'est passé comme un moment d'égarement ? répète-t-il.

– Eh bien… toi d'abord.

Voilà, prise de risque minimale. Sur un malentendu, la situation va revenir à mon avantage. À moins qu'elle n'ait jamais vraiment été de mon côté ?

Ange

Je ne sais pas ce qui me gonfle le plus. Qu'elle parle d'un moment d'égarement ou qu'elle s'imagine que je l'ai sciemment évitée. De toute façon, quoi que je dise, ça tombera à côté. Je le vois dans sa façon d'être sur la réserve.

– Je suis passé te voir entre deux patients parce que je voulais qu'on en parle. Et tu me balances que tu regrettes ?

– Je n'ai pas dit ça, je vois bien de qui tient ta fille. Tu entends ce que tu as envie d'entendre. J'ai dit que j'avais déduit de ton absence ce matin que tu considérais cette nuit comme un moment d'égarement.

– Quoi, cette nuit ?

Je me retourne et fais face à mon frère qui a l'air très remonté. Et qui se mêle surtout de ce qui ne le concerne pas.

– C'est une conversation privée, Jé.

– Tu ne vas pas encore te laisser vampiriser par cette traînée ?

– Oh ! Je suis là, hein ! Et je te signale que ta nièce est juste derrière toi. Je te laisse t'amuser à lui expliquer ce que tu viens de dire ! lui lance Lise avant de pivoter et de ramasser son ordi.

– Queen, attends…

– Je ne suis pas contre discuter avec toi, mais tant que ton frère sera dans le coin, permets-moi de m'éclipser.

– Vilain tonton ! Tu as fâché mon amie !

– Emma, retourne avec mamie, sois mignonne, j'arrive…

– Non ! Vilain papa aussi ! Tu veux pas partager Lise ! Et Lise c'est mon amie, pas ta tienne ! Et Lise elle s'appelle pas Queen, elle s'appelle Lise !

– On dit « pas la tienne », la reprend Lise. Sinon ce n'est pas français, or, Emma, tu es censée parler français.

J'ignore le soupir agacé de mon frère, note que ma fille a toute son attention fixée sur Lise qu'elle adule pour je ne sais quelle raison, et entends ma mère appeler tout le monde à l'intérieur. C'est le moment que mon ex choisit pour s'enfuir en adressant un signe de la main à Emma, évitant soigneusement de me regarder. Elle ferme la porte-fenêtre et je me retrouve seul sur le balcon avec mon frère.

– On peut savoir ce qui te prend ?

– Et toi ? Elle débarque et deux jours après tu es déjà en train de ramper devant elle !

– En quoi ça te concerne ?

– Ce n'est pas elle qui t'a ramassé à la petite cuillère quand elle t'a largué pour aller faire sa vie ! Ce n'est pas elle qui t'a aidé à t'en sortir quand tu touchais le fond ! Et quand tu devais prendre ces putains de médocs pour réussir à t'extraire de ton lit le matin, ce n'était pas non plus elle qui était là. Alors c'est plutôt à moi de te demander ce qui te prend !

Je savais que ma rupture avec Lise avait eu des conséquences désastreuses sur un peu tout le monde, répercussions logiques de mon état. Mais j'ignorais que Jé en avait autant souffert. Je pensais que j'étais le seul à en avoir bavé. Je ne l'ai jamais vu aussi énervé.

– Et qui lui a dit de se barrer quand elle est revenue, la queue entre les jambes ? C'est grâce à moi si tu n'es pas retombé dans ses bras au premier battement de cils ! Elle serait repartie, cette nana est une girouette ! La preuve, elle fout quoi, là ?

– De quoi tu parles ?

L'air étonné de Jé me confirme que je ne suis pas censé être au courant de ce qu'il vient d'évoquer.

– Elle est revenue ? Quand ? je lui demande en tâchant de conserver mon calme.

La dernière chose dont j'ai besoin, c'est qu'Emma entende une dispute entre mon frère et moi. Même si elle est à l'intérieur, cette gamine est déjà passée par une ambiance merdique entre sa mère et moi, elle n'a vraiment pas à encaisser autre chose du genre. Je n'aimerais pas qu'elle nous surprenne.

– C'est sans importance, tente-t-il d'éluder.

Je suis sur la brèche et ça doit se voir sur mon visage, car il enchaîne :

– Un mois après être partie, elle est revenue. Elle voulait te voir, elle disait qu'elle avait commis une erreur, qu'elle devait te récupérer, qu'il fallait que tu lui pardonnes. Qu'elle allait choisir une autre école et toutes ces conneries pour alléger sa conscience. Elle avait juste réalisé qu'elle ne s'en sortait pas seule, c'est tout ! Elle t'aurait encore fait souffrir ! C'était reculer pour mieux sauter ! Je lui ai dit de se tirer et elle tenait tellement à toi que, tu vois, elle est partie sans insister.

– Et donc ça ne t'a pas traversé l'esprit que j'aurais aimé être au courant ? Tu m'as pris pour un assisté ? C'est de ma vie dont on parle, là !

Il me regarde sans rien dire. Je ne m'énerve pas souvent et je fais un immense effort pour ne pas hausser la voix.

– Tu avais l'intention de me le dire, un jour ? Tu me caches d'autres trucs qui me concernent ?

Il secoue la tête et je vois qu'il serre les poings le long de son corps. Je n'aime pas me disputer avec lui, mais je n'en reviens pas qu'il m'ait menti au sujet de Lise.

– Autre chose que je dois savoir ?

– Tu sais ce que je pense d'elle. Tu sais que je serai là si elle te fout encore en l'air. Mais essaie de réfléchir, cette fois.

– Je n'ai pas besoin de tes conseils. Je n'ai pas besoin qu'on vive ma vie à ma place. Juste… oublie-moi quelque temps. Je dois digérer cette histoire.

Jé rentre sans rien ajouter et je me retrouve seul sur le balcon. J'entends un bruit et me retourne.

– J'ai oublié mon chargeur…

Elle semble aussi choquée que moi. Je suis convaincu qu'elle a entendu l'aveu de mon frère.

– Tu étais revenue ?

Elle hausse les épaules.

– Lise, tu voulais encore de moi ?

Elle me sourit, un de ces sourires tristes et défaitistes.

– Jé a raison. C'était il y a longtemps, on a chacun suivi notre chemin. Ça ne servirait à rien de ressasser.

– Tu ne m'as rien dit.

– Ton frère m'en a empêchée. J'aurais pu trouver un autre moyen, je pense qu'il est dans le vrai, j'aurais pu insister. Mais je t'aurais fait plus de mal qu'autre chose.

Je l'observe, et ce que j'ai ressenti cette nuit en la voyant dans les escaliers me revient de plein fouet. Une partie de moi voudrait reprendre là où nous nous étions arrêtés il y a presque dix ans. L'autre voudrait qu'elle reparte comme elle est venue et que je puisse continuer ma vie.

Sans elle.

Sans l'image que j'ai d'elle, allongée sur mon lit, ses boucles emmêlées après l'amour, ses yeux brillants, ses lèvres gonflées de m'avoir trop embrassé.

Non, pas trop.

Jamais trop.

Je ne peux pas la laisser revenir et pourtant, je sens qu'il suffirait d'un rien pour que je la supplie de me permettre à nouveau de souffrir pour elle. J'ai parfois l'impression qu'avoir mal à cause d'elle vaut mieux que de ne rien ressentir sans elle.

Au moment où je m'apprête à faire une connerie, à lui dire tout ça, elle prend la décision pour deux et retourne se réfugier dans l'appartement d'Annabelle.

Maintenant que j'ai une raison de vivre, maintenant que je suis capable d'affronter ce monde seul, maintenant que j'ai refermé cette plaie sans son aide… elle revient.

9

Ange

– Tadam !

Emma se plante devant moi, les bras en l'air et un immense sourire sur le visage. Parfois, elle arrive à me couper le souffle, comme ça, juste en me souriant.

– C'est des foulards ?

– C'est tous les foulards de mamie. Et mamie même que elle a dit que je pouvais jouer avec. Alors je me suis déguisée et elle a fait des nœuds pour que ça tienne parce que sinon on voyait mes fesses et mamie elle a dit qu'une jeune fille ne doit pas montrer ses fesses.

Elle tourne sur elle-même. Je suis assis sur son lit et elle me fait son défilé en riant.

Je me rappelle de ce moment où ils l'ont déposée dans son petit berceau en plastique et où elle m'a regardé avec ses grands yeux bleus. Personne ne me croit, mais à ce moment, elle m'a souri. Marie s'était endormie, c'était juste Emma et moi et ma vie qui changeait, là, dans son regard bien éveillé.

– Je peux aller sur le balcon pour montrer à Lise ? Parce que Lise elle est souvent sur le balcon, alors je veux lui montrer ma robe de foulards.

– Viens me faire un câlin, plutôt.

– T'as besoin d'un câlin ?

Elle saute sur le lit et se hisse sur mes cuisses. Elle pose ses petites mains gluantes de je ne sais quoi sur mes joues et un bisou sur mon nez.

– Je dois aller travailler. Tu seras sage avec papy et mamie ?

– Mamie elle dit que je suis toujours sage, que je suis la plus gentille des petites filles et qu'elle va faire de la tarte aux pommes pour le goûter !

– Tu m'en garderas ?

Elle hoche la tête et s'échappe déjà pour jouer à autre chose. J'ai ma dose de sourires pour partir bosser. Je jette un œil à la porte d'Annabelle en partant et descends rapidement les escaliers avant de faire une connerie.

Lise

Je profite que l'aide à domicile ne revienne pas des courses avant au moins une heure pour aller m'installer avec Annabelle.

– Ah, Mademoiselle, pourriez-vous téléphoner à l'école de ma fille ? Elle a encore oublié son goûter pour l'école. Elle est tellement tête en l'air.

Je me concentre pour ne pas craquer. Contrairement à ce qu'on pourrait penser, ce n'est pas plus facile parce que ça devient une habitude. Non. Je n'ai jamais rien eu de plus difficile à faire que d'encaisser le fait que cette femme, avec qui j'ai tant partagé, me considère comme une inconnue. Et elle devient elle aussi une inconnue à mes yeux. Je ne sais pas si mon plan peut lui faire du bien ou pas, mais je vais tenter et je verrai bien. Mon but étant d'évoquer son passé, celui où elle semble bloquée.

– Annabelle, j'aimerais que tu me parles de ton premier mari.

Ce n'est que lorsqu'elle commence à me raconter que je me dis que cette expérience a une petite chance de lui être bénéfique.

– Il s'appelait André. Il était beau, si vous saviez. Une de ces beautés froides et arrogantes, mais j'ai tout de suite vu au travers de cette barrière qu'il mettait entre lui et les autres. La première fois que je l'ai aperçu, il était en costume. C'était tellement rare à cette époque de voir les hommes bien vêtus, surtout dans mon quartier, que toutes les femmes le regardaient. Lui, c'est moi qu'il voyait. Je me suis sentie tellement importante dans son regard.

Je l'écoute, j'enregistre chacune de ses paroles, j'observe ses yeux pétiller et ses joues rosir quand elle évoque leur premier baiser. Chaste baiser, sur la joue, du bout des lèvres. L'homme qu'elle me décrit avait des manières de gentleman. Ça a un certain charme. J'étais moi-même traitée comme une princesse, sans aller jusque-là. Ange n'a jamais eu honte devant ses potes de dire qu'il préférait passer la soirée avec moi devant un film plutôt que d'aller jouer au foot avec eux. Il me tenait toujours la porte quand on entrait à la cantine. Ce genre de petits détails que je considérais alors comme acquis.

L'été avant de partir, je me suis lassée. Stupidement. J'imaginais une nouvelle vie qui m'attendait, dans la grande ville, et je ne m'y voyais pas avec lui. Le jour où je suis revenue, complètement perdue… Je m'en souviens encore comme si c'était hier. Pas comme si ça datait d'il y a dix ans.

– Tu sais, Lise, tout le monde a droit à une deuxième chance. Le grand amour, on ne le croise pas deux fois.

Je regarde Annabelle qui me reconnaît, et rien que pour ça, j'aime ce moment. J'ai la sensation que ces instants de lucidité vont être de plus en plus rares. Et donc de plus en plus précieux.

– Tu as raison, j'en suis consciente.

– Et que vas-tu faire ?

– Lui demander cette seconde chance.

Elle me sourit, je lui prends la main et nous restons à profiter du silence apaisant… jusqu'à ce qu'Ambre fasse son entrée.

– Vous ne devinerez jamais ce qui m'est arrivé pendant que je faisais la queue à la caisse !

Je m'éclipse pour ranger les courses et la laisse distraire Annabelle avec ses aventures au supermarché. C'est entre un paquet de riz et une boîte de thon au naturel que je trouve le courage de faire le premier pas. Et pour ça, je vais être sournoise.

– Hé ! La glumaude !

– C'est quoi une glumaude ?

Emma relève la tête de sa ville PetShop et me lance un grand sourire.

– C'est une glu mixée avec un grumeau. Un petit truc collant dont on ne peut pas se dépatouiller. Un enfant, quoi.

Elle acquiesce comme si c'était logique et qu'elle comprenait parfaitement de quoi je parle. Je mets mon plan « reconquête d'Ange » à exécution en attaquant d'abord le front « progéniture ».

– Regarde, j'ai des cadeaux pour toi.

Je lui tends mes mains dans lesquelles je tiens les différents objets publicitaires que le stagiaire m'a envoyés pour elle. Un stylo, un bloc-notes, une mini-lampe de poche, un porte-clefs, des marque-pages et d'autres bricoles. Ses yeux brillent comme si je détenais un merveilleux trésor. Alors que c'est du « made in China » en plastique de basse qualité. Inutile de briser ses illusions.

– Dis, tu me rendrais un petit service ?

– Oui… me répond-elle, totalement hypnotisée par les goodies.

– Ton père sera bientôt dans le coin ?

– Il est là, il boit du café avec mamie et tonton dans la cuisine même que je lui ai dit que ça faisait des taches mais lui il a dit que c'était pas vrai qu'il avait toujours bu du café et qu'il n'avait pas de taches.

– Tu irais le chercher pour moi ? Et tu veux bien rester dans le salon et crier très fort « boulet » si tu vois ton tonton arriver ? Répète après moi : boulet.

– Boulet.

– Bien, alors, tu peux faire ça ?

– D'accord !

– Tiens, prends tout ça, tu pourras montrer à mamie.

Je lui fourre tout son magot dans ses petites menottes qu'elle ramène contre elle pour ne rien faire tomber. Elle démarre au quart de tour, comme toujours, et Ange arrive moins d'une minute après.

– Un souci ?

– Pas du tout. Je voulais qu'on parle. Tu as cinq minutes ?

– Je ne travaille pas, cet après-midi.

– As-tu envie de discuter ?

Je veux être sûre qu'il sera réceptif. J'ai besoin de crever l'abcès une bonne fois pour toutes. Je n'aime pas les non-dits et il en plane un gros depuis qu'il m'a embrassée.

– Je t'écoute.

Il croise les bras, on voit bien qu'il prend soin de son corps. Focus. Je disais…

– Au sujet de l'autre nuit, je ne regrette absolument pas ce qui s'est passé. Mon seul regret est que tu sois parti.

Je fais une pause, au cas où il souhaite en placer une, finalement.

– Je croyais que c'était un moment d'égarement ? finit-il par lâcher.

– Tu t'es enfui, pourquoi ?

– Je ne suis pas comme toi, Lise. Avec toi, tout est simple. Tu veux quelque chose, tu le prends. Tu ne le veux plus, tu le jettes.

– J'ai changé. Je sais précisément ce que je veux, pourquoi je le veux, comment je le veux. Et je n'ai aucune intention de le jeter.

– Et que veux-tu ?

– Toi.

Ange

Elle me balance ça avec un aplomb que je lui envie. Elle a toujours assumé ses sentiments, ses désirs, mais là, c'est autre chose.

C'est un aveu.

Elle reconnaît s'être plantée.

Je voudrais que ce soit aussi simple. Passer cette barrière, la prendre dans mes bras et reprendre là où nous nous étions arrêtés.

Sauf que ce n'est pas si facile.

Lise

– Donne-moi une chance. Je n'ai pas eu l'opportunité de te montrer que je regrettais. Je veux juste une chance.

– Tu as acheté la complicité de ma fille avec des trucs en plastique.

– Oui.

– Tu ne fais même pas semblant d'être embarrassée ?

– Non.

– J'ai besoin de réfléchir.

– Fais donc ça.

– Boulet ! Boulet ! Boulet !

Parfait timing, le frangin. Sur ce, ayant dit ce que j'avais à dire, je retourne à l'intérieur. Ambre vient immédiatement me chercher.

– Annabelle m'a dit que tu faisais la lecture ?

– Oui, elle a envie que je lise pour elle ?

– Et moi aussi !

– Allez, ça me changera les idées !

– Tu étais avec Ange ? Je n'ai pas pu m'empêcher de voir… tu le connais bien ?

– On sortait ensemble au lycée. Longue histoire. Mal terminée.

Le style télégraphique, je ne suis pas sûre que ça fasse augmenter ma cote de popularité. Mais bon, de quoi elle se mêle, hein ?

– Et vous deux…

Non, mais c'est vrai, elle se prend pour qui ? C'est moi qui gère une rubrique de courrier du cœur… merci bien.

– Tu veux le récupérer.

– Je suis si transparente ? Ce n'est pas bon, ça. Je suis censée devenir Voldemort, pas Sissi impératrice.

– Pardon ?

– Rien, allons lire cette romance.

Je la précède dans la chambre et reprends le livre là où nous nous étions arrêtées avec Annabelle. Depuis hier, nous sommes dans une romance historique.

« Le duc lâcha la jouvencelle, qui manqua de s'effondrer à ses pieds. Jamais elle n'aurait dû le laisser l'embrasser ! Jamais elle n'aurait dû accepter de le recevoir en l'absence de sa mère. Il méritait sa réputation de libertin, elle en était à présent certaine. Même si ses lèvres rougies par ce baiser en redemandaient. Tout son corps avait senti la puissance des muscles

de l'homme qui lui jetait à présent un regard de triomphe. L'arrogance qu'elle lisait dans ses yeux n'était que le reflet d'une âme trop longtemps corrompue. Elle s'essuya prestement la bouche du revers de sa main gantée et se redressa avec autant de dignité que ses jupons le lui permettaient. »

– Tiens, on dirait moi. La dignité en berne, c'est mon mode par défaut.

Annabelle sourit à ma réplique alors qu'Ambre a l'air vraiment captivée. Incroyable. Je n'arriverai pas à comprendre comment on peut encore vendre des schémas ressassés inlassablement depuis des décennies. Je poursuis la lecture, plus pour penser à autre chose que par envie. Mon coup d'éclat avec Ange commence à m'inquiéter, c'est l'adrénaline, ça. Elle retombe, et forcément, je réalise que je me la suis jouée kamikaze. Maintenant, soit j'assume… soit je m'enfuis. Je peux faire ça, remarque. À présent qu'Annabelle a quelqu'un avec elle, il me suffirait d'augmenter les heures d'Ambre ou de combiner avec une de ses collègues… Et hop, ni vu ni connu, je retourne à Lyon. Je peux revenir de temps en temps, les week-ends. Avec un peu de chance, je ne croiserai pas Ange. Voilà, ça me paraît plutôt pas mal. La politique de l'autruche, en définitive, c'est sûrement le meilleur plan. Il finira par se dire que tout n'a été qu'une illusion et…

– Lise, on sonne à la porte, tu veux que j'y aille ?

Je sors de mes pensées, abandonnant mon plan plus que médiocre, et secoue la tête.

– Non, continue la lecture, tu as l'air plus passionnée que moi, de toute façon.

Je me lève et vais ouvrir. Ce n'est pas l'heure de l'infirmier, j'ai donc ma petite idée sur qui se trouve derrière la porte. Ce qui annihile mon plan d'évasion. Et sinon, le coup de l'interruption en sonnant à la porte, ça varie dans la région, des fois, ou pas ?

10

Lise

Je n'ai pas le temps de dire quoi que ce soit, il m'attire dans le couloir et m'entraîne entre le quatrième et le cinquième étage. Là il me fait face, pose ses mains sur mes épaules et me regarde fixement. Je sens son souffle sur mes lèvres, ses mains qui remontent sur mon cou, ses yeux qui m'observent, légèrement plissés. Il fait un pas et je me retrouve coincée entre le mur et lui. Et pour rien au monde je ne changerais de place. Le temps s'étire, je n'ose pas parler. Je profite de la chaleur de ses paumes sur ma peau, je fermerais bien les paupières, mais je veux le voir. J'ai besoin de le voir. Je sais, je le connais encore, je sais ce qu'il fait.

– J'ignore comment te donner une chance, murmure-t-il.

Il me dit non, il s'ouvre à moi et me montre le mal que je lui ai fait.

– Je ne suis pas sûr d'être capable de te faire confiance. Je t'avais tout donné et tu es partie sans un regard. Littéralement, Lise. Le jour où tu m'as quitté, tu ne t'es pas retournée une seule fois. Je suis resté devant chez moi, comme un con, en me disant que tu allais faire demi-tour, que c'était encore une de tes blagues qui ne font rire que toi. Tu es montée dans ta voiture et tu n'as même pas levé les yeux sur ton rétro. Tu m'as effacé de ta vie en quelques minutes.

Je ne réponds rien. Je n'ai aucune défense, il se contente d'énoncer la vérité. Oui, j'avais pris ma décision depuis quelques semaines déjà, et oui, c'était très égoïste de ma part. Car moi, j'avais eu le temps d'encaisser le changement. Je m'étais habituée à l'idée de vivre sans lui. Je ne me suis pas réveillée un matin en me disant « Tiens, si je quittais Ange ? » Non, c'est venu progressivement et pendant que je réalisais que notre couple ne me convenait plus et que je voulais essayer de vivre autre chose, ailleurs, lui planifiait déjà notre avenir. Il n'avait aucune idée de ce qui allait lui tomber dessus. Bien sûr que le choc a dû être atroce. La réciproque l'aurait été tout autant.

– As-tu la moindre idée de ce que j'ai vécu après ton départ ? Je ne pouvais pas vivre sans toi, Lise, je *croyais* que je ne le pouvais pas. Des psy, des médocs, des angoisses… Tu sais ce que c'est de se réveiller le matin et de n'avoir aucune envie de se lever ? De n'avoir plus rien qui te donne envie d'avancer ?

Il pose son front contre le mien, ferme les yeux, inspire profondément et marque une pause avant de reprendre :

– Et là, tu débarques, tu réveilles en moi tout ce que j'avais réussi à enfouir parce que ça me faisait trop mal. En un jour, Lise ! Un. Seul. Jour. Je n'ai pas réussi à rester loin de toi vingt-quatre heures en te sachant revenue. Ce qui s'est passé ici l'autre nuit n'aurait jamais dû avoir lieu. Je ne suis pas prêt à te laisser à nouveau entrer dans ma vie. Je suis désolé, je ne suis pas prêt. Je n'ai plus confiance en toi.

Ce n'est pas le moment de pleurer. C'est sa confession, son instant. Je ne vais pas pleurer. Parce que je savais très bien que c'était le risque. Je savais qu'il y avait plus de chances qu'il me repousse que le contraire. C'est quand même rude à entendre. Tant qu'on a de l'espoir, c'est facile de se raccrocher à des détails… Sauf que là, je ne vois plus d'espoir. Il ne me fait plus confiance.

Il pose ses pouces sous mes yeux. Peut-être bien que je n'ai pas réussi à contenir mes larmes, en fin de compte… Il me serre contre lui et j'entoure sa taille de mes bras. Je me sens tellement à ma place, comme ça, que j'en oublie une seconde que c'est sûrement sa manière de me dire au revoir une bonne fois pour toutes. Il caresse un peu mes cheveux avant de murmurer :

– Je voudrais vraiment encore croire en nous, mais je ne pense pas en être capable.

Quand il recule, je baisse la tête. Par honte, par embarras, parce que je ne veux pas voir la façon dont il me regarde. Il s'éloigne, descend les escaliers et me quitte pour la première fois. Il me quitte sans m'avoir donné ma chance. J'aimerais dire que c'est logique, je l'ai quitté sans lui demander son avis. Sauf que je ne suis pas aussi magnanime. Je suis en colère, je sais ce que je ressens chaque fois qu'il me regarde. Je sais qu'il a aussi ressenti ça.

Je le sais.

– Tu es sûre, Lili ? Tu dois vraiment y aller ?

Je me penche vers Annabelle et dépose une bise sur sa joue.

– Je reviens dans quelques jours, ne t'inquiète pas. Ça va vite passer. Il faut absolument que je sois présente pour le bouclage. Je règle ce souci et je serai de retour.

Finalement, je ne pensais jamais dire ça un jour, mais mon patron me sauve la mise.

Je ne peux simplement pas rester à côté de chez ses parents. Prendre le risque de le voir débarquer pour les soins d'Annabelle, c'est au-dessus de mes forces. Dans une semaine, il ne sera plus nécessaire de changer ses pansements et elle attaquera la rééducation. Les probabilités de le croiser, si j'évite le balcon et la glumaude, seront donc assez faibles. Tout est une question de stratégie.

J'avais tellement envie qu'il nous donne cette seconde chance… Je pourrais dire que je tombe de haut, mais je savais que ça ne pouvait pas être aussi facile. Tout comme je voulais vraiment croire à une nouvelle opportunité de réparer ce que j'ai brisé. Mais je ne suis pas du genre à me lamenter en attendant que la vie veuille bien arranger les choses. Alors je vais faire ce pourquoi je suis payée et bouger mon petit cul, pour paraphraser mon tyran de patron. Ce qui va me donner l'opportunité de travailler sur mon deuil de l'espoir que j'ai pu entretenir.

Ambre et ses collègues vont se relayer, Annabelle ne sera jamais seule chez elle. Quelques jours d'immersion au taf sous les ordres de Voldemort et je serai à nouveau capable d'affronter la situation.

J'attrape mon sac de voyage et descends au parking du sous-sol récupérer ma voiture. Mes gestes sont automatiques, je suis un peu anesthésiée. C'est ma meilleure protection contre la réalité. Ne pas laisser la déception et les regrets s'incruster nécessite de se focaliser sur autre chose. Me faire martyriser par mon boss sera une parfaite diversion. Et puis les groupes à interviewer sont intéressants, ça me permet de faire autre chose que ma rubrique ou mon courrier du cœur.

Au moment où je sors de la résidence, j'aperçois Emma et son père au bord du petit bois. Elle me fait de grands signes. Je n'ai pas le cœur de l'ignorer, alors je m'arrête en faisant mon maximum pour ne regarder qu'elle. J'ouvre ma vitre en grand et elle s'approche en sautillant. Je vois les jambes d'Ange juste derrière sa fille.

– Tu vas où ?

La spontanéité des enfants est rafraîchissante. Avec eux, tout est simple. En tout cas, ils n'ont pas l'air de se compliquer l'existence avec des tas de principes à la con.

– Je vais travailler.

– Où ?

– Chez moi.

– C'est où, chez toi ?

– C'est loin.

Elle pose sa petite main sur le rebord de ma portière et se soulève le plus possible. J'ai conscience que son père écoute notre conversation et ça me met mal à l'aise.

– Tu reviens quand ?

– D'ici une semaine, peut-être…

– Pourquoi t'as des lunettes de soleil alors qu'il fait tout moche, aujourd'hui ?

Oui, enfin, quand je disais que tout était simple, peut-être un poil trop. Cette gamine pourrait bosser pour les services secrets, avec son sens de l'observation qui ne laisse absolument rien passer.

– Parce que. Je dois y aller, maintenant.

– Emma, recule-toi.

J'aurais préféré ne pas l'entendre parler. Ruminer la situation en silence me semble plus facile à gérer que sa proximité. Voilà de quoi me conforter dans ma décision de me barrer le plus vite possible. Si le croiser quelques minutes me fait cet effet, ça en dit long sur ma capacité à appréhender notre presque voisinage.

– Je parle à Lise-euh !

Cette gosse est pire qu'un pitbull.

– Tu viendras encore jouer aux PetShop avec moi quand tu reviens ? T-Rex t'attend, il est triste sans toi. Et tonton est trop nul pour faire des voix rigolotes.

Je soupire, c'est dur de lui résister.

– On verra, d'accord ? Je ne vais rien te promettre parce que je ne sais pas du tout si je vais pouvoir venir jouer avec toi.

– T'es triste ?

– Pas du tout.

– En colère ?

– Non.

– Fatiguée ?

– Pas spécialement.

– Pourquoi tu me parles pas gentil ?

– On dit « pas gentiment » ou « méchamment » mais « parler pas gentil », ce n'est pas correct.

– Pourquoi tu me parles pas gentiment ?

Elle est tenace, bon sang !

– Je vais vider mon réservoir si je reste encore papoter avec toi. J'ai plus de cinq heures de route qui m'attendent, alors, Emma, heureuse d'avoir fait ta connaissance, mais là, il faut que tu me laisses partir.

– Lise, sois prudente.

Je ne vois pas ce que ça peut lui faire. Je ne vois pas pourquoi il me parle, d'ailleurs.

– Pourquoi tu lui dis d'être prudente ?

Je n'attends pas, je commence à remonter la vitre, elle enlève ses mains et retourne dans les jambes de son père. Quand je suis sûre de ne pas l'écraser, je redémarre et m'éloigne. Cette fois, je lève les yeux dans le rétroviseur. J'ai un peu de mal à y voir clair étant donné que je pleure encore. Et qu'il fait effectivement gris, alors les lunettes de soleil, c'est peut-être un peu dangereux. Je le vois, il me regarde partir et cette scène a un goût de déjà vu. Sauf que cette fois, c'est lui qui ne veut plus de moi. Parlons retour de karma…

Je lance mon lecteur MP3 et *Skinny Love* de Bon Iver remplit l'habitacle. Je ne sais pas si le boss va être partant, car je fais quelques digressions. Je m'éloigne du côté *old school* parce qu'après quelques recherches j'ai trouvé des reprises de morceaux récents qui peuvent aller dans mon sens. La reprise de Birdy est tellement fade à côté de l'original… Ce n'était peut-être pas le meilleur moment pour écouter cette chanson, en fait. Les paroles me renvoient à ma propre misère. Oui, fichu karma.

Ange

– Pourquoi Lise elle part ?

– Je ne sais pas.

Emma s'accroche à ma jambe et je la prends dans mes bras. Ce moment, je l'ai déjà vécu, mais aujourd'hui, j'ai ma fille. Et ça fait une énorme différence. Elle se serre contre moi et déclare :

– Je peux te coiffer ?

Et parce que je suis ce genre de père, je lui dis oui et nous rentrons chez mes parents. Je sais que je vais mettre des heures à démêler mes cheveux, mais ça vaut bien les bonds de joie qu'elle fait à l'idée de jouer à la coiffeuse avec moi.

Lise

– Coucou, Papa !

J'essaie d'avoir l'air enjoué. Je n'ai pas envie de les inquiéter, surtout qu'ils n'y peuvent rien. Ils ont été les premiers à tenter de me dissuader de quitter Ange. À l'époque, nous formions le couple idéal. Je pense que j'ai choqué tout le monde. Même nos amis.

Ils voyaient en nous l'image de l'amour solide, ça leur donnait l'espoir qu'eux aussi finiraient par trouver ça. Tu parles. Mes doutes et moi, nous avons bien terni cette image.

– Tu es sur la route ?

– Oui, je reviens de chez Annabelle, je vais juste bosser un peu.

– Rien de neuf ? Tu as revu Ange ?

Ils sont peut-être à l'autre bout du monde, mais ils sont perspicaces.

– Et ce *tribute*, alors, ça avance ? je tente de faire diversion.

Des artistes locaux, australiens donc, se sont lancés dans un album hommage à mon père. Il a eu sa notoriété, là-bas, même si son succès a été limité en dehors de ces frontières. En France, par exemple, il est passé assez inaperçu. Pourtant, c'est là qu'il est venu vivre. Il a rencontré ma mère en Angleterre, il faisait la première partie, avec sa guitare et sa motivation. Elle était dans le public. Une histoire de groupie, sauf que ce n'était pas de lui dont elle était fan. C'est tout de même avec lui qu'elle a fini. Dès qu'ils ont vu que je construisais ma vie, ils sont partis retrouver la famille de mon père et son pays qui lui manquaient. Je suis persuadée que ça lui a fait beaucoup de bien, à mon père, d'être à nouveau dans son univers. Même près de vingt ans plus tard. Je ne suis pas étonnée du tout que ces musiciens souhaitent enregistrer les titres de Jeff Monroe. Il a marqué son époque. Et là, ils revisitent ses succès avec lui. Je l'écoute me parler du projet, de l'avancement, il est tellement enthousiaste que je sais que l'éloignement vaut bien l'étincelle que j'entends dans sa voix et imagine dans ses yeux.

– Bon, ta mère veut te parler. Préviens-nous quand tu arrives.

– Lise, ma chérie, alors, tu as vu Ange ?

Ils sont perspicaces et tenaces. Je sais de qui je tiens…

– Oui, Maman, je l'ai vu et non, il n'y a rien à dire. Comment se passent tes cours ?

Ma mère est prof de yoga, et même si je tente parfois d'exécuter quelques postures qu'elle m'a enseignées, je n'ai pas vraiment suivi sa voie. À son grand désespoir. Mais tout ce qui les intéresse m'intéresse également, c'est ce qui nous permet aussi de conserver un lien solide. Les détails, ces petits riens…

– Ma fille, quand tu essaies de noyer le poisson, je sais ce que ça signifie. Comme tu es au volant, je vais faire comme si je te croyais, je te fais confiance pour m'envoyer un compte-rendu par email. Allez, concentre-toi sur la route, nous t'embrassons, sois prudente. Et…

– Oui, promis, je vous envoie un message dès que j'arrive !

11

Lise

– Monroe !

Quoi, encore ? Je suis revenue depuis deux heures et il trouve déjà le moyen de me reprocher quelque chose. Il entre dans mon bureau, la porte tape contre le mur. Aujourd'hui, il a un jean déchiré, une ceinture avec une grosse boucle qui n'a absolument aucune signification phallique (ironie) et son t-shirt est un original de la tournée *The Wall* des Pink Floyd. Ça me fait mal de le reconnaître, mais il est sexy, ce trou du cul. Il pose les deux mains à plat sur mes piles de papiers :

– Je veux un dossier sur ton père et ce *tribute*.

– Nous en avons déjà discuté et…

– Est-ce que j'ai dit « je voudrais » ? Est-ce que tu m'as entendu te demander ton avis ?

– Non.

– Pour le mois prochain, pour le hors-série. Ne me remercie pas.

– Patron, je…

– Tu sais ce qui serait merveilleux, pour toi ? Que j'accepte de te laisser bosser à distance quelque temps pour que tu puisses t'occuper de ta vieille tante.

– Ce n'est pas ma tante et… Vous me faites du chantage ?

– Ce serait pratique, non ?

– Je peux continuer à poser des congés.

– Tu ne m'as pas prévenu assez tôt.

– Vous êtes vraiment…

– …ton patron, oui.

Il sort comme il est venu. En grand connard. Je disais donc, oui, il est sexy, sauf que dès qu'il parle, le charme est rompu. Quelques minutes après, Loïc passe la tête dans le réduit qui me sert de bureau :

– *Welcome back ?*

– C'est cela, oui…

– Si ça peut te rassurer, on en a tous pris plein la tête, la semaine dernière. Avec le hors-série, il est encore plus immonde qu'habituellement.

– J'ai entendu, Saurin, et la flatterie ne te mènera nulle part !

Mince, le boss était dans le coin. Eh oui, mon collègue a le même nom qu'une marque de cassoulet. Chacun porte sa croix. Je me suis fait appeler Marilyn toute mon enfance alors que, bien sûr, je suis loin d'avoir le dixième du *sex-appeal* qu'elle possédait. Ici, on a tous le même ennemi, du coup, on se serre les coudes. Même quand on a un nom de conserve comme Loïc.

– Grillé. En même temps, je ne suis plus à ça près. Il m'a déjà menacé plusieurs fois de m'envoyer couvrir les animations en maisons de retraite.

Je ris avec lui, notre patron a toujours des menaces qu'il ne met jamais à exécution et nous le savons. Car Stéphane Lans ne menace pas, il agit. Lorsque sa vengeance nous tombe dessus, on ne le découvre que trop tard. Quand il ne nous reste plus que les yeux pour pleurer.

– Alors, ce retour aux sources ? me demande Loïc en s'installant en face de moi.

– Monroe, Saurin ! Vous avez deux minutes pour vous raconter la pauvreté de vos vies, ça devrait suffire. Ensuite, au travail !

– Sérieusement, il devrait s'envoyer en l'air plus souvent, ça le détendrait, je marmonne.

– C'est une proposition, Monroe ?

Mince à la fin, il a des oreilles bioniques ?

– Annabelle n'a plus toute sa tête, c'est dur, j'annonce à Loïc, en ne prenant pas la peine de répondre à mon patron.

– Je suis désolé, elle s'en rend compte?

– Je ne pense pas, c'est ça qui est rassurant.

– Et sinon, tu as retrouvé du monde de ton adolescence?

Il ne perd pas le nord, bien sûr. Il n'a pas loupé ma piètre tentative d'esquive dans les emails que nous avons échangés et dans lesquels j'ai pris soin de ne mentionner que le travail et Annabelle. Lui aussi est de l'espèce tenace.

Je soupire. Loïc et moi nous sommes rencontrés pendant nos études. C'est même grâce à lui si j'ai eu ce poste. Et aussi parce que le vieux croulant qui tenait ma rubrique partait à la retraite, bien sûr, j'étais au bon endroit au bon moment. Il me connaît bien, c'est mon meilleur ami. Et là, il sait que j'ai besoin de parler d'autre chose que de ce qui arrive à la mémoire d'Annabelle. Bien que, entre nous, s'il avait abordé un autre sujet que celui de mon ex, car c'est bien là qu'il veut en venir, je ne suis pas dupe, je n'aurais pas été contre. Cela dit, s'il y a bien une personne à qui je peux parler de ça, c'est Loïc. Je suis du genre à apprécier l'auto-flagellation et il ne se passe pas une seule semaine, depuis neuf ans, sans que j'évoque mon erreur et qu'il me pousse à tenter de la rectifier au lieu de rester à me lamenter. Non, geindre n'est pas dans mon caractère, excepté en ce qui concerne Ange. On a tous nos faiblesses, la mienne a un corps de rêve et des fossettes assassines.

– J'ai croisé Ange. Figure-toi que l'Univers a trouvé ça éclatant de l'envoyer *lui* pour faire les soins à domicile d'Annabelle. Il est infirmier. Je ne savais même pas qu'il s'intéressait à ça. Il voulait devenir mécano, quand on était ensemble!

– Les gens changent.

– Comme tu dis. Il a une fille. Une fille! Je n'en reviens pas qu'Annabelle ne m'ait jamais rien dit.

– Je croyais que c'était un sujet tabou. Elle a sûrement voulu te protéger.

– Oui, tu as probablement raison. Enfin bref, je me suis un peu jetée à ses pieds en lui demandant une deuxième chance.

– Et vu ton air enjoué, j'en déduis qu'il n'est pas partant.

Je hausse les épaules.

– Faut que je file en reportage.

– On sort, ce soir. On va te changer les idées, Queen.

C'est Ange qui m'a trouvé ce surnom, la première fois que nous nous sommes croisés. Je portais un t-shirt de mon père, celui de la tournée *Magic Tour* 1986. Jeff Monroe m'a donné tous ses t-shirts parce qu'il sait que je suis fan, c'est le meilleur groupe de tous les temps, il faut dire. Et depuis, le surnom est resté. Un mémento qui me ramène sans cesse à lui. Pendant presque dix ans, j'ai fait semblant de pouvoir passer à autre chose. Alors que, en réalité, tout me rappelle ce que nous avons été.

J'essaie de me concentrer sur mon boulot parce que je ne suis déjà pas dans mon élément avec les interviews de chanteurs jeunes et vivants, si en plus je laisse mes soucis entraver mon travail, je vais me prendre une pluie d'injures de la part du boss et je ne suis pas certaine d'être en mesure de les encaisser.

~~~

– Sérieusement ?

Loïc me regarde d'un air désolé. Il sait ce qui m'attend.

– Je t'assure. Dix minutes, je n'ai réussi à poser que trois questions parce qu'il était tellement défoncé qu'il lui fallait un temps fou pour aligner des mots de deux syllabes.

Le boss va être ravi, l'interview pour laquelle il m'a demandé de revenir au journal a été un véritable fiasco. Le chanteur était stone, voire plus. Je ne comprends même pas que le manager ait laissé les journalistes l'approcher dans cet état. Quand je dis que je préfère écrire sur des morts ou des types tellement connus qu'ils n'ont en général pas le temps pour des petits journalistes dans mon genre… Au moins, on sait à quoi s'en tenir. Bien sûr, dans les années 60 et 70, ils prenaient tous des substances illicites. Excepté qu'ils le géraient plutôt bien. Attention, je ne cautionne pas, je dis juste qu'à part des boulets comme Morrison ou Joplin qui ont réussi à se tuer… bref les
~~~

exceptions, quoi, ils assuraient des concerts et des entretiens et tout ce que leur statut demandait. Les jeunes d'aujourd'hui, c'est plus ce que c'était. Il n'y a qu'à voir des vidéos de live d'Amy Winehouse complètement shootée qui ne se souvenait même pas des paroles de ses propres chansons. Je sais, je sais, on ne dit pas de mal des morts. Il n'empêche que Mick Jagger sur scène, défoncé, les gens en avaient quand même pour leur argent.

– Voldemort va te tomber dessus, m'annonce Loïc avec un brin d'angoisse dans la voix.

Personne n'aime se faire remonter les bretelles par le patron. Personne. Même à notre pire ennemi, on ne le souhaite pas. Et notre pire ennemi, c'est lui, c'est dire.

– Je sais, c'est pourquoi j'ai besoin d'une autre bière afin de me préparer psychologiquement au savon qui m'attend demain !

12

Lise

– Putain, Monroe, tu ne me sers vraiment à rien !

Ça fait dix minutes que je l'écoute se défouler sur moi. Je m'en suis pris plein la tête, et le plus sympa, c'est que je pense que tout le quartier en a profité.

– Ce n'est tout de même pas ma faute s'il avait pris je ne sais quelle substance !

– Démerde-toi, bordel ! Il est exclu qu'on publie un article avec trois pauvres questions !

– Je ne suis restée que dix minutes !

– Qu'est-ce que tu ne comprends pas dans « démerde-toi » ? As-tu l'impression que ta vie m'intéresse ? Fous le camp avant que je décide de te remplacer.

Je retourne dans mon bureau et je me mets à écrire tout ce que je peux sur la rencontre éclair. J'invente un peu des trucs, rien qui pourrait porter préjudice au groupe. Je fais mon maximum pour sauver mes miches. Mon téléphone me distrait de ma tentative de sauvetage. L'éditrice du magazine féminin dans lequel je donne des conseils amour et sexo tombe à pic pour me changer un peu de l'ambiance joyeuse de mon patron.

– Bonjour, Lise, tu as fait ta sélection pour le mois prochain ?

– Salut, Cynthia. Non, pas encore, je t'envoie ça d'ici deux ou trois jours, ça ira ?

– Aucun souci. Et ton amie, comment ça va ?

Que ça fait du bien de communiquer avec quelqu'un qui n'essaie pas de m'assassiner à coup d'insultes.

– Ça ira, c'est gentil de demander. Tu sais, elle est âgée et bon…

– Monroe !

– Faut que je te laisse, Voldemort arrive !

Je raccroche précipitamment. Mon autre rédac chef a l'habitude, elle ne m'en tiendra pas rigueur. Dommage, une des rares interactions humaines de la journée si rapidement gâchée.

– Tu attends quoi pour aller à ton rendez-vous ?

Mince. Je n'avais pas vu l'heure et je vais être à la bourre. Je ne lui réponds même pas et je file faire la deuxième interview, en espérant que, cette fois, personne ne soit sous LSD. Mon poste n'y survivrait pas.

Mon répit fut de courte durée. J'ai bouclé l'interview et roulé tout l'après-midi du lendemain. Je suis dans ma voiture, sur la place de parking d'Annabelle, et j'attends de trouver le courage d'en sortir. Je ne peux décemment pas passer la nuit ici. Quoique… quand j'y pense… Ce serait peut-être plus prudent que de risquer de croiser Ange.

Des coups sur ma vitre me font sursauter et je tourne la tête, pour me retrouver nez à nez avec le fameux Anthony. Je descends la fenêtre et il me sourit. Fourbe. Ils sont tous fourbes avec leur sourire de pub pour dentifrice.

– Salut, je pensais bien que c'était toi.

Ah, on se tutoie, maintenant ?

– Annabelle va bien ? Tout va bien ?

Non, je ne suis pas sur le point d'hyperventiler. L'avantage est qu'il doit connaître les gestes de premiers secours, vu qu'il est du métier.

– Non, tout va bien ! Rassure-toi ! Je suis venu chercher Ambre. Elle m'a dit que tu prenais la relève, ce soir.

– C'est exact.

– On monte ensemble ?

– Heu… D'accord…

Pourquoi est-il si sympa avec moi ? C'est louche. Je vois ce type pour la deuxième fois et je le trouve euphorique en permanence. Je me demande s'il se drogue ou s'il fait simplement partie de ces gens tout le temps joyeux. Et donc agaçants. Et bien habillé, en prime. Ça double mon agacement, car je suis encore en jean, Dr. Martins et t-shirt. J'ai l'habitude de me sentir aussi gracieuse qu'un porte-manteau à côté de la plupart des filles, mais pour les mecs j'ai souvent de la marge.

J'attrape ma sacoche *Rock Your Soul*, le boss exige qu'on l'utilise pour faire de la pub, comme si le magazine avait besoin de ça… Je récupère ma valise dans le coffre et l'infirmier me la prend d'office des mains. En plus il est galant : décidément louche.

– Il t'a dit qui je suis, c'est ça ?

– Je sais qui tu es, il n'a pas eu besoin de me le dire. Tu es fan de *Rock Your Soul* ? me demande-t-il en montrant ma sacoche.

– J'y travaille.

– Arrête, tu me charries ?

– Tu connais la rubrique « Old School » ?

– Bien sûr ! Je suis fan ! Attends… Lise… Lise Monroe. C'est toi ?

C'est la première fois que je rencontre quelqu'un qui sait qui je suis. Je suis émue.

– Oui, c'est moi.

– J'adore tes dossiers !

– Merci, c'est gentil.

Il me laisse passer devant, dans l'ascenseur.

– Sérieusement, je suis abonné à ce mag' depuis tellement d'années que j'ai une étagère réservée !

– Vraiment ? Si je dis ça à mon boss, il va avoir un orgasme !

Je l'ai dit ou je l'ai pensé ? Je crois que je l'ai dit vu le sourire qu'il arbore.

– Je veux dire… Ça lui fera plaisir.

– Il doit me manquer… allez… s'il me manque cinq numéros… c'est le bout du monde.

– Tu me diras lesquels, on a toujours quelques exemplaires de chaque sortie, au bureau.

C'est le sourire, l'enthousiasme, le fait qu'il aime ma rubrique… J'ai envie de lui faire plaisir. Les portes de l'ascenseur s'ouvrent alors que nous sommes en grande discussion sur mon papier du mois dernier et, quand nous réalisons que nous sommes arrivés au bon étage, nous découvrons Ange. Qui n'a pas l'air ravi.

Je comprends qu'il n'avait sûrement pas envie de me croiser, mais enfin tout de même. Son regard va de son collègue à moi, et de moi à son collègue, et il semble de plus en plus contrarié. Est-ce qu'il considère comme une trahison que son pote m'adresse la parole? Je n'avais pas réalisé qu'on en était au point de mettre un embargo sur ma petite personne. C'en serait presque flatteur si ce n'était pas aussi humiliant.

Je reprends ma valise des mains d'Anthony et m'esquive. Je les entends murmurer dans mon dos et je fais comme si je n'avais rien remarqué.

– Liiiiiiiiise!

Voilà que la naine recommence avec les ultrasons. Elle se jette sur moi avant que je n'aie l'opportunité de me barricader chez Annabelle. Ambre sort à ce moment-là et la mère d'Ange arrive en courant derrière sa petite-fille. C'est formidable, tout le monde est là. Ma vie pourrie en *technicolor* et *Dolby surround.*

– Ambre, je suis là, tu peux y aller. Emma, je te verrai plus tard, d'accord?

Elle semble déçue, mais là, c'est un poil trop pour moi toute seule.

– Lise?

Je n'en reviens pas qu'il m'adresse la parole. Je fais semblant de chercher quelque chose dans mon sac. N'importe quoi. Un chewing-gum? Quelque chose? J'entends l'ascenseur repartir, la porte d'à côté se refermer, et je sais que nous sommes seuls, lui et moi. Je suis vraiment tentée de m'engouffrer chez Annabelle en l'ignorant, sauf que je ne suis pas une froussarde. J'ai survécu à deux jours imprévus avec Voldemort, je peux le faire. Je me retourne donc, un magnifique faux sourire plaqué sur le visage.

– Tu as fait bon voyage?

Il est sérieux ? Il veut vraiment savoir ça ? Mon sourire ne tient pas et je l'observe en silence. Je ne sais vraiment pas quoi lui dire.

– Écoute, pour ce que je t'ai dit…

– Je suis fatiguée, je vais… rentrer… et… je dois surveiller Annabelle.

– Je peux venir ?

Pardon ?

– Elle n'a pas déjà eu ses soins, ce soir ?

– Si, mais…

– Qu'est-ce que tu veux, Ange ? Parce que tu m'as pourtant bien fait comprendre que tu ne voulais plus rien avoir à faire avec moi.

Il reste planté là, avec son jean usé qu'il remplit parfaitement là où il doit l'être, non pas que j'aie remarqué, ce n'est pas mon genre. Il a un t-shirt noir, uni, ses cheveux sont lâchés, ses bras croisés. Je m'appuie contre le mur et je soupire.

– J'aimerais qu'on discute.

– Je t'ai demandé une deuxième chance, tu n'as…

– S'il te plaît.

– Ange ?

La nana qui vient de parler et se tient devant la porte vient de s'échapper d'une agence de mannequins, c'est ça ?

– Marie, pas maintenant.

– Mais je dois y aller.

Il ne se retourne même pas pour lui répondre :

– Eh bien, vas-y.

– Tu dois être Lise.

Elle s'approche de moi et me tend la main. Je la regarde. Je *le* regarde. Oh. *Cette* Marie. La mère d'Emma. Je serre sa main, et elle me sourit. Bizarrement, son sourire me fait flipper.

– J'ai entendu dire tellement de mal de toi, si tu savais.

Je pense que j'avais raison de flipper. Elle exerce une pression plus forte et ne relâche pas ma main.

– Marie, laisse-nous.

Je ne l'ai jamais vu s'adresser aussi agressivement à qui que ce soit. Ange n'est pas d'un naturel méchant, il est détendu et aime tout le monde. Enfin, sauf moi. Mais ça ne compte pas.

– Excuse-moi, j'ai enfin l'opportunité de rencontrer celle qui t'a mis dans l'état dans lequel tu étais quand je t'ai récupéré. Il était temps, après toutes ces années.

Elle me tient toujours, je suis à deux doigts de lui envoyer mon poing dans la figure. Sauf que je n'arrive pas à me souvenir s'il vaut mieux garder le pouce à l'intérieur des autres doigts, ou pas. Et je n'ai pas envie de me faire mal. Et je ne suis pas violente, enfin… je pensais ne pas l'être. Excepté que là, tout de suite, j'ai des pulsions sauvages.

– Marie, va-t'en.

Elle finit par détourner son attention de moi et partir, en claquant ses talons comme une princesse. Et bien sûr, elle prend les escaliers. Parce qu'on ne récolte pas des fesses comme les siennes en prenant l'ascenseur. Je choisis *toujours* l'ascenseur. Machinalement, je regarde par-dessus mon épaule pour vérifier mon cul. Bien sûr, il est loin d'être rebondi et musclé, et bref, j'ai un petit cul un peu plat, quoi… Peut-être qu'il faudrait en effet que je prenne plus souvent les escaliers.

– Lise, je peux venir un moment ?

*Oh, pardon, j'*étais encore perdue dans le moment surréaliste où ton ex me tombait dessus…

Ange

Elle est là, totalement inconsciente de l'effet qu'elle arrive encore à produire sur moi. Chaque fois que je la vois, c'est comme si ces années n'avaient pas eu lieu. Comme si je pouvais nous imaginer, dans ma chambre, Alice In Chains en fond, elle et moi.

Je m'approche un peu, mais je sens que je la perds. Elle n'a pas changé. Elle s'échappe dans son univers et je la tiens par ce fil, celui qui la relie à moi depuis toujours. Je pensais qu'elle l'avait coupé. Il n'a jamais été plus solide que maintenant.

C'est effrayant.

J'aimerais être capable de lui tourner le dos. Je dois savoir. Je veux savoir. Alors je fais à nouveau un pas vers elle et je lui pose la question qui m'a hanté depuis… qui me hante toujours :

– Pourquoi ?

Lise

– Entre.

Je ne peux pas lui répondre sur le pas de la porte. Je ne suis même pas sûre de pouvoir lui répondre dans des circonstances idéales. Quelles seraient les circonstances idéales ? Dans mes fantasmes, je ne serais pas partie. Alors, forcément, la situation actuelle est loin d'être celle qui me facilite les choses. D'un autre côté, je ne mérite pas vraiment que ce soit facile. J'ai besoin de me battre un peu. Et même s'il n'est toujours pas prêt à me donner une seconde chance, je lui dois les explications qu'il me demande.

Il me suit et je le laisse passer devant dans le salon :

– Je vais vérifier qu'Annabelle n'a besoin de rien et j'arrive.

Il va s'asseoir sur un fauteuil et je m'échappe quelques instants, en prétextant le bien-être d'Annabelle, alors qu'en réalité c'est le mien qui a besoin de cette pause salvatrice.

Elle dort. Elle ne m'offre que quelques secondes de répit. Et je suis déjà de retour auprès de lui.

– Je me fais une infusion, tu veux quelque chose ?

Je gagne du temps et je sais qu'il en a conscience. Fidèle à lui-même, il me laisse prendre ce temps. Il était celui qui écoutait, patient, attentif. J'étais celle qui prenait des décisions sous le coup de l'émotion. Il m'équilibrait. Il savait comment réagir pour m'apaiser. Il le sait toujours. Ça me fait autant de bien que de mal de constater ça.

– Je vais en prendre une.

Il se lève et me suit dans la cuisine. Je fais ces gestes du quotidien qui me semblent d'un coup gauches et maladroits, parce qu'il est là. Comme si sa présence chamboulait la simplicité.

– Il ne reste plus que deux jours de soins, elle se remet bien, m'annonce-t-il.

Il sait que j'ai besoin de ce délai pour parler de ce qu'il souhaite aborder.

– Vraiment ?

– Je pense que si elle pratique comme il faut sa rééducation, elle pourra remarcher. Avec une aide, bien sûr, une canne. J'ai déjà vu des personnes âgées dans la même situation s'en sortir convenablement.

– C'est une bonne nouvelle. J'étais sûre qu'elle ne pourrait plus marcher.

– Elle était en forme, avant. Ça va aider.

– Je ne savais pas que tu voulais devenir infirmier.

Je reste face à la bouilloire en attendant que l'eau soit chaude. J'ai besoin de ce laps de temps, cette parenthèse banale, avant de le regarder.

– Je l'ignorais aussi. C'est venu plus tard.

C'est la première fois qu'il évoque cette partie de sa vie avec moi.

Le silence qui suit me fait du bien. Jusqu'à ce que je le sente, juste derrière moi. Il passe les bras autour de ma taille et m'attire à lui. Il ne dit rien. Je n'ose pas bouger. Je reste contre lui, cette culpabilité tellement présente entre nous m'empêchant de profiter pleinement de ce contact inattendu. Inespéré.

– Tu m'as tellement manqué, Lise. Tu me manques tellement.

Son aveu me fait frissonner. À moins qu'il ne s'agisse de ses mains qui se glissent sous mon t-shirt. Ou son souffle sur mon cou. Je reste figée, j'ai peur de rompre le charme. Je le sens trembler.

Trembler ?

Non. Je le sens pleurer. Je me retourne lentement et il enfouit son visage entre ma joue et mes cheveux. Ses larmes roulent sur ma peau et je le serre contre moi, je le rassure comme je peux. Mes doigts s'entrelacent à ses cheveux et je le maintiens là.

Je le laisse pleurer mon erreur.

13

Ange

Je ne sais pas combien de temps je reste dans ses bras, à la laisser absorber la douleur que je porte depuis toutes ces années. Je ne suis même pas sûr qu'elle sache vraiment par où je suis passé.

J'étais dévasté.

Anéanti.

Je réalise que je lui en veux toujours. Je pensais être passé à autre chose, mais c'est encore douloureux.

Trop.

C'est pour ça que je ne peux pas lui donner ce qu'elle me demande. Une deuxième chance ? Une deuxième chance pour quoi ? Me détruire à nouveau ? Suis-je prêt à lui confier les armes qui pourraient une fois de plus me faire toucher le fond ?

Non.

J'ai Emma, maintenant, je ne peux plus me permettre de partir à la dérive. Alors je me redresse, me détourne, et elle n'esquisse pas le moindre mouvement pour me retenir. J'ai besoin de mettre de la distance entre elle et moi. C'est trop tôt. Neuf ans ont passé, et c'est comme si c'était hier.

Qu'elle me quittait.

Qu'elle était tout pour moi.

Que je n'étais plus rien pour elle.

Lise

Il recule et prend de la distance. J'entends l'eau bouillir dans mon dos et je laisse passer quelques secondes avant de me lancer, enfin :

– J'ai cru que je devais exister, seule. Sans toi. Sans nous. Me prouver que je pouvais y arriver, juste par moi-même. Je pensais vraiment me rendre service, m'éloigner de toi pour m'affirmer. Je me suis trompée, tu m'as manqué dès les premiers instants loin de toi. Je suis revenue, Ange, je voulais réparer ce que j'avais laissé derrière moi. Ton frère m'a persuadée que je n'étais pas ce dont tu avais besoin. Que tu serais mieux sans moi. Je me suis dit qu'il avait sûrement raison puisque j'avais moi-même pensé avoir besoin de cette distance entre nous. Je suis désolée.

– Tu es désolée ?

Je le regarde sans rien dire. Je ne vois pas quoi ajouter.

– C'est tout ? Tu voulais voir si tu étais heureuse sans moi, tu as foutu en l'air des années de ma vie et tu es désolée ?

– Tu préfères que je te dise que je ne le suis pas ? Tu attends quoi de moi ? Que j'invente une excuse qui sera valable à tes yeux ? Parce que la vérité est là : j'ai pris une décision, je me suis plantée, je l'ai regrettée. Chaque jour depuis, je m'en suis voulu d'avoir été aussi stupide, tu veux entendre ça ? Tu veux entendre que je regrette d'avoir écouté Jé ? Que j'ai essayé de revenir après ça, mais que je n'ai pas eu le courage d'assumer ? Que veux-tu, Ange ? Que je t'explique que, chaque fois que je pensais à toi, j'avais l'impression qu'on m'enlevait un morceau de moi-même pour me rappeler à quel point j'avais déconné ? C'est *tout*, oui. Et ça me semble suffisant !

J'entends Annabelle s'agiter dans son lit et Ange se passe les mains sur le visage en évitant mon regard.

– Je dois aller voir Annabelle.

– Emma m'attend.

Je le regarde partir et vais aider mon amie à se rendre aux toilettes. Une fois qu'elle est à nouveau bien allongée dans son lit, j'ai besoin de m'immerger dans le boulot. C'est ce que je fais, c'est mon truc. Je m'occupe l'esprit le plus possible. Je m'installe devant mon ordinateur, au salon, oubliant mon infusion que je n'ai plus envie de boire… Et je mets mes écouteurs. *With a Little Help From my Friends* des Beatles m'aide à m'évader et je travaille sur mon article, passant ensuite à la version de Joe Cocker et enchaînant les morceaux pour y puiser l'inspiration qui n'est pas franchement au rendez-vous ces temps-ci. Je réfléchis aussi à l'article sur mon père. Je sais que, pour compenser l'interview loupée, même si ce n'est absolument pas ma faute, je dois fournir un article qui tienne la route et, avec une exclusivité sur l'album qui se prépare pour l'hommage à mon père, je devrais me rattraper sans souci.

Je m'immerge ailleurs, je détourne les yeux de l'image d'Ange s'éloignant et me reprochant en silence le mal que je lui ai fait. Que je lui fais toujours.

C'est la première sortie que nous faisons, Annabelle et moi. Ambre nous accompagne et je commence à m'accommoder de sa présence. Même si je n'ai pas été très enthousiaste quand je l'ai rencontrée. Je m'habitue cependant à elle, à l'idée qu'elle fait partie de notre vie et que « notre » vie, c'est celle d'Annabelle et moi, dans cette nouvelle situation. Fort heureusement pour nous, l'immeuble, bien que plus tout jeune, est aménagé pour permettre aux fauteuils roulants de circuler. Nous avons donc pu manœuvrer sans aucune complication. Même l'ascenseur est assez grand, ce qui nous arrange bien, car je ne sais pas si nous aurions pu nous en sortir à nous deux sans provoquer une catastrophe. C'est tout à fait mon genre de faire tomber dans les escaliers une vieille dame déjà diminuée.

Nous sommes dans le petit bois qui longe la résidence et Annabelle apprécie la promenade, je le vois. Elle sourit et a cet air serein qui la fait plus ressembler à *elle*. Nous nous installons, Ambre et moi, sur un banc, Annabelle à côté de nous. Nous profitons un instant du calme. Ici, pas de route, pas de bruits de voitures ou de la ville.

Trop de souvenirs.

La première fois qu'Ange et moi sommes venus dans ce petit parc, j'avais quinze ans, ça faisait quelques mois que nous étions ensemble et nous nous sommes assis sur un banc. Nous avons passé l'après-midi à nous embrasser. Quand il avait glissé la main sous mon t-shirt, je n'avais pas protesté. J'en avais envie. Il était le premier à me toucher, *là*. Je savais qu'il n'était plus vierge, je me sentais en confiance, justement ; il n'était pas en terrain inconnu.

– Alors, on continue ? propose Ambre, me sortant de mes souvenirs.

Je souris, car, en fin de compte, nous nous sommes toutes les trois prises au jeu des romances mielleuses et nous sommes convenues, d'un accord tacite, d'attendre d'être réunies pour poursuivre. Je prends le livre de poche que j'ai apporté dans mon sac et qui a une couverture délicieusement ridicule. Fabio se tient de face, en kilt, une épée de Viking à la main (ne pas chercher le rapport) et une jeune femme en robe déchirée est jetée à ses pieds, l'air totalement éperdue, le visage amoureusement tourné vers lui. Une espèce de mélange improbable entre *Conan le Barbare* et *Braveheart*, le tout à la sauce années 80. Un vrai régal.

« *Alors que Duncan chevauchait vers elle, ses cheveux au vent et son kilt se soulevant à chaque foulée, dévoilant les nœuds des muscles de ses cuisses, lady Margaret restait figée, subjuguée par la beauté brute et bestiale qui émanait du regard de braise fixé sur elle. Bien sûr, elle n'ignorait pas les manières peu recommandables de ces barbares des Highlands. Mais une infime partie de son être frémissait à l'approche de la montagne puissante et imposante qu'était son ravisseur. Elle soupira lorsqu'il arrêta sa monture à seulement quelques centimètres d'elle. Doux Jésus, cet homme n'avait-il donc aucun respect pour la vie d'une lady de son rang ?* »

Je suis épatée par les héroïnes des romances que nous lisons. Elles n'ont pas un millilitre d'instinct de survie dans le sang, et pourtant, elles finissent toujours avec le beau gosse qui, lui, entre-temps, retire sa virilité et l'abandonne sur le palier dès qu'il entre dans la chambre à coucher. Ce qui est fort peu commode pour la scène érotique qui suit… Annabelle en raffole tellement que c'est devenu un jeu auquel je me prête volontiers. Même si, encore une fois, elle s'est endormie. Cette manie commence à devenir vexante, à la longue. Je me tourne vers Ambre :

– Alors, cette soirée avec ton infirmier ?

– Je pourrais te renvoyer la question.

Je ne réponds rien. Technique Voldemort.

– Je ne pense pas que ça va le faire, finit-elle par répondre. Il est… Comment dire ça…

– Gay ?

– Non !

Elle éclate de rire :

– Réservé, je ne crois pas qu'il soit sur la même longueur d'onde que moi.

– Et tu as découvert ça en une soirée ?

– J'ai une sorte de sixième sens, pour les mecs. Et lui, crois-moi, il n'est pas intéressé par un coup d'un soir.

– Et ça… c'est mal ?

– Je ne cherche pas une histoire sérieuse, j'ai envie de m'amuser. Je sors d'un divorce pas très joli.

– Je vois, tu as besoin d'une transition.

– C'est ce dont j'ai envie, oui. Même si ce n'est pas ce que me dit mon instinct. Et quand je vois la petite Emma… Ça ne te donne pas envie d'en avoir une à toi ?

– Pas vraiment, non. Enfin, je ne suis pas une référence. Je pense que j'ai été livrée sans horloge biologique. Et puis, je n'ai que vingt-sept ans, j'ai largement le temps de voir venir.

– Moi ça me travaille… pas facile à concilier avec la fameuse transition. Oh ! Regarde !

Elle pointe quelque chose sur le sol et je vois débarquer une tortue. Enfin, débarquer… ce n'est pas fulgurant non plus. Elle avance tranquillement… Ce n'est pas souvent qu'on en voit, les tortues sauvages ne sont pas légion dans le coin. Je me lève et m'accroupis pour la regarder de plus près.

– Elle est adorable ! Je voudrais la montrer à Emma. Sauf que le temps d'aller la chercher, la tortue aura filé.

– Surveille la bête, je vais voir si sa grand-mère peut l'amener ici. Si c'est moi qui demande, ce sera toujours mieux que l'ex de son fils qui lui a brisé le cœur.

Je préfère ne rien répondre.

Je vérifie qu'Annabelle dort bien et qu'elle ne risque pas de glisser du fauteuil. Je remonte la couverture sur ses jambes et reporte mon attention sur la tortue.

– Alors, T-Rex, tu vas rencontrer Emma, tu vas voir, elle va te faire une perruque violette, tu vas adorer.

Quelques minutes plus tard, T-Rex est toujours dans le coin et Emma arrive… avec Jé.

– Lise ! Ambre elle a dit que t'as une surprise !

– Viens par là !

Elle me rejoint et s'accroupit sur le sol dans la même position que moi. Et d'un coup, elle voit la tortue. Elle pousse un petit cri qui me fait perdre un certain pourcentage de mes capacités auditives. Elle est ravie, donc moi aussi. Cette gamine exacerbe mon petit côté masochiste.

– C'est T-Rex ! hurle-t-elle en tapant dans ses mains.

– Tu l'as reconnu, toi aussi ! Attention, interdiction de la toucher.

Ambre nous imite et commence à discuter avec Emma. Je comprends ce qu'elle voulait dire par « j'en veux une », elle a clairement un instinct maternel qui ne demande qu'à trouver sa cible. Je devrais d'ailleurs surveiller qu'elle ne se barre pas avec la petite. Je me redresse parce que bon, j'ai mal aux cuisses, je n'ai plus cinq ans !

– Jé.

– Lise.

Je vais m'asseoir sur le banc en réajustant la couverture d'Annabelle qui était déjà bien en place. Ça m'occupe et ça me donne surtout une bonne raison de ne pas prêter attention à Jérôme.

– Tu lui as fait quoi, hier ? me demande-t-il de sa douce voix qui dégouline d'amabilité.

– De quoi tu parles ?

– Mon frère.

Ah.

Il s'assoit à côté de moi.

– Pourquoi tu ne le lui demandes pas ? Ah oui, j'oubliais, peut-être qu'il ne te fait plus confiance, maintenant.

Nous ne parlons pas trop fort, histoire qu'Emma ne nous entende pas. Aucun risque, cependant : elle est passionnée par les deux pas et demi que le bestiau a faits depuis son arrivée.

– Tu étais d'accord pour qu'on lui cache ta venue. Tu m'en veux, Lise, mais tu étais de mon avis.

Il a raison, je lui en veux un peu trop. Il n'empêche que je le tiens en partie pour responsable de la misère émotionnelle et sentimentale dans laquelle je vis depuis presque une décennie. J'étais d'accord parce que j'étais perdue et qu'il m'a persuadée que je ne pourrais plus rien apporter de bon à son frère. Je ne suis plus d'accord d'avoir été d'accord… si je puis dire.

– C'était effectivement le cas. J'ai tout de même souffert, Jé, ne crois pas que ton frère soit le seul à avoir morflé.

– Tu n'étais pas là pour le sortir du trou.

– J'ai essayé d'être là.

– Pour toi, parce que tu te sentais misérable. Tu serais repartie.

– Tu spécules, tu n'en sais rien.

– De toute façon, il a fini par rencontrer Marie.

– Ils sont restés longtemps ensemble ? Elle l'a aidé ?

– J'aimerais te dire que oui, parce que j'aimerais te faire souffrir au moins un peu, que tu saches par où il est passé. Mais non. Ça n'a pas duré.

– Pourtant, Emma n'a que cinq ans…

– Ils ont recouché ensemble un soir, ils étaient bourrés, ce n'était pas prévu, ils n'étaient plus en couple depuis une éternité. Tu veux savoir pourquoi ?

Je ne suis pas certaine de le vouloir, je sens cependant que j'ai besoin d'entendre ça. Je hoche la tête.

– Lise !

14

Lise

– Elle est à toi ? me demande-t-elle en montrant la tortue.

– Non, elle est à la nature.

– Mais si on la laisse dans la forêt, je ne la verrai plus ?

– C'est comme ça qu'elle sera heureuse, crois-moi. Les animaux sont faits pour vivre dans la nature, en liberté.

– Alors au zoo ?

– C'est mal.

– Pourquoi ?

Je m'assois à même le sol et elle vient naturellement s'installer sur mes genoux. Je fais comme si son coccyx n'était pas en train de me broyer la cuisse et la prends dans mes bras. J'ignorais que les enfants pouvaient avoir les os pointus.

– Dis-moi, Emma, si on t'enfermait dans une cage, tout le temps, et que des gens venaient te voir, pour te prendre en photo, te jeter de la nourriture, te regarder vivre, aller faire pipi, manger, dormir… est-ce que tu serais heureuse ?

Je l'observe réfléchir, ses mini sourcils froncés, et je la trouve belle. Elle me rappelle tellement son père.

– Non, c'est tout petit, une cage.

– Les animaux, c'est pareil. Leur vraie maison, c'est la nature, pas une cage. Tu comprends pourquoi nous devons laisser T-Rex dans la forêt ?

– Chez moi, c'est pas une cage !

– Non, mais c'est la même chose. Il y a des murs, des limites. Elle n'est pas libre d'aller où elle le souhaite. Alors, nous pouvons dire que nous viendrons la voir ici de temps en temps si ta mamie est d'accord. Et si T-Rex décide de nous faire une petite visite, comme aujourd'hui, tant mieux. Sinon, nous devons la laisser tranquille. D'accord ?

– D'accord ! Je peux lui faire une perruque ?

Je sens que cette pauvre tortue va perdre dix ans d'espérance de vie durant les trois minutes qu'elle va passer parmi nous. Je l'avais prévenue pour la perruque, elle est restée… Tant pis pour elle !

– Je ne suis pas sûre qu'elle apprécie.

– Et je peux venir jouer avec elle, ici ?

– Tu devras demander à tes parents. Moi, je suis d'accord.

J'ai tout à fait conscience de mettre Ange dans une situation délicate parce que s'il dit non, il aura le mauvais rôle. Alors je rectifie :

– Je peux t'y accompagner, si tu veux, et s'ils sont d'accord. Déjà, on peut faire quelques photos avec mon téléphone, comme ça, tu auras un souvenir.

– Je vais demander à papa, ce soir !

– En attendant, je suis sûre que tonton est d'accord pour que tu restes un peu, hein, Jé ?

Je relève la tête pour m'apercevoir qu'il nous observe en souriant. Jé ne m'a pas souri une seule fois depuis que je suis revenue. Je le comprends, mais ça fait plaisir à voir. Nous étions proches, lui et moi. Il était un peu comme un petit frère. Ce n'est pas grand-chose et ce sourire est certainement destiné à Emma… c'est tout de même agréable.

Pendant qu'Emma tentait de faire tenir des feuilles sur la carapace de T-Rex afin de la dresser à devenir livreuse de colis pour PetShop, j'ai pris plusieurs photos. Nous avons passé un bon moment. Annabelle s'est réveillée, elle était elle-même, elle nous a tous reconnus et a apprécié la présence d'Emma. J'ai l'impression que cette gamine et sa spontanéité font du bien à tout le monde. Ensuite, il a bien fallu rentrer. Jé a récupéré Emma pour le goûter et je suis surprise que lui et moi ayons réussi à passer un moment côte à côte. Sans nous adresser la parole, certes… mais sans nous entretuer non plus. C'est ce que j'appelle un élément positif dans ma journée. Je me raccroche à ce que je peux.

Depuis, j'ai bouclé mon courrier du cœur et renvoyé le fichier à Cynthia pour la correction. Je n'ai en revanche pas du tout avancé sur mon dossier du mois pour la rubrique de *Rock Your Soul* et je me suis encore moins occupée de l'article sur mon père pour le hors-série.

Je vais plutôt tenir compagnie à Annabelle et la retrouve dans sa chambre.

– Je t'ai préparé un thé.

Je pose la tasse sur sa table de chevet et elle me regarde en souriant. Je suis rassurée de voir qu'elle me reconnaît, j'appréhende toujours ses épisodes d'absences.

– Alexandra, qu'as-tu fait à tes cheveux? Les boucles vont les abîmer!

Oh non, maintenant elle me prend pour sa fille.

– Annabelle, c'est Lise…

– Tu sais que ton père n'aime pas que tu touches à ta coiffure, tu es encore trop jeune! Tu n'as rien à me faire signer, pour l'école?

– Et si tu me parlais d'André?

– Comment es-tu au courant? Oh mon Dieu, il ne faut pas que ton père l'apprenne!

Elle commence à s'agiter, à paniquer. Et mince, je fais vraiment n'importe quoi!

– Annabelle, tout va bien, personne ne va rien dire à personne, c'est notre secret.

– Il faut me le promettre! Je ne peux pas me permettre que tout le monde sache que je suis veuve, Martial ne s'en remettrait pas!

– Non, je t'assure qu'il ne le saura pas.

Au bout de quelques minutes, je ne parviens toujours pas à la convaincre que tout est sous contrôle et que son passé restera dans le passé. Et je suis lessivée. Paniquée. J'ai chaud, honte, je ne sais plus quoi faire ni comment le faire. Je sens mon sang pulser dans mes tempes en rythme avec ma respiration. Je perds pied parce que je ne suis pas armée pour gérer la situation. C'est le moment que choisit Ambre pour revenir de sa pause et prendre la relève. Elle me suit dans le couloir et ferme la porte de la chambre d'Annabelle.

– Elle ne t'a pas reconnue ?

– Elle m'a prise pour sa fille. Et puis j'ai parlé de son premier mari, et elle a paniqué. Je ne sais vraiment pas comment faire, je lui ai provoqué une crise de panique !

– Calme-toi, ça arrive. Même à moi. Sors, va te promener, prends l'air. Détends-toi et reviens. Je m'occupe d'elle.

– Merci.

Je ne me le fais pas dire deux fois, j'attrape mon téléphone, au cas où elle ait besoin de moi. Même si je sais que je fais plus de dégâts qu'autre chose… Et je sors de la résidence. Je me dirige vers le petit bois, presque en courant. Quand j'y arrive, je m'appuie contre un arbre d'une main et laisse enfin l'angoisse s'exprimer. Je pleure, je sanglote, j'ai du mal à respirer. Je ne sais plus comment gérer la situation. Je plaque la main sur ma bouche, j'essaie de me contrôler. Je ne maîtrise plus du tout mes émotions, je ne me reconnais plus non plus. Ce n'est plus elle. Ce n'est plus moi. Cette maladie nous bouffe lentement. Je commence à retrouver mon self-control lorsque j'entends des pas derrière moi. Je me redresse, il n'est pas question que je me donne en spectacle. Alors j'avance, pour m'éloigner du promeneur. Je sens une main sur mon épaule et je me retourne brusquement, mon téléphone brandi en avant, comme si je pouvais me défendre avec ce petit machin dont l'écran se brise dès qu'on souffle dessus. Ange se tient devant moi, inquiet. Alors je fais ce que je faisais toujours, avant : je me confie à lui, ça me vient naturellement.

– Elle ne sait plus qui je suis, si tu l'avais vue, elle n'a aucune idée de qui je suis ! Elle m'a prise pour sa fille et j'ai voulu lui changer les idées, et elle a paniqué, alors je ne savais plus quoi faire ! Elle ne me reconnaît plus, Ange, je fais tout de travers !

Et je répète mon impuissance en sanglotant à nouveau. Il m'attrape par les épaules et m'oblige à le regarder :

– Ce n'est pas ta faute, elle est sur le déclin, Lise, il faut que tu l'acceptes. Ce n'est pas ta faute, me dit-il plus fermement.

Mes jambes ne me supportent plus alors je me dégage et rejoins le banc le plus proche où je me laisse tomber. Je renverse la tête en arrière, ferme les yeux, et tente de stabiliser ma respiration. Me retrouver face à cette personne que je connais depuis presque quinze ans, réaliser que je n'existe plus pour elle, même si c'est uniquement dans une fenêtre de son temps, je me suis sentie… vide. Inutile. Comment peut-on être annihilé de l'esprit de quelqu'un, comme ça, en un claquement de doigts ?

Je l'entends s'installer à côté de moi. Il est calme. C'est comme ça que je le connais. Ça me rassure, car il est familier, sans l'être. C'est un repère, qui n'en est plus un. C'est malgré tout *mon* repère.

– Ce que tu as fait pour Emma, aujourd'hui, j'apprécie beaucoup.

– Tu viens souvent la voir.

J'ai besoin qu'il me change les idées. Il l'a compris.

– Je fais des petites visites quand je peux. On est quatre associés pour ne pas avoir un taf de fou, justement. Certains jours, je cours partout, je n'ai pas le temps de me poser pour manger. D'autres, c'est plus calme. Aujourd'hui, c'est le cas. Et puis les autres n'ont pas d'enfants, alors on s'arrange toujours pour qu'ils prennent les patients tôt le matin et tard le soir. Je fais la compta pour compenser.

C'est bizarre, lui qui me raconte sa vie. Moi qui l'écoute. Comme si nous pouvions rattraper le temps que je nous ai fait perdre. Comme s'il pouvait vouloir le rattraper. Il ne dit plus rien.

Je me retourne vers lui. Il regarde devant, il est un peu crispé, tranquille en apparence, cependant pas tout à fait détendu.

– Je t'ai vraiment abîmé…

Il me fait face, il ne répond pas. Il n'est pas nécessaire qu'il me le confirme. Je le vois. Alors je l'observe. Son visage est bien plus carré, il a définitivement perdu les rondeurs de l'enfance et la barbe serait là pour me le rappeler si j'avais un doute. Il ne ressemble pas à son père, ni à sa mère, il ne ressemble qu'à lui. Ses yeux clairs sont plus durs qu'avant, parce qu'avant il me regardait comme on regarde quelqu'un qu'on aime. Maintenant…

– Tu m'as fait souffrir, oui, mais je m'en suis remis.

– Moi pas.

Il laisse passer quelques instants avant de reprendre :

– Moi non plus, avoue-t-il finalement.

Je soupire. Je ne peux peut-être rien pour l'état mental d'Annabelle, j'ai tout de même besoin de réparer ce que j'ai moi-même brisé.

– Je ne sais pas quoi faire pour arranger ça. Dis-moi comment je peux t'aider à aller de l'avant. Tu veux que je parte ? Je peux emmener Annabelle chez moi et disparaître de ta vie. Elle adore être chez moi, je trouverai quelqu'un pour s'occuper d'elle pendant que je travaille et…

– Non.

Il se rapproche lentement de moi et je n'arrive pas à détourner mes yeux des siens.

– Tu n'as plus le droit de partir.

Je ne saisis pas bien ce qu'il veut dire. J'ai peur de comprendre et à la fois d'être à côté de la plaque.

Il lève la main et la pose sur ma joue. Je ferme les yeux et profite de ce contact inattendu. C'est exactement ce qu'il me fallait, et je suis sûre qu'il le sait. Je nous enferme dans une bulle, hors du temps, et je savoure sa proximité. Il souffle plus qu'il ne parle :

– Si je ne nous donne pas une seconde chance, je ne saurai jamais si toi et moi on aurait vraiment pu être nous.

15

Lise

Je ne suis pas certaine d'avoir bien entendu ce qu'il vient de me dire. Alors je le regarde en clignant stupidement des yeux.

– Lise ?

– Tu veux nous donner une deuxième chance ?

– Je voudrais essayer, et toi ?

Je me rapproche un peu de lui, je tends la main et la pose sur sa nuque, sous ses cheveux. Il ferme les yeux et vient à mon contact. Je me détends.

– Il faut que je retourne travailler, murmure-t-il avant de saisir ma main et d'y déposer un baiser sur la paume, en m'observant.

– D'accord.

Il sourit. Un regard, un sourire, une promesse. Il a un tel effet sur moi, juste en étant… lui.

Un dernier soupir, il se lève et s'en va.

Je ne m'habitue pas à le voir partir. Je n'ai pas vraiment le temps de m'attarder sur cette annonce, mon téléphone sonne. Impossible de filtrer.

– Boss.

– Monroe, alors, mon article ?

– J'y travaille et…

– Mauvaise réponse.

Il raccroche. Avec Voldemort, le retour à la réalité est toujours brutal. Et efficace.

Fleur Hana

Ce début de soirée est plutôt calme. Ambre regarde une émission avec Annabelle. Je me suis installée dans le salon avec mon ordinateur pour travailler. Tout compte fait, j'avance bien dans mes articles, c'est toujours ça de pris et c'était le plan. Ça me rappelle ma première année à l'école de journalisme. Je n'avais pas d'amis, pas de vie sociale, j'avais donc tout mon temps pour travailler et je n'ai jamais eu d'aussi bons résultats que cette année-là. Et puis j'ai rencontré Loïc.

Je viens de placer le point final au courrier du cœur d'un des magazines pour filles pour lequel je bosse en free-lance, quand on tape à la porte. Je ne connais pas beaucoup de personnes qui viennent nous rendre visite et mon cœur s'emballe stupidement à l'idée de le voir parce que je sais que c'est lui. Depuis hier et sa confession, je fais mon possible pour ne pas tenir compte de tout ce qui me passe par la tête. Et en trois petits coups, il réduit tous mes efforts à néant. J'ouvre. Il se tient bien là, son sac à dos sur une épaule. Il porte un jean sombre bootcut et j'essaie de ne pas être distraite par l'impression que ce pantalon a été fait sur mesure. Je remonte le regard jusqu'à lui et le petit sourire que je remarque au coin de ses lèvres me prouve qu'il n'est pas dupe et qu'il a bien compris que j'étais en train de le mater. Il tient sa fille par la main. Ce qui me fait l'effet d'une douche froide. Surtout que ce que j'ai remarqué en premier, ce sont les cuisses d'Ange, et ensuite, seulement, j'ai capté que la glumaude était là.

– J'ai besoin d'un service. La mère d'Emma n'est pas en ville. On s'est mal compris avec mes parents, ils pensaient que j'avais ma soirée de libre et en ont profité pour accepter une invitation chez des amis. Je ne termine pas avant vingt et une heures, le temps de rentrer et…

– Tu veux me confier ta fille ?

Je lui demande ça pour voir si j'ai bien assimilé ce qu'il essaie de me dire. Non, parce que des fois, sur un malentendu…

– Elle t'aime bien.

Je baisse les yeux sur la petite demoiselle qui bâille à s'en décrocher la mâchoire. Elle n'a rien dit depuis que j'ai ouvert, c'est étrange.

– Tu l'as shootée ? Elle est bien silencieuse…

– Elle devrait être au lit depuis une demi-heure.

– Heu… Eh bien…

– Je te demande juste de la coucher dans sa chambre, chez mes parents, et d'ici deux heures au maximum, je prends le relai.

– Je ne sais pas si c'est une bonne idée.

– Tu veux pas me garder ?

C'est un coup bas, ça. Elle me fait un regard de petit chiot abandonné.

– Tu as bien quelqu'un qui est avec Annabelle ?

– Oui, enfin les enfants et moi… S'il arrive quoi que ce soit, je…

– Elle va juste dormir. Lise, s'il te plaît, je suis dans la merde.

– Gros mot ! fait remarquer Emma en levant son vieux doudou moisi.

Je les considère un moment. Bon, ce serait vraiment vache de ma part de les planter. Mon altruisme me perdra.

– Je vais prévenir Ambre.

J'espère pour lui qu'il n'a pas fait semblant de nous donner une deuxième chance juste pour avoir une nounou sur le même palier que ses parents. Je le vivrais assez mal, et lui aussi, une fois que je me serais vengée.

– Tu ne devrais pas déjà dormir ?

– Oui, mais ce soir c'est un peu la fête !

Cette gamine est increvable. Nous avons joué aux PetShop, rangé la chambre, lu trois livres, et elle a toujours une pêche d'enfer. Une heure et je suis déjà épuisée. Quand je pense qu'elle bâillait, tout à l'heure.

– Emma, tu étais épuisée lorsque ton papa t'a amenée, pourquoi tu es encore réveillée?

– Ma maman dit tout le temps que si je me couche trop tard, après c'est tout fichule.

– Tu veux dire « fichu » ?

– C'est ce que j'ai dit.

– Et donc, en gros, tu deviens insupportable.

– Non, ma maman dit pas ça. Elle dit que je dois pas manquer mon heure du dodo.

Ben, ça me fait une belle jambe de savoir ça maintenant, surtout que son père me l'a déposée *après* son heure de coucher. Je sens que je me suis bien fait avoir, dans cette histoire.

– Tu vas devoir te coucher.

– D'accord. Tu dois me chanter une chanson.

– Pardon ?

– Mamie me chante toujours une berceuse et maman aussi, alors toi aussi.

– Non, je ne crois pas, mon petit.

– Si tu ne chantes pas, je n'arriverai pas à dormir, et si je ne dors pas, après papa dit que je pète les plombs.

– Papa a vraiment dit ça ?

Ça ne lui ressemble pas, lui qui me prend la tête dès que j'ai une petite discussion un tant soit peu réaliste avec sa fille.

– Non, ça c'est Alain qui l'a dit, l'amoureux de ma maman, mais papa il a dit qu'il avait raison.

– Tu vois, argument de plus pour aller dormir.

– Avec une chanson.

– Je ne connais aucune berceuse.

– Tu peux chanter ce que tu veux.

Je réfléchis un moment. Comment se fait-il que cette gosse finisse toujours par obtenir ce qu'elle veut de tout le monde ? Voilà l'origine des enfants rois ! En même temps, hein, ce n'est pas la mienne !

J'improvise une version moins rythmée que l'original de *Three Little Birds* et ça a l'air de convenir. Preuve que les gosses sont d'une autre espèce, parce que j'ai toujours chanté très faux. Rien du talent de mon père ne s'est faufilé dans mes gènes. Elle se blottit sous son drap, son horrible doudou délavé/déchiré/puant dans les bras. Quand je termine, elle me dit que je dois recommencer, que normalement c'est trois fois. Elle a des TOC ou quoi, cette gamine ? Je m'exécute parce que je sens qu'elle va bientôt s'endormir et je ne voudrais pas louper le coche. Effectivement, avant la fin de la troisième chanson, elle dort. Je me lève avec moult précautions, je ne me pensais pas capable d'exécuter une scène au ralenti. Je suis contente d'avoir rangé la chambre, ça m'évite de me casser la figure entre le lit et la porte. Je lui laisse la petite veilleuse à côté du lit et éteins le plafonnier. Je ferme doucement la porte et soupire de soulagement quand je réalise qu'elle ne grince pas. Voilà, c'est pas tout *fichule*, elle dort, la naine ! Je m'apprête à m'installer au salon en attendant le retour de son père, quand on m'attrape par-derrière, un bras bloquant les miens, enroulé autour de ma taille, une main sur ma bouche, m'empêchant de hurler.

– C'est moi… Ne dis rien, elle a le sommeil léger.

Je ne sais pas si je vais réussir à convaincre mon cœur de reprendre un rythme normal après ça… Je suis rassurée, ce n'est qu'Ange… qui se prend pour un ninja commando !

Il m'entraîne avec lui, nous fait entrer dans la salle de bain sans me lâcher, à reculons, pivote et appuie son dos sur la porte pour la refermer. Il n'allume pas la lumière. Sa main se relâche sur mes lèvres. Je m'immobilise. Je ne sais pas ce qu'il veut. Je ne sais pas pourquoi il fait ça. Je crois juste qu'il a besoin d'avoir le contrôle. Alors je le laisse m'attirer contre lui.

Ange

Chaque fois que j'essaie de m'éloigner d'elle, je trouve une raison de m'approcher.

Un peu plus près.

Je la sens contre moi et je suis de retour, neuf ans en arrière.

Dans ma chambre.

Dans mon lit.

Dans ses bras.

Je sais que je joue avec le feu. Je n'en ai simplement rien à faire.

J'ai besoin d'elle.

Je n'ai jamais eu autant besoin d'elle.

Je ne veux pas qu'elle m'arrête. Je veux qu'elle me rende le temps perdu. La sentir contre moi, c'est reprendre là où nous

nous sommes arrêtés. Nous n'en étions qu'aux prémices de notre vie, je veux plus.

Je la veux. Elle.

Lise

Il passe une main sous mon t-shirt et l'autre vient dégager mes cheveux. Il plonge le visage dans mon cou et m'embrasse, juste sous l'oreille. Il n'a rien oublié. Je frissonne dans ses bras. Il caresse lentement mon ventre. Je sens sa peau contre la mienne, son souffle qui me frôle, les battements de son cœur contre mon dos, la perfection de cet instant.

Il soupire. Je pose la main sur la sienne. Ses doigts remontent sous ma poitrine. Il expire lentement. Comme s'il essayait de conserver un semblant de contrôle.

– Queen ?

Son pouce frôle la frontière entre ce qui est convenable et ce qui peut tout faire déraper, il me demande l'autorisation d'aller plus loin. Je remonte le bras en arrière et l'attrape par la nuque. Mes doigts glissent dans ses cheveux alors que les siens se fraient un chemin entre mes seins. Mes yeux se sont habitués à l'obscurité et je distingue notre reflet dans le miroir qui nous fait face. Il m'embrasse encore dans le cou, descend jusqu'à mon épaule, remonte et mordille le lobe de mon oreille, avant de repartir. Je l'observe déposer des baisers sur ma peau. Je *nous* observe. Et rien ne m'a jamais semblé aussi naturel. À sa place. Lui et moi. Ça fait sens.

Je gémis doucement quand sa paume effleure la pointe durcie d'un de mes seins, puis l'autre. Pour une fois, je remercie mon tour de poitrine qui m'évite de m'encombrer d'un soutien-gorge, et je pense que lui aussi le remercie. Je perçois son érection contre le bas de mon dos.

Ma respiration est de plus en plus hachée, je nous espionne dans le reflet qu'il n'a pas encore remarqué. Je me nourris de nous. Ce nous qui me manque tant. Sans délaisser ma poitrine, son autre main descend et s'arrête à l'élastique de mon legging. Il attend. Je ne bouge pas.

– Combien ?

Il murmure toujours et immobilise tous ses mouvements.

– Quoi ?

– Avec combien d'autres as-tu couché ?

Il me demande vraiment ça ?

– Lise, insiste-t-il quand je ne réponds rien.

– Trois, je souffle en attendant sa réaction.

Sa main se resserre un peu sur mon sein. Ce n'est pas douloureux, c'est possessif. Ce n'est pas inconfortable, ça m'excite encore plus.

– Tu pensais à moi ?

Je retiens ma respiration quelques secondes. Comment peut-il savoir ça ? Il pince mon sein et sa voix se fait plus autoritaire :

– Réponds-moi.

– Chaque fois…

Ce devait être la réponse qu'il espérait, car il glisse enfin sa main sous mes vêtements. Mes doigts se crispent sur sa nuque avant de descendre le long de son corps jusqu'à son érection. Il mordille mon cou et reprend ses caresses. Il me pénètre de deux doigts sans rencontrer aucune résistance, je gémis, il me serre plus fort contre lui. Son index et son majeur entament un mouvement de va-et-vient brutal, soutenu.

Il me signifie que c'est lui qui est aux commandes. Son pouce vient s'appuyer plus haut, sa langue imite son mouvement circulaire sous mon oreille. Je le caresse par-dessus son jean avant de m'immiscer sous sa ceinture. Il s'éloigne de moi le temps d'ouvrir ses boutons et de me laisser plus de marge. Une seconde plus tard, nos caresses reprennent dans le silence de nos soupirs. Je resserre les doigts autour de lui. J'aime le sentir, chaud, intense, sur ma peau.

Je sais, je sens que je vais basculer d'ici quelques secondes. C'est comme si mon corps avait reconnu le sien. L'orgasme monte lentement, j'en savoure chaque seconde avant qu'il ne plaque à nouveau la main sur ma bouche pour étouffer mes gémissements. Je le mords, il me rend la pareille dans mon cou. Je laisse la vague de plaisir m'envahir. C'est tellement plus que tout ce que j'ai pu ressentir… Je me serre contre lui, m'agrippe à son bras, ressens chaque millimètre de mon corps en contact avec le sien. Je gémis mon plaisir contre sa paume, son souffle chaud effleurant mon oreille. Il ralentit ses mouvements, relâche doucement son emprise… Je redescends lentement tout en reprenant mes mouvements, que j'ai interrompus. Il éjacule en silence, le liquide tiède de son plaisir s'écoulant entre mes doigts.

Et c'est le calme plat.

Je retire ma main et il me tend machinalement une serviette.

Je n'ai pas quitté notre reflet des yeux un seul instant et c'est seulement quand il relève la tête que son regard y accroche le mien. Il me sourit avant de me demander :

– Et là, tu as pensé à quelqu'un d'autre ?

Je mets un moment à imprimer sa question. Il est sérieux ?

– Ange…

– Dis-moi.

– Non, bien sûr que non.

– Bien. Je te remercie de t'être occupée d'Emma, je vais vérifier qu'elle dort bien.

Il retire ses mains de moi et je ressens un vide immense. Mêlé à l'humiliation et à l'orgasme que je viens d'avoir, je ne sais pas comment je tiens encore debout. Il me repousse délicatement pour ouvrir la porte et sortir. Je n'attends pas qu'il revienne de la chambre de sa fille, je comprends que je suis congédiée et je m'enfuis chez Annabelle sans me retourner.

Ange

Elle et moi, c'est trop.

Trop de souvenirs. Trop d'émotions.

Je pensais vraiment que j'étais capable de nous donner cette chance. Et j'en ai envie. Je réalise juste à quel point tout ça me dépasse.

Cette intensité.

Ce *nous* me fait peur. Je ne sais pas comment faire.

Comment lui faire confiance.

Comment reprendre là où nous nous sommes arrêtés.

La situation m'échappe, mes réactions m'échappent.

16

Lise

– Lise ?

Je relève la tête. La matinée est passée dans le flou total. Je suis en pilote automatique. C'est le mieux, parce que si je commence à penser à ce qui s'est produit hier soir, je vais me rendre compte que c'était une vengeance de la part d'Ange et je ne suis pas convaincue de réussir à digérer ça. Alors je bosse sur mon article, je fais le ménage, je lis pour Annabelle, je ne m'arrête pas une seconde pour penser. C'est trop dangereux.

Je regarde Françoise qui fronce les sourcils. Elles sont quatre à se relayer pour Annabelle. Je sais que ma présence n'est plus indispensable, mais je n'arrive pas à me résoudre à partir. J'ai besoin de rester là, de la voir, ça me rassure. Et puis il y a Ange, bien sûr, qui fait partie de la raison de ma présence ici.

Annabelle et moi sommes convenues qu'elle voulait toujours quelqu'un de « neutre » près d'elle, étant donné qu'elle en a largement les moyens, car même se rendre aux toilettes lui est encore impossible seule et elle refuse à présent que je m'en occupe. Sauf le soir, quand elle n'a pas le choix. Françoise est la plus âgée de toutes ces aides à domicile qui défilent. Elle approche la soixantaine, elle est un peu comme une Mamie Nova. Elle porte ces blouses d'intérieur absolument immondes, et sur elle, ça renforce juste son allure de grand-mère gâteau. Elle est bienveillante et, même si elle paraît un peu âgée pour ce travail, elle le fait bien. Annabelle l'apprécie, elle la prend souvent pour une voisine. Françoise est douce et attentionnée. Et là, je vois bien qu'elle se fait du souci, alors je me colle un magnifique sourire artificiel sur le visage.

– Désolée, j'étais concentrée, vous disiez ?

– Je vais y aller, Ambre devrait arriver d'ici une petite heure, ça ira ?

– Bien sûr, pas de problème. Rien de spécial ?

– Son état ne s'est pas amélioré depuis ce matin, je préfère vous le dire.

– D'accord, merci Françoise, à demain.

Elle s'en va et je rejoins Annabelle dans sa chambre.

– Ah, Mademoiselle. Savez-vous si ma fille a appelé ?

– Non, désolée, personne n'a téléphoné.

J'ai pris le parti de rentrer dans son illusion. Je n'ai pas le cœur de lui rappeler chaque fois que sa fille est morte. Et puis, de toute façon, elle ne me croirait pas. Elle est coincée dans je ne sais quelle époque et rien ni personne ne peut l'en sortir. Tenter de la ramener au présent n'a pour conséquence que d'accentuer sa confusion. Quand elle est dans cet état, elle me prend pour l'une des aides à domicile et je ne la contredis pas. Je choisis un livre et lui fais la lecture.

Un moment après, on sonne à la porte. Ah si. J'ai compris mon utilité, ici. Ouvrir la porte. Je passe ma vie à ouvrir cette satanée porte ! Ce doit être Ambre, pourtant elle sait que je ne verrouille pas. Je laisse Annabelle avec une émission télévisée qui semble la passionner.

– Surprise !

Loïc lève les bras : d'un côté il tient un sac de voyage, de l'autre un sac de courses.

– Cocktail et gâteaux apéritifs ! m'annonce-t-il en souriant.

Je suis à deux doigts de pleurer. C'est ridicule. La présence d'un ami est exactement ce dont j'avais besoin aujourd'hui et c'est comme s'il avait anticipé cela. Il est parfait. Enfin non, mais je me comprends.

– Mais… comment… Voldemort ?

– Le quatorze juillet, Lise, je fais ce que je veux de mes jours fériés.

Je suis tellement à côté de tout que j'avais complètement oublié la date.

– Tu es venu juste pour un jour ?

– Non, pas vraiment.

– Explique-toi.

– Tu crois que je peux squatter pendant deux jours ? Et entrer, peut-être ? Le boss m'envoie pour un article et je t'embarque avec moi !

– Ah ! Je savais que tu n'étais pas là uniquement pour mes beaux yeux !

– Elle a les yeux revolver… se met-il bêtement à chanter.

– Merci !

Je me jette sur lui et le serre dans mes bras.

– Je tombe à pic, à ce que je vois. Tu vas tout me raconter.

Je recule et lui fais signe de rentrer. Au moment de fermer, j'aperçois Ange en face, la porte de ses parents ouverte, et le regard qu'il me lance est tellement agressif que j'en reste clouée sur place.

– Installe-toi au salon, j'arrive.

J'ignore l'air surpris et curieux de Loïc avant de sortir dans le couloir.

– Ange…

Il lève le doigt pour me faire signe d'attendre, rentre chez sa mère et ressort quelques secondes plus tard, toujours aussi contrarié. Il m'attrape par le poignet et me traîne dans les escaliers jusqu'au quatrième étage.

– Tu me fais mal, lâche-moi !

Je ne sais pas ce qui lui prend, rien ne peut justifier son attitude de Cro-Magnon. Je ne le connais pas comme ça ! Il s'arrête entre les deux étages et me plaque contre le mur. Sauf que cette fois, il n'y a aucun désir dans ses yeux, ni ailleurs.

– Dis-moi qu'il n'y a que moi, me demande-t-il, les dents serrées.

– De quoi tu parles ? Pourquoi es-tu énervé ?

– Qui c'est ?

– Loïc ?

– Qui est ce type ?

– Un collègue ! Qu'est-ce qui te prend ?

– Juste moi, Lise.

– Quoi ?

– Je ne veux personne entre toi et moi.

– Il n'y a personne entre toi et moi !

– Seulement moi.

Je réalise qu'il n'est plus en colère, il a peur. C'est moi qui l'ai mis dans cet état ? Est-ce que je l'ai complètement foutu en l'air, émotionnellement parlant ? Parce que l'homme que j'ai en face de moi n'a aucune confiance. Ni en lui, ni en moi. Et j'ai la certitude que c'est à moi que je dois ce désastre. Je pose les mains sur les siennes, toujours ancrées sur mes épaules :

– Regarde-moi.

Il cesse de fixer un point sur le mur et se recentre sur moi.

– Seulement toi.

Il pose son front contre le mien et se calme lentement.

– Je ne peux pas faire ça, Lise. Je ne peux pas.

– Faire quoi ?

– Te faire confiance, je ne vais pas y arriver.

– Il n'y a personne d'autre, crois-moi.

– Je ne sais pas si je peux.

Je relève la tête et l'embrasse. Doucement. Du bout des lèvres. Parce que s'il veut vraiment me repousser, je ne souhaite pas m'imposer. Il me rend mon baiser, juste un effleurement.

Ange

Je ne sais pas si je peux y arriver.

Ma langue vient caresser la sienne, mes mains remontent dans son cou. Je réussis à me détendre. Les siennes se posent sur ma taille et m'attirent contre elle. Plus près.

Jamais assez près.

Je lui ai tout donné.

J'ai tout perdu.

– Seulement toi… répète-t-elle chaque fois que sa bouche s'éloigne de la mienne une seconde, avant d'y revenir.

Plus intense. Plus exigeante.

Lise

Une fois Ange reparti travailler, sans un mot de plus, je retrouve Loïc en grande conversation avec Annabelle. Ils se connaissent bien, tous les deux. Ils se sont vus chaque fois qu'elle est venue passer des vacances chez moi. Il fait partie des rares amis, vrais amis, que j'ai. Je sors beaucoup, je fréquente pas mal de personnes. Mais tout est plus ou moins superficiel. Avec lui, c'est le contraire. Tout est authentique, il sait qui je suis.

– Lili ! Tu ne m'avais pas dit que Loïc devait venir.

Je suis tellement soulagée de voir qu'elle nous reconnaît que je pourrais pleurer. Ou alors, c'est ce qui vient de se produire dans la cage d'escalier qui me fait cet effet. J'ai du mal à suivre Ange et, en même temps, je sais que j'ai chamboulé ses repères et que je dois lui laisser le temps d'assimiler mon retour.

– Je l'ignorais, il nous a fait une surprise.

– C'est une très bonne idée, Loïc. Tu restes quelques jours ?

– Deux jours, trois tout au plus. Et j'ai apporté de quoi faire mon fameux cocktail !

– Ah, de mieux en mieux !

Je souris de voir Annabelle s'enthousiasmer. Elle m'a confié, une fois, que si elle avait eu quelques décennies de moins, Loïc aurait tout à fait été à son goût. Mon ami n'est pas ce qu'on appelle une gravure de mode, il est plutôt du côté « trop mince », délicat, peut-être un peu efféminé, mais il a une présence et un charme incroyables. Il sourit, et c'est foutu. Sauf que je suis immunisée, Ange a complètement ruiné mes chances de vraiment craquer pour quelqu'un d'autre. Et malgré son petit air à la Lee Pace, je suis totalement hermétique à ses tentatives de charme dont il use et abuse pour faire passer les plus grosses conneries dont il est coutumier.

Il y a toujours eu un jeu de séduction innocent entre lui et Annabelle. Il est assez gentil pour le jouer sans malaise. Et aujourd'hui plus qu'un autre jour, je lui suis reconnaissante d'être là, pour elle. Et pour moi.

Il me lance un regard que je traduis par « toi, tu vas tout me raconter » et je suis sauvée par le gong. Ambre débarque :

– Bonjour, les filles ! Oh, et le garçon…

Je fais signe à Loïc de me suivre et, après les présentations dont je ne me charge même pas, il me retrouve au salon.

– J'ai besoin d'une mise à jour. Qui est cette nana ? Qui est ce type ?

– Ambre est l'une des aides à domicile d'Annabelle, elle veut un père pour son futur enfant.

Il grimace. Eh oui, ce n'est pas vendeur, mais je ne mens pas à Loïc.

– Ange c'est… ben c'est Ange.

– C'est lui ton Ange ?

– Arf, ne dis pas ça comme ça, je déteste. C'est Ange, juste Ange.

– Et tu m'avais caché qu'il était un peu psychopathe, parce que…

– Il est blessé, en insécurité. C'est ma faute s'il est comme ça.

– Je vois…

– Je crois que j'ai bien foutu en l'air son capital confiance.

Je soupire en m'affalant sur le canapé.

– Arrête de geindre sur mon lit, me fait-il remarquer, tu vas y mettre de mauvaises ondes.

– Je ne geins pas.

– Et ton plan, c'est quoi ?

– Comment ça ?

– Pour le reconquérir, tout ça…

– Je n'ai pas vraiment de plan. Il sait que je regrette, que je tiens à lui. Presque dix ans ont passé, je ne m'attends pas que tout redevienne comme avant. Nous avons changé, lui comme moi.

– Qui êtes-vous et qu'avez-vous fait de Lise ? Parce que tu me sembles bien sage, d'un coup !

– J'ai toujours été quelqu'un de raisonnable et…

– Je préfère aller préparer le cocktail qu'entendre ça !

– Il est treize heures !

– C'est bien ce que je dis.

Je le suis à la cuisine.

– Bon, et c'est quoi ce reportage ?

– Tu devrais t'asseoir.

Je fais ce qu'il me dit et attends. Il sort les bouteilles de jus de fruits et d'alcool de son sac de courses.

– Tu sais qu'il y a un festival de jazz dans le coin ?

– Beurk.

Oui, le jazz et moi… mauvaise combinaison.

– Je sais, le jazz c'est… bref, nous ne sommes pas là pour juger. Toujours est-il que…

Il s'interrompt, le temps de chercher un saladier dans les placards. Il n'est jamais venu ici et il fait déjà comme chez lui, il est à l'aise partout. Sans son tempérament avenant, nous ne serions probablement pas amis. Il est arrivé vers moi à l'école de journalisme, alors que je m'appliquais à travailler dans mon coin et à éviter toutes relations sociales. Je sais qu'Ange a mal vécu notre séparation. Je ne l'ai pas forcément mieux gérée. Du jour où j'ai pris conscience de mon erreur, j'ai fait une longue descente dans la déprime. Sans Loïc, je ne serais peut-être pas remontée. L'avantage quand on touche le fond, c'est qu'il suffit de mettre un bon coup de pied pour rejoindre la surface. Je ne l'ai pas fait, à la place je m'en suis pris un au cul et ça m'a aidée. Alors oui, nous sommes liés par quelque chose de bien plus fort que l'amitié.

– Allez, balance l'info !

– The Edge sera là, en *guest star*, le boss a eu l'info et il veut que nous couvrions la soirée.

– Tu déconnes ?

– Je suis là, tu penses qu'il m'aurait laissé venir sans une bonne raison ?

– Non ? Quand ?

– Demain soir.

– Et il est d'accord qu'on y aille à deux ?

C'est louche.

– Il veut que je fasse les photos, il a dit, je cite « Monroe n'est pas foutue de faire une photo qui ne soit pas floue, vas-y, Saurin, et ne foire pas ça, pour une fois ! »

– Mes photos sont artistiques.

– C'est ce que je lui ai répondu.

Je lève un sourcil interrogateur et il hausse les épaules :

– C'est ce que je lui aurais répondu si j'avais eu le courage d'affronter le boss pour toi. Autant tu sais que je t'aime, autant je tiens à mon job.

– Il te fait peur, avoue.

– Bien sûr qu'il me fait peur ! On parle de Voldemort !

Il continue son mélange dans le saladier et, même si c'est encore tôt pour attaquer l'apéro, l'odeur me donne envie d'y goûter.

– Bon, et cet Ange, alors… tu vas faire quoi ?

– Je le laisse décider. Il sait ce que je veux, c'est à lui de faire le prochain pas.

Je ne lui parle pas de l'épisode de la veille. Sûrement parce qu'il est autant humiliant que personnel, et je n'ai pas envie qu'il se mette à élaborer des tas de théories.

– J'adore ces vacances… murmure mon collègue.

Loïc et moi sommes installés sur les fauteuils du balcon, dossiers allongés au maximum, mon ordinateur sur la table, diffusant de la musique. J'ai fermé la baie vitrée pour ne pas déranger Annabelle. *Sweet Child O' Mine* démarre et je sirote un cocktail avec mes lunettes de soleil sur le nez : que demander de plus ? Je me mets à chanter par-dessus Axl. Loïc se joint à moi.

Non, ce ne sont pas des vacances, mais nous faisons semblant et ça fait du bien.

Ange

Je retourne travailler dans un état de confusion qui me dérange. Je ne suis pas comme ça. Elle me pousse à être un autre. Mes réactions ne me ressemblent pas. Je n'aime pas celui que je deviens à son contact, celui qui n'a pas tourné la page.

Je cesse de penser à elle, je sais faire ça. Je dois me concentrer sur ce que j'ai à faire et, comme toutes ces années, je la tiens mentalement à distance afin qu'elle ne me perturbe pas davantage.

17

Lise

Loïc et moi avons décidé de cuisiner un poulet coco pour le dîner. Je ne cuisine jamais, ce n'est pas mon truc. À part le tiramisu. Bref, il a proposé ça et j'en ai eu envie. Nous n'avions ni poulet, ni lait de coco, alors nous voilà partis, en bus, au supermarché. En bus, parce que nous avons clairement abusé de son cocktail et qu'il n'était pas question qu'un de nous deux prenne le volant dans cet état. Je suis devant le rayon volailles et je sens que je vais paniquer. Pourquoi y a-t-il autant de choix ? Je veux juste du poulet ! J'ai trop bu. Si un animal avec des ailes, qui ne peut même pas voler, me fait perdre mes moyens, c'est mauvais signe.

– J'ai la noix de coco ! crie Loïc en débarquant avec… deux noix de coco.

Une dans chaque main. Je me mets nerveusement à rire.

– Quoi ?

– C'est du lait de coco qu'il nous faut ! Va voir au rayon des produits du monde, un truc comme ça. Et repose ces noix de coco. Tu serais foutu de t'entailler la main à tenter d'en ouvrir une, bourré comme tu l'es !

Il grimace en imaginant la scène, hoche vigoureusement la tête quand il comprend que j'ai raison, et repart d'où il est venu. Je me concentre sur la viande. Pourquoi je n'ai pas choisi d'aller acheter le lait de coco ? C'était une mission simple ! En même temps, quand je vois comment Loïc échoue pitoyablement, je suis peut-être plus à l'abri avec des oiseaux qui ne volent pas.

– Lise ?

Je me retourne et Anthony me regarde bizarrement. Ou alors, c'est moi qui ai un œil qui flirte avec l'autre. Ça peut arriver, quand on se concentre trop fort. Dis donc, il fait ses courses fringué comme un mannequin Calvin Klein, lui. Je dois avoir une théorie du genre : pour être aussi bien habillé, il doit être gay. Mais ça ferait de moi quelqu'un de très superficiel et limite homophobe, non ? Et puis, ce n'est pas comme si je pouvais lui demander s'il est gay, ça ne se fait pas. Mince, je l'ai juste pensé ou vraiment demandé ? Il ne dit rien, ouf, je me suis contentée de penser !

– Anthony, quelle bonne surprise ! Que fais-tu ici ?

– Heu… des courses ?

– Quelle coïncidence !

– Tu as bu ?

– Un petit cocktail innocent, je lui réponds en agitant mollement la main devant son nez.

– Vous êtes venus comment ?

– En bus ! Tu me prends pour une inconsciente ?

– Queeeeeeen ! J'ai le lait de coco !

Loïc se plante à côté de moi, tout sourire, il a pris au moins dix briques de lait de coco.

– Tu ne me présentes pas ? Ce n'est pas très poli, me fait-il remarquer en faisant tomber une ou deux briques au sol.

– Loïc Saurin, comme les conserves, je te présente Anthony l'infirmier, comme l'infirmier.

– Encore un infirmier ? Il y a un élevage, dans le coin ?

– Je suis en voiture, le mieux est que je vous ramène, nous propose Anthony qui semble de plus en plus inquiet.

Les autres fois où nous nous sommes vus, il était tout content. Pourquoi il tire cette tronche ?

– Je crois qu'il a peur qu'on fasse des conneries… je murmure à mon acolyte qui n'est plus là. Loïc !

Il se redresse d'un coup, me faisant sursauter :

– Je ramassais ce que tu as fait tomber, tu aurais pu me dire que tu avais déjà pris le lait de coco !

Il soupire exagérément et repart en râlant.

– Vous avez bu combien de verres ?

Je me retourne vers Anthony que j'avais complètement oublié.

– On n'a pas compté en verres. On a bu un saladier. On a mangé des biscuits apéritifs pour absorber, on n'est pas fous !

– Tu dois acheter autre chose ?

– Un oiseau qui ne sait pas voler ! Regarde-moi ce choix. Nous, on veut juste cuisiner un poulet coco.

Il attrape un paquet de filets de poulet et le met dans son panier. Loïc revient avec seulement deux briques de lait de coco dans les mains.

– Venez, on va payer, et je vous raccompagne.

– On peut prendre le bus, tu sais, c'est comme ça que nous sommes venus, je lui fais remarquer tout en le suivant.

– Je n'arrive pas à croire que, demain, nous allons rencontrer The Edge ! lâche Loïc, toujours extatique.

– The Edge ?

– Oui, mais chut ! C'est un secret. Il joue, demain soir. Viens avec nous, je t'aime bien.

– Il ne peut pas venir avec nous, Loïc, il n'a pas de carte de presse.

– Il peut venir dans le public, s'il te plaît, Lise, dis oui ! Je l'aime bien. C'est notre ami !

– Tu ne le connais même pas, comment peux-tu dire ça ? Mais moi aussi je l'aime bien. Invitons-le. Anthony, est-ce que tu veux venir voir The Edge avec nous, demain ?

– Tu es journaliste, toi aussi ? demande-t-il à mon collègue qui regarde les PEZ en tête de caisse.

– Oui, je tiens la rubrique « Dans les bacs » dans le magazine où on travaille.

– J'aurais adoré te rencontrer dans d'autres circonstances, Loïc. Je vais te laisser cuver avant de te dire que je suis fan de ce magazine.

– Dis donc, toi, tu portes un slim ! Un slim ! Et tu as l'air de nous juger parce qu'on a un petit peu lâché la pression en buvant quelques cocktails maison. D'ailleurs, on a de quoi refaire un saladier, viens le goûter et tu auras du poulet coco en dessert !

– En dessert ?

– Pour éponger l'alcool, quoi. On ne vous apprend pas ça à l'école d'infirmiers ? lui demande Loïc, de retour parmi nous.

Anthony sourit.

– Vous savez quoi ? Je vais accepter l'invitation parce que je ne suis pas du matin, demain. Et cette histoire de poulet coco m'a donné faim.

– Tu n'es pas censé travailler, le soir ? je lui demande suspicieusement.

– Il est vingt heures trente, Lise, heureusement que j'ai fini de bosser.

– Ne le prends pas mal, je ne viens pas non plus de te traiter de glandu !

Il me regarde sans rien dire. C'est ce que j'ai fait ? Dis donc, qu'il est susceptible, ce petit !

– Et tu viendras avec nous voir The Edge ? lance Loïc avec des trémolos d'espoir dans la voix.

Mon collègue arrive même à refaire les yeux de chiot égaré, comme la fille de mon ex. Il faut absolument que j'apprenne ce truc.

Nous payons nos achats et montons dans la voiture d'Anthony. Quand il démarre, *Dead Inside* se lance à fond.

– Ah ! Tu sais que j'ai chroniqué cet album dans le numéro du mois dernier ?

Loïc est vraiment de retour parmi nous. Ouf, j'ai eu peur.

– Je sais, j'ai été globalement d'accord avec ton avis.

– Globalement ?

Et voilà, c'est parti. Je décroche parce que, oui, j'adore Muse, ce serait une hérésie de ne pas les aimer quand on considère que ce groupe s'inspire grandement des « classiques » du rock, en y apportant sa touche, bien sûr. Sauf que je ne suis pas comme Loïc. Décortiquer les morceaux, les albums, chercher la petite bête… ce n'est pas mon truc. Je ne suis pas critique musicale. Je ne les écoute pas discuter, je me laisse porter par la voiture et déjà nous sommes arrivés.

– Qui cuisine ? nous interroge Anthony en se garant sur le parking invités.

– Lise.

– Loïc.

Nous avons répondu en même temps, ce qui nous fait éclater de rire. Oui, il nous en faut peu. Nous sortons de la voiture et montons chez Annabelle. Je crois qu'on parle un peu trop fort. Il est encore tôt, nous n'aurons pas de souci pour tapage nocturne.

Quand nous arrivons sur le palier, j'ai la surprise de découvrir Ange, assis dans les escaliers.

– Viens, Anthony. C'est l'amoureux de Lise, laissons-les seuls. Je vais t'expliquer qui il est, essaie de murmurer Loïc en entraînant Anthony chez Annabelle.

Je dis bien « essaie de murmurer », car en réalité, il a parlé très fort et je vois qu'Anthony est à son maximum de self-control pour ne pas rire. Ange, en revanche, a l'air tendu. Encore. Je m'assois à côté de lui et comme je suis bien entamée, mon filtre de la parole est quelque part entre l'Équateur et le pôle Sud.

– Tu devrais t'envoyer en l'air, Ange, ça te détendrait.

– Tu as bu ?

– Pourquoi tout le monde me pose cette question ?

– Tu as bu.

Il se frotte les yeux et commence à se relever. Je le retiens et l'oblige à se rasseoir. Enfin, je pense qu'il s'est rassis de son plein gré parce que déjà, à jeun, je doute de réussir à l'obliger à faire quoi que ce soit… alors avec un demi-saladier de cocktail qui coule dans mes veines, encore moins.

– Tu ne m'as pas donné ton numéro, donne-moi ton numéro de téléphone, Ange.

Je lui tends mon portable et l'observe y entrer son numéro, sans protester. Il me le rend, l'air las.

– Est-ce que tu as envie de m'embrasser, maintenant ? Moi j'en ai envie, mais je ne sais jamais de quoi tu as vraiment envie. Tu vas encore me signaler que je dois me tirer après m'avoir fait prendre mon pied, Ange ? Ou tu vas enfin assumer ce dont tu as envie ?

Il me fixe sans rien dire. Ce devrait être un indice pour moi, celui qui m'encourage au repli, on rentre à la base, les gars, personne n'est éternel… tout ça. Je profite d'avoir du courage liquide plein le corps pour continuer :

– Tu m'en veux, c'est normal. Je m'en veux aussi. Mais tu me manques. Vraiment. Beaucoup.

– Je préfère discuter avec toi quand tu seras sobre.

– Je t'aime encore, tu sais. Je ne crois pas avoir cessé de t'aimer, en fait.

Cette fois, j'ai beau plaquer la main sur ma bouche, je sais que je l'ai dit et pas seulement pensé. C'est une mission suicide. Loïc n'aurait pas dû me laisser seule avec Ange et un demi-saladier, jamais. Je lui ferai payer son affront à notre amitié.

– Tu ne sais plus ce que tu dis, rentre et cuve, me lance-t-il en se relevant.

– Je dois faire un poulet coco, je n'ai jamais fait de poulet coco, je ne sais pas comment on fait un poulet coco. Tu sais, toi ?

– Oui, je sais.

– Je t'invite à manger avec nous, et tu me montreras comment faire ?

– Je ne suis pas sûr, je…

– Et demain, tu viendras voir The Edge avec nous ?

– Lise, je…

– Et tu m'embrasseras, encore ? Et encore ? Parce que j'aime quand tu m'embrasses.

Il m'aide à me lever et m'accompagne chez Annabelle. Quelques instants plus tard, nous cuisinons un poulet coco avec Loïc qui prépare un nouveau saladier. Françoise est partie juste après notre retour. Alors Anthony va voir Annabelle de temps en temps, jusqu'à ce qu'elle dorme. Nous essayons de ne pas faire trop de bruit. Elle a toute sa tête, ce soir, et elle veut qu'on profite d'être tous ensemble.

Ange

Elle sourit beaucoup. À moi, surtout. Je sais qu'elle n'est pas totalement elle-même.

Ou alors, elle l'est. Là. Sans inhibitions.

Anthony discute avec Loïc. Elle reprend une louche de cocktail. Je suis tenté de lui dire d'arrêter.

Je n'ai aucun droit de lui dire ça. Alors je la regarde faire.

Elle s'essuie le coin des lèvres et remarque que je l'observe.

Elle me sourit. Encore.

Elle vient vers moi et s'assoit sur le canapé. Sa cuisse contre la mienne.

Elle pose la tête sur mon épaule et prend ma main.

18

Lise

– J'ai une atroce gueule de bois…

– Tu viens de me piquer ma réplique.

Nous errons comme deux zombies dans la cuisine. Je ne me souviens plus exactement de l'heure à laquelle la soirée s'est terminée. Je me souviens par contre que nous avons bu plus de la moitié du deuxième saladier à nous deux, car, même si Anthony n'était pas du matin pour les patients, il voulait rester assez sobre. Quant à Ange, je ne me rappelle pas l'avoir vu saoul de toute ma vie. Certaines choses ne changent pas.

– Quand je pense qu'on doit aller écouter du jazz, ce soir. Du jazz !

– Ne m'en parle pas.

– Si le boss savait ça, il jubilerait, car c'est la punition suprême.

– Je ne sais pas, Lise… le feu d'artifice d'hier soir c'était pas mal comme supplice.

– C'est ton saladier, ça.

Nous avalons nos aspirines et je fais griller un peu de pain. Ambre débarque dans la cuisine et je lui fais signe de baisser d'un ton. Son enthousiasme donnerait envie à n'importe qui en état post-cuite de se crever les tympans avec des clous rouillés.

– Oh… je vois, vous avez passé une bonne soirée !

– Ambre, ce soir, tu pourrais voir si quelqu'un de l'agence peut venir, nous avons un reportage ?

– Loïc me l'a déjà demandé, hier, tout est arrangé. C'est moi qui vais rester.

– Merci, c'est super.

Je suis vraiment une organisatrice en carton pâte. Je suis censée être ici pour aider Annabelle, gérer son quotidien… et je ne pense même pas à prévenir quand je dois m'absenter. Heureusement que mon collègue a plus de jugeote que moi. Ambre repart pour aider Annabelle à faire sa toilette et toutes ces petites choses.

– Tu sais que tu as invité Anthony, ce soir ? je demande à Loïc avant de prendre une bouchée de tartine.

– Et toi tu as invité Ange.

– Tu ne devrais plus préparer ce cocktail, il ne nous fait aucun bien.

– Je trouve ça parfait, au contraire. J'aime bien Anthony, il est sympa. Et puis Ange et toi… vous êtes quand même ensemble, non ?

– Franchement, je n'en ai aucune idée.

– Vous aviez l'air.

– Je pense que j'étais en mode « yolo », et lui a eu pitié de mon statut de nana bourrée et ne m'a pas repoussée uniquement à cause de ça.

– Tu verras bien ce soir. Nous partons en début d'après-midi, j'ai convenu avec Anthony qu'ils nous retrouvaient sur place.

– Comment peux-tu être saoul et aussi efficace ? Quel est ton secret ?

– Si je te le dis, il faudra ensuite que je te tue.

Il se lève et va faire je ne sais quoi dans sa chambre. La journée va être longue…

Mes lunettes de soleil sur le nez, une autre aspirine prise en prévention, me voilà sur le site du festival de jazz. Déjà, des groupes sont installés sur plusieurs scènes. Il y a la scène principale, et il est de coutume pour les musiciens amateurs de se placer un peu partout dans la ville et ça peut rapidement virer à la cacophonie, surtout quand on est allergique à ce genre musical, comme moi. C'est un peu une fête de la musique qui dure plusieurs jours et qui est dédiée au jazz. Je crois que j'ai la nausée.

– Courage, souviens-toi que nous sommes là pour *lui*.

– Qu'est-ce qu'il vient faire dans un festival de jazz, d'ailleurs ? je demande à Loïc en sortant ma bouteille d'eau de mon sac.

Nous sommes en plein mois de juillet, on meurt de chaud, j'ai la gueule de bois, et en plus, je dois me farcir du jazz. Serait-ce une punition divine pour tous mes péchés ? Je pense que j'ai expié, là, c'est bon.

– Va savoir… Il a sûrement été invité. Il habite dans le coin, il connaît forcément du monde.

– Bono sera avec lui, tu penses ?

– Non, j'en doute. Le boss nous l'aurait dit.

– Dommage…

Les vraies stars, en général, ce n'est pas à nous, les « bleus », que Voldemort les confie. Nous n'en rencontrons pour ainsi dire jamais. Surtout que nos rubriques ne s'y prêtent pas. Alors bon, The Edge, c'est quand même quelqu'un, je ne vais pas en plus râler. Je persiste à dire que c'est louche. Je suis convaincue que Lans est au courant pour mon aversion envers le jazz et qu'il essaie de me faire payer mes congés imprévus. Qui se terminent d'ailleurs dans deux jours et, si je veux pouvoir rester encore un peu dans le coin, je vais devoir lui pondre l'article sur mon père, et rapidement.

Nous nous promenons, le boss veut aussi un compte-rendu général tant que nous sommes là. Je n'ai pas discuté directement avec lui à ce sujet, je n'en pense pas moins. Le magazine s'appelle *Rock Your Soul*, pas *Jazz Your Soul*… Je suis sûre qu'il ne va pas publier notre article, mais bon…

La musique est insupportable, surtout sur les scènes « impro ». Je souffre en silence et remercie Loïc en le prenant dans mes bras quand il revient d'une pharmacie où il a acheté des bouchons d'oreilles. Bénie soit cette invention.

Vers vingt heures, il reçoit un coup de fil et, à voir sa tête, je doute qu'il s'agisse de bonnes nouvelles. Il raccroche et se tourne vers moi :

– The Edge ne viendra pas.

– Quoi ? Tu veux dire qu'on s'est coltiné ces horribles groupes toute la journée pour rien !

Une femme à côté de moi me jette un regard assassin. Oui, c'est vrai que je devrais peut-être attendre de ne plus être en territoire ennemi pour critiquer ouvertement le jazz.

Je savais que le patron se foutait de nous !

– Tu as le numéro d'Anthony ?

– Non, j'ai celui d'Ange, je le lui ai extorqué, hier soir.

Malheureusement, je me souviens de chaque seconde, de chaque instant, de chacune de mes paroles et actions de la veille. Je n'avais aucune censure, je n'ai pas non plus de trou de mémoire. Je pourrais simuler, faire comme si… Excepté que je ne joue pas à ça, pas avec lui. Je veux qu'il me fasse confiance, je dois être honnête.

Je l'appelle et il répond à la première sonnerie :

– Oui ?

Je me souviens de cette manie qu'il a toujours eue de ne pas dire « allô » comme tout le monde, mais de dire « oui ». Je me souviens de tout. C'est juste que l'entendre, ça concrétise.

– Ange, c'est Lise.

– Tout va bien ?

Et je me rappelle aussi qu'il est surprotecteur et que, parfois, ça m'agaçait, car j'avais l'impression d'avoir une nounou. Et ça m'a tellement manqué, toutes ces années, d'avoir quelqu'un qui s'inquiète vraiment pour moi. Qui se préoccupe de mon bien-être. Et de qui je peux aussi me préoccuper.

– Oui, nous sommes au festival avec Loïc et, finalement, The Edge ne viendra pas. Alors, on ne va pas y rester. Sauf si vous êtes déjà en route.

– Non, Anthony a son dernier patient dans dix minutes.

– Parfait, ça vous évite de venir pour rien. Alors, heu…

– Tu veux passer à la maison ?

La maison ? Chez lui ?

– Viens avec Loïc. Je m'étais arrangé avec Marie pour qu'elle garde Emma, ce soir. On a donc la soirée de libre.

– D'accord, oui, bonne idée. On peut passer acheter à manger.

– On commandera des pizzas, je t'envoie l'adresse par SMS.

Il raccroche et je souris bêtement. C'est lui qui vient de faire un pas vers moi. J'avais absolument besoin de ça, surtout après mon comportement d'hier soir. Un indice que ce n'est pas unilatéral.

Loïc sonne à la porte. Je suis impressionnée, Ange vit dans une maison. Je veux dire, les loyers sont excessivement chers dans la région et son boulot d'infirmier ne peut pas payer autant que ça. La villa est grande, en plus.

Une femme nous ouvre. Et quand je dis « une femme », c'est une nana qui doit avoir mon âge et qui ressemble effectivement à une femme. Alors que moi, j'ai mes Doc, mon éternel jean et un débardeur, moulant, certes (il n'y a pas non plus grand-chose à mouler), sauf que le côté « sexy » est annihilé par l'inscription *Wacken Open Air* qui me fait passer pour une ado pour qui les festivals de metal sont la chose la plus importante dans sa vie. Ce qui n'est pas trop loin de la vérité, cela dit. D'habitude, ça ne me pose aucun souci. Cette nana, dont les jambes doivent faire dix kilomètres (et elle ne porte même pas de talons), a le mot « classe » tatoué sur le front. Métaphoriquement parlant, bien entendu, je ne me sentirais pas si misérable à côté d'elle si c'était vraiment le cas. En plus, elle a l'air gentille, elle nous sourit. Elle aurait pu avoir l'air pimbêche, ça m'aurait aidée à la détester pour être si… parfaite. Qu'est-ce qu'elle fait chez Ange ? Il ne peut pas avoir une copine et s'être comporté comme il l'a fait avec moi, je sais qu'il n'est pas comme ça. Il *n'était* pas comme ça.

– Vous devez être Lise et Loïc, entrez.

Elle ne cesse de sourire. Je regarde mon ami, il lui rend son sourire. C'est contagieux, leur truc ?

– Nous sommes sur la terrasse.

Elle nous fait signe de passer devant. Et en plus elle a de bonnes manières. Tout en marchant, elle nous lance :

– Je suis Audrey, je travaille avec Anthony et Ange et vous allez rencontrer Sofiane, le quatrième infirmier du cabinet.

Je parie qu'elle a couché avec tout le monde. Mince, je viens vraiment de penser ça ? Je suis mesquine. Et pathétique.

C'est seulement quand je me retrouve face à Ange que je me rends compte que c'était une très mauvaise idée de venir ici. Si je fais discrètement demi-tour et que je pars sur la pointe des pieds, combien y a-t-il de chances pour que ça passe inaperçu ?

Nous sommes sur la terrasse, Anthony est au téléphone, il dit « Oui, Madame Boulon, bonne soirée à vous aussi » et raccroche avant de se tourner vers nous :

– Pas trop mal à la tête, aujourd'hui ?

Aucune chance d'esquive.

Je me force à sourire et, heureusement, Loïc est plus détendu que moi.

– L'horreur, avec cette… musique ! Non, ce n'est pas de la musique, hein, Queen ?

Je vois Ange fixer Loïc.

– Queen ? demande le quatrième qui se lève pour venir à notre rencontre.

– Oui, c'est comme ça que le mec de Lise l'appelait, elle m'a raconté ça un soir où j'avais encore fait de mon fameux cocktail, depuis c'est resté.

Un ange passe. Si je puis dire. Ce soir, Loïc n'a pas l'excuse du demi-saladier et je sens que je vais devoir m'en prendre physiquement à lui. Le frapper très fort avec… heu… mes clefs de voiture, voilà. Ce sera long et douloureux.

– Sofiane, se présente le nouveau en nous tendant la main.

Purée, ces yeux. J'ai presque envie de dire qu'ils sont radioactifs. Il a aussi des tatouages sur les bras, dans le cou, tellement que je n'arrive pas à en distinguer les motifs. C'est le seul à ne pas avoir de beaux cheveux, tout simplement parce qu'il a la tête rasée. Audrey a les siens brun foncé, brillants et joliment structurés avec une frange épaisse et droite dont pas un petit frisottis ne dépasse. À bien y regarder, j'ai l'impression d'avoir débarqué dans une pub Fructis. C'était dans les conditions pour intégrer le cabinet ? Je suis sûre que si Sofiane se laissait pousser les siens, ils seraient classes. Je sais que je suis jolie, je ne fais pas dans la fausse modestie. Mais là, je me sens miteuse à côté d'eux ; je me suis vaguement tressé les cheveux cet après-midi quand il commençait à faire trop chaud, depuis, des mèches ont foutu le camp de l'élastique et comme je suis du genre à ne pas m'en soucier, j'ai sûrement une coiffure « au saut du lit ».

Je serre la main de Sofiane et nous le suivons autour de la table, où un apéritif nous attend. Je reste docilement près de Loïc, j'ai besoin d'un allié, quand je sens qu'on m'attrape la main. Ange m'attire en arrière et je m'assois d'office à côté de lui. Il ne lâche pas ma main. Je souris sans le regarder.

Ange

C'est plus fort que moi. J'ai besoin de montrer qu'elle est avec moi.

Je ne savais pas comment elle réagirait.

Elle sourit.

J'aime voir que je suis à l'origine de ses sourires.

Audrey nous regarde du coin de l'œil. Elle me sourit aussi, je resserre mes doigts autour de ceux de Lise.

Elle exerce une pression et se rapproche un peu plus.

C'est un pas. Je ne sais pas où nous allons. Mais c'est un pas.

19

Lise

Nous commandons les pizzas et les conversations s'animent. Ange est assez silencieux. C'est lui. Il a toujours été celui qui écoute, pas celui qui parle. D'habitude, je fais partie de ceux qui ont la tchatche. Sauf que ce soir, j'ai tellement conscience de sa proximité que je me concentre pour ne pas dire et faire n'importe quoi. Loïc suffit dans le domaine du WTF.

Ange lâche ma main et pose la sienne sur ma nuque, sous mes cheveux. Il a fait ce geste tellement souvent… avant… Il écoute Sofiane qui lui parle des menus de la semaine.

– Vous êtes colocataires ? je demande, un peu surprise.

– Oui, nous vivons tous les quatre ici, me répond Anthony.

Cela explique la présence d'Audrey et j'ignore si je dois être soulagée parce que c'est normal qu'elle se comporte comme chez elle étant donné qu'elle *est* chez elle… ou si je dois m'inquiéter de la savoir si intime avec Ange.

– Sérieux, Ange, tu sais que tu as vingt-neuf ans ? je le charrie un peu en me tournant vers lui.

– Queen, chérie, c'est le moment où tu n'es pas censée te moquer, m'indique Loïc.

Oups.

Je sens la main d'Ange se crisper sur ma nuque avant de se détendre à nouveau. C'est furtif, mais je vois bien qu'il est tendu.

– On était deux, au départ, m'explique Anthony. C'est pratique pour payer ses études, tu sais.

– Les études, et la paternité, ajoute Ange.

Ah oui, j'avais oublié ce détail. Papa à vingt-quatre ans, forcément, ça complique un peu la vie.

– Tu ne bossais plus dans la mécanique ?

– J'ai passé mon diplôme et j'ai changé de voie, me répond-il sans entrer dans les détails.

Ça me fait bizarre de découvrir tout ça sur lui. La conversation dévie un peu sur quelques souvenirs de leur formation à l'école d'infirmiers et Ange ne se relaxe pas tellement à côté de moi. Je profite d'une envie pressante pour tenter de m'éclipser et me tourne vers Anthony :

– Tu peux m'indiquer les toilettes ?

– Je t'accompagne.

– Non, je m'en occupe.

Ah, donc Ange ne m'ignorait pas vraiment. Il écoutait. Fourbe. Il se lève et je le suis. Un étrange silence s'installe dans notre dos alors qu'il me conduit à l'intérieur. Il entre dans la salle de bain et ferme la porte derrière moi.

– Heu… Je veux faire pipi, pour de vrai, ce n'était pas une ruse, je lui fais remarquer.

C'est vrai, je n'ai pas pu aller aux toilettes de l'après-midi à ce festival, il faut absolument que j'y aille, là.

– Tu as couché avec Loïc ?

– Je… quoi ?

Il est vraiment, *vraiment* en train de me faire perdre ma patience. Il y a quelques minutes, je décidais de lui laisser de la marge. Or là, il va trop loin.

– Tu m'as très bien entendu.

– Il faut que tu arrêtes ton numéro de jaloux possessif, Ange. Ce n'est pas toi.

Il passe ses mains sur son visage et s'appuie contre la porte. Ses bras retombent sur le côté et il me fixe. Je ne dis rien, j'ai peur de tout ce que je peux dire ou faire. J'ai peur parce que chaque mot, chaque geste, chaque regard peut m'éloigner de lui au lieu de nous rapprocher. Je ne suis que trop consciente de sa fragilité.

– Je sais. Je suis désolé, j'ai quand même besoin de savoir.

– Non. Nous sommes juste amis. Nous ne nous sommes jamais embrassés, si tu te posais aussi la question.

– Il t'appelle « chérie ».

– C'est un petit nom affectueux. Rien de plus.

– Il t'appelle aussi « Queen ».

– On peut en parler après. Je suis désolée de casser l'ambiance, je dois absolument faire pipi.

Il sort et je ferme le verrou derrière lui.

Sérieusement?

Merci ma vessie, parce que je ne veux pas lui mentir et j'ai la sensation que ma réponse ne va pas lui plaire. Je réfléchis à comment aborder le sujet tout en me lavant les mains. Je prends mon temps, mes mains n'ont jamais été aussi propres. Quand je sors, je suis soulagée de voir qu'il n'est plus là. Jusqu'à ce que je l'aperçoive sur le canapé, dans le salon devant lequel je dois passer pour rejoindre la terrasse. Impossible de faire comme si je ne l'avais pas vu. Il se lève et vient à ma rencontre. Il me tend la main, je la prends et il nous entraîne dans une autre partie de la maison.

Sa chambre.

Quand nous étions ensemble, sa chambre était le lieu où nous passions le plus de temps. Nous ne pouvions pas aller chez moi, mon père n'aurait pas été d'accord. Les rockers ne sont pas toujours les parents les plus cool. Alors que ses parents n'étaient pas souvent là et nous avions donc l'opportunité d'y passer beaucoup de temps. Seuls.

Il referme la porte et je n'ai plus vraiment le temps de réfléchir à ma stratégie. Il me pousse doucement contre le mur et place ses mains autour de mon visage, à plat.

– Pourquoi il t'appelle comme ça?

– Il a raconté l'anecdote et…

– Laisse-moi reformuler: pourquoi le laisses-tu t'appeler comme ça?

– Parce que tu me manques, Ange. Et que je fais ce que je peux pour compenser ton absence dans ma vie. Et ça fait certainement de moi quelqu'un de pathétique, j'en ai conscience. C'est comme ça.

Voilà, c'est dit.

– Je n'aime pas que tu flirtes avec Anthony.

– Pardon ?

Je tente de l'éloigner sauf que, comme je le disais, je ne suis pas en mesure de l'obliger à faire quoi que ce soit.

– Laisse-moi sortir. Tu racontes un tas de conneries à la chaîne, c'est ridicule. *Tu* es ridicule.

– Je sais. Je sais tout ça. Je n'y peux rien. Je pourrais ne pas te montrer à quel point je me sens en insécurité avec toi. Je pourrais faire semblant de bien vivre ton retour. Je ne veux pas. J'ai besoin que tu saches.

Il a raison. Ce n'est pas pour ça que c'est plus facile à encaisser.

– Je ne flirte pas avec Anthony, nous discutons parce que nous avons un point commun. Je ne te ferais jamais ça, Ange.

– Tu es partie.

– Et je suis revenue.

– Je ne le savais pas.

– Maintenant, tu le sais.

– Ce n'est pas…

– …plus facile, c'est pareil pour moi.

– Avant… Avant, j'étais tellement sûr que tu m'aimais vraiment. Et tu es partie.

Je ne dis rien. Il se contente d'énoncer à haute voix ce que nous savons tous les deux.

Ange

Je n'ai jamais su garder quoi que ce soit pour moi. Pas avec elle.

Dès l'instant où je l'ai vue, je suis tombé amoureux. Et je le lui ai dit.

Elle a ri. Alors je lui ai demandé d'être ma petite amie. Et elle a cessé de rire.

Seconde chance

Elle a rougi. Elle a dit oui. Et je l'ai aimée pendant quatre ans en croyant que c'était réciproque.

Est ce que ça l'était vraiment ?

J'aime penser que oui. Pourtant, elle est partie.

Chaque fois que j'essaie de réfléchir, de m'éloigner d'elle… je reviens.

Plus fort. Tout est magnifié avec elle.

– Je t'aimais, je n'avais simplement pas réalisé à quel point c'était le cas, souffle-t-elle en fermant les yeux.

Je n'ai plus envie de parler. Alors je me penche vers elle et l'embrasse. D'abord lentement, délicatement, mes lèvres recouvrent les siennes qu'elle entrouvre déjà. Ma langue s'y glisse, la sienne la retrouve et je deviens plus exigeant. Moins tendre. Je laisse la rancœur s'exprimer dans cet échange.

Je lui ai tout donné.

Je veux encore tout lui donner.

Je veux en être capable.

La retrouver me donne l'impression de respirer après une apnée infinie.

Si elle savait le pouvoir qu'elle possède encore sur moi, me laisserait-elle faire ?

Peut-elle être aussi sûre qu'elle en a l'air de vouloir à nouveau faire partie de ma vie ? De me vouloir dans la sienne ?

20

Lise

Cette nouvelle version de lui me plaît. J'apprends à aimer cet homme comme j'ai aimé l'adolescent qu'il était. Ses mains descendent le long de mon corps et s'ancrent sur mes hanches. Il m'attire à lui. Je sens son érection contre ma cuisse. Je sais qu'il veut que je réalise à quel point il me veut. J'oublie que nous sommes attendus dehors.

Je ne veux plus perdre de temps.

Je ne veux plus le perdre, lui.

J'ai perdu presque dix ans de lui. De nous.

Sa langue prend possession de ma bouche et je le laisse m'imposer son rythme. Je place mes paumes sur ses joues et fais un pas en avant. Il recule. Il me laisse guider. Je l'amène jusqu'à son lit et il m'entraîne avec lui. Nous nous allongeons sans rompre le baiser. Ses mains agrippent mes fesses. Il nous fait rouler sur le matelas et je me retrouve sous lui. Il s'éloigne un peu et laisse courir son regard sur moi.

– Je ne veux pas savoir, je lui dis dans un souffle.

– Quoi ?

– Combien, comment, quand… Je veux juste être sûre que tu es là, ce soir, avec moi. Juste moi.

– Juste toi.

Il m'embrasse encore et c'est plus pressant, moins précautionneux, plus… Toujours plus.

Je fais passer son t-shirt par-dessus sa tête et il le jette au sol, sans un regard. Parce que ses yeux ne me quittent pas. Les miens observent son corps, que je connais si bien et qui m'est pourtant totalement inconnu. Il se lève et va fermer le verrou de la porte. Et là… je bloque sur son dos. Pas uniquement parce que c'est la première fois que je le vois torse nu depuis des années, non.

– Ange ! Quand as-tu…

Il se retourne, réalisant ce qu'il vient de me montrer, involontairement.

– Quand tu es partie.

Deux lions entourent le Q de Queen, au centre duquel se situe la couronne, le tout surmonté par le crabe et le phénix emblématiques du groupe anglais. Le logo s'étire d'une omoplate à l'autre et démarre de la base de sa nuque jusqu'au premier tiers de son dos. Sous le logo, le prénom Emma est tatoué en lettres gothiques. Pas un seul trait n'est en couleur, du noir, des détails et beaucoup d'émotion ressortent de ce tatouage que je découvre en silence. Je crois que je vais pleurer. Pas simplement parce que je suis là, avec lui, tout le temps. Aussi parce qu'il y a sa fille, juste à côté. Et qu'il me met au même niveau qu'elle.

Je me lève et le fais pivoter. Je trace du bout des doigts la preuve éternelle de l'amour qu'il a pu me porter à une époque. Sa peau se couvre de frissons qui suivent le chemin qu'une aiguille a dessiné sous son épiderme. La culpabilité ne m'a jamais quittée, mais elle n'a surtout jamais été aussi évidente, accusatrice et insupportable que là. Sous mes yeux. Rappel immuable des conséquences de mes actes. Je recule et retourne m'asseoir sans parvenir à détacher le regard de son dos. Il se retourne, la mâchoire crispée et une expression indéchiffrable sur le visage.

Je le fixe sans savoir quoi dire, quoi faire. Il revient se placer au-dessus de moi, en prenant appui sur ses coudes.

Ange

Je lui ai fait peur.

Elle me regarde à nouveau, je retiens mon souffle. Ses mains glissent dans mes cheveux.

– J'aime tes cheveux, comme ça. Lâche-les, s'il te plaît.

Je retire l'élastique qui les retenait en arrière et ils tombent autour de son visage.

Elle sourit.

– Est-ce que tu me pardonneras ?

Je l'embrasse. Je préfère ne pas répondre. Je ne peux pas lui promettre ça.

Lise

Je suis allée trop vite. Bien sûr que c'est encore tôt pour décider de me pardonner. Maintenant, si c'est comme ça qu'il me fait payer… je veux bien expier toute ma vie.

Je laisse mes doigts courir le long de son torse, je découvre le corps de celui qui m'était si familier. Il se tend un peu quand j'arrive à la ceinture de son jean.

– Dis-moi d'arrêter, et j'arrête… je souffle entre deux baisers.

– Je ne sais pas, Lise, je ne sais pas ce que je veux.

Je le sens tellement perdu. Alors je remets les mains dans ses cheveux, je l'attire plus près. Je suis prête à le laisser hésiter et à se servir de moi. Je suis tellement désespérée quand il s'agit de lui que je ne me soucie pas des conséquences. Si jamais je dois le regretter… Non. Je ne regretterai pas.

Pendant toutes ces années, j'ai rêvé de lui, pensé à lui. Tous les jours. Les regrets, on apprend à vivre avec. Le manque, c'est déjà plus difficile. Je n'avais pas mesuré l'importance de ce manque jusqu'à ce que je le revoie, il y a deux semaines, devant chez Annabelle.

C'est lui qui devient plus intense, d'un coup. Il fait tomber ses barrières, il se laisse porter par l'instant et j'accueille chaque caresse en soupirant. Il m'attire à lui le temps d'enlever mon débardeur et ses yeux me détaillent. Non, je ne porte à nouveau pas de soutien-gorge. Lui et moi savons que je n'en ai pas besoin. Il m'a toujours dit que mes seins étaient parfaits comme ils étaient. Il connaît mon complexe sur ma poitrine presque inexistante. Il pose ses mains sur moi, ses pouces en effleurent les extrémités sensibles et sa langue, ses lèvres viennent les remplacer tour à tour. Sans cesser de mordiller, lécher, embrasser, il défait mon jean. Je retire mes Doc en m'aidant de mes talons, il y a bien longtemps que je n'en attache plus les lacets. Je l'aide à enlever mon pantalon, il ne me reste que ma culotte. Il se relève, debout devant moi, et ouvre lentement sa ceinture. Durant le temps infini et insupportable qu'il prend à se déshabiller, ses yeux se promènent sur mon corps. Il reprend ses marques. Je n'ai pas beaucoup changé, lui oui. Ses cuisses sont tendues, son ventre plat et ferme. Je me redresse sur mes coudes pour me rapprocher de lui. Quand il enlève son boxer, mes yeux ne quittent pas les siens. Je fais glisser ma culotte sur mes jambes et m'en débarrasse d'un coup de pied. Lui non plus ne rompt pas le contact visuel. Il tend la main vers sa table de chevet et je l'entends ouvrir un tiroir. Je ne cligne même pas les paupières, j'ai trop peur de briser cet instant.

Il pose le préservatif sur l'oreiller, à côté de moi, et s'agenouille entre mes cuisses. Il les écarte un peu plus et c'est seulement lorsqu'il dépose des baisers de mon genou à l'intérieur de ma cuisse qu'il cesse de me regarder. Je frissonne sous le sillage humide que laisse sa langue sur ma peau. Il remonte plus haut et je me laisse tomber en arrière, la sensation est trop forte. Il me fait cet effet. Il s'immobilise alors je redresse la tête et il me sourit. Le coin de sa bouche se relève, une promesse muette qui accentue la tension que me provoque cette attente. Il ne lui faut qu'une seconde pour se positionner exactement là où il doit être et mes mains se placent naturellement sur sa tête, maintenant le contact. Les siennes remontent jusqu'à ma poitrine et il se souvient, il en pince doucement les pointes durcies et je gémis.

– Jamais… un autre… jamais… comme ça…

Je ne sais pas pourquoi, je ressens le besoin de le rassurer. Mes paroles sont saccadées, impossible d'être cohérente. Je pense qu'il a compris, car je sens ses lèvres s'étirer à nouveau en un sourire contre ma peau sensible. Il me pince un peu plus fort, comme pour me signifier qu'il apprécie, et c'est le déclencheur d'un orgasme qui me fait oublier où nous sommes. Je crie en relevant le bassin, il saisit mes hanches et me maintient en place. Mes poings se referment sur le drap et je suis obligée de lui demander d'arrêter, car le plaisir se transforme doucement en sensation impossible à supporter.

Il remonte jusqu'à moi en m'embrassant, partout, avant de plaquer ses lèvres sur moi. Jamais il n'avait fait ça, avant. Ça m'est égal, ma langue trouve immédiatement la sienne et je m'accroche à lui, avec un soupçon de désespoir, mes jambes autour de sa taille comme un étau qui me rassure. Quand nous reprenons notre respiration, il attrape le préservatif et le met en place sans modifier notre position. Il entre en moi d'un coup, m'arrachant un nouveau cri. Je crois qu'il va me prendre fort, vite, brutalement. Mais il s'immobilise et m'observe. Je n'ai pas retrouvé mon souffle, pas complètement. Ses lèvres sont humides de moi. Il sort, lentement, et rentre à nouveau, à fond, je gémis. Il reste silencieux. Il est concentré sur moi. Il ne bouge plus.

– Encore… je le supplie en murmurant.

– Encore ?

Son air se fait joueur, je réponds de la même façon. Il s'amuse avec moi. Il *veut* jouer. Ça ne me dérange pas. Je soulève les hanches et il me pénètre avant de se retirer complètement.

– Ange… Qu'est-ce que tu fais ?

– Je te l'ai dit, je ne sais pas. Je n'ai pas la moindre idée de ce que je fais avec toi.

Il m'annonce ça calmement. Il n'est pas énervé. Il a une maîtrise de lui absolument incroyable, étant donné les circonstances.

– Et toi, Lise, qu'est-ce que tu fais ?

– Ce que tu voudras.

Oui, j'en suis là, à vouloir tout lui donner. Sans restriction. Quitte à y laisser ma santé mentale. Quitte à souffrir, après. Parce qu'il y aura un après.

– Tu as dit que tu m'aimais encore. Je ne te crois pas.

Il veut parler de ça, maintenant ?

Il s'assoit sur le lit, contre le mur, à côté de moi. Je ne réfléchis pas. Je me place sur ses cuisses, mes jambes de chaque côté de son corps. Je me positionne juste au-dessus de son érection, il ne bouge pas, il me regarde.

Alors je le prends en main et m'assois sur lui, doucement. Il aspire un peu d'air, signe qui me rassure, car je ne suis pas du tout sûre de moi. Pas du tout. Je prends appui sur ses épaules et commence à bouger, lentement. Ses mains viennent enserrer ma taille. Malgré lui, j'ai l'impression. Il n'essaie cependant pas de m'arrêter.

– Je n'attends pas que tu me croies après toutes ces années. Je sais que c'est difficile.

Il hoche la tête.

– Je ne vais pas non plus cesser de t'aimer juste parce que tu ne veux pas le croire.

Ses doigts se crispent sur ma peau.

– Ce n'est pas grave si tu n'as pas confiance en moi. C'est normal. Je vais regagner ta confiance.

– Oui ?

– Oui. Et je vais te réapprendre à m'aimer.

Il sourit. Je l'embrasse sans interrompre mes va-et-vient. Il accentue le rythme en me soulevant plus vite. Mes seins frôlent son torse, sa langue caresse la mienne, je gémis, plus fort, il me prend, plus fermement. Je perçois l'instant précis où il oublie ses défenses. Celui où il me soulève pour m'allonger sur le dos. Celui où il revient en moi, ses mains attrapant l'arrière de mes genoux et écartant mes jambes. Celui où il me donne des coups de hanches tellement puissants que j'en reste le souffle coupé. Celui où il jouit en moi avant de se laisser retomber contre mon corps encore brûlant de lui. Sa respiration est frénétique, il se retire. Il enlève le préservatif. Je l'observe y faire un nœud et s'essuyer avant de l'enfermer dans un mouchoir. Il ne me regarde pas. Je n'aime pas ça. Je me redresse pour me rhabiller.

– Où tu vas ?

– Je…

Il m'arrache ma culotte des mains, m'oblige à me rallonger et pose le drap sur nous. Il m'attire contre lui et caresse lentement mon dos. Et là, tout de suite, il n'y a aucun autre endroit où je voudrais être. Aucun.

Ange

Je ne l'ai jamais prise comme ça. Nous avons toujours été tendres, délicats.

Je suis bien, avec elle.

Je l'embrasse sur le front. Elle relève la tête et pose ses lèvres sur les miennes.

– Tu m'aimeras encore… murmure-t-elle entre deux baisers.

Je ne lui réponds pas.

Je ne lui dis pas que ça a toujours été elle.

Je ne lui dis pas que ce ne sera jamais personne d'autre.

Je ne lui dis pas que depuis ce jour où je lui ai demandé d'être officiellement ma petite amie, quand nous avions quatorze ans, il n'y a jamais eu qu'elle.

Et que je l'aime déjà comme avant.

Je l'aime encore comme avant.

Lise

Je crois que je me suis endormie. Excepté que quand j'ai fermé les yeux, j'étais dans les bras d'Ange. Et là, il n'y a plus personne. Vais-je devoir m'esquiver discrètement afin de ne croiser aucun de ses colocataires ? Une délicieuse odeur me chatouille les narines. Je me redresse, le drap glisse, mes yeux s'habituent à l'obscurité, sûrement parce qu'une faible lampe de chevet est allumée.

– J'avais faim.

Je sursaute, je n'avais pas du tout vu qu'il était là. Mon premier réflexe est de remonter le drap. Il tend la main et m'en empêche.

– J'aime te voir.

– Il est quelle heure ? Oh mince ! Loïc !

– Il dort dans la chambre d'amis. Tout le monde est couché, il doit être quatre heures. Pizza ?

Hein ? Heu… Le réveil est un peu flou, là…

– Je ne peux pas mettre un t-shirt juste pour manger ? je lui demande en grimaçant.

Il secoue la tête.

– Tu t'es habillé, toi.

Il se lève et retire son boxer. OK. Égalité. Mangeons à poil, faisons comme si nous vivions dans une communauté naturiste à Tahiti. Pourquoi Tahiti ? Je ne sais pas, sûrement mon cerveau qui se la joue solo… Bon sang, il est quatre heures du matin et j'essaie de réfléchir, ça ne me réussit pas du tout.

– Satisfaite ?

– Très.

Il me tend une part et je constate que mon estomac ne peut pas vivre d'amour et d'eau fraîche et de vision onirique : je suis affamée. Nous mangeons en silence. Je mange trop, je n'arrive pas à m'arrêter quand j'aime, je suis gloutonne. Alors quand j'ai enfin l'impression que mon ventre va exploser, je m'allonge sur le dos. Il me rejoint aussitôt.

– Dors avec moi.

– De toute façon, je ne peux plus bouger.

Il éteint la lumière et je me rendors aussitôt.

Ange

Le réveil sonne. Je dois me lever pour partir travailler et, même si j'adore ce que je fais, je n'ai jamais eu autant de mal à quitter mon lit. Elle est là, et j'ai peur de sortir de la pièce et de réaliser que tout ça n'était que le fruit de mon imagination.

– Hum… il est quelle heure ?

– Six heures, tu peux dormir, Queen, je dois partir, tu peux rester, toi.

– Je peux ?

Sa voix est endormie, je ne suis même pas sûr qu'elle soit vraiment réveillée.

– Oui, reste.

Je l'embrasse sur l'épaule, remonte lentement jusque dans son cou. Je la vois sourire. Et je fais ce que je n'ai en aucun cas fait avant. Ni avec elle, ni avec personne d'autre.

Lise

Je rêve où il est en train de me faire un suçon?

– Ange!

Il rit et s'éloigne, probablement parce qu'il a réussi son coup. Ce rire… *Son* rire… C'est un son dont je ne pourrai jamais me lasser.

– Tu m'as marquée!

– Oui.

– Je ne suis pas ta chose!

– Non. Tu as raison.

– Viens ici…

Il s'approche et il pense sûrement que je vais l'embrasser. Ce que je fais. Je m'assure juste de laisser moi aussi une trace juste sous son oreille. Je le sens durcir contre ma cuisse.

– Je dois vraiment partir, il y aura tout de même des conséquences.

Sans réfléchir, je réplique:

– Il y a toujours des conséquences.

Je ne dois pas m'exprimer quand je suis à moitié réveillée. Il devrait il y avoir quelqu'un avec moi pour m'empêcher de faire ce genre de chose. Gâcher l'instant présent. Un censeur.

– Toujours.

Et en plus, il est d'accord avec moi. C'est à se demander pour quelle équipe je suis, parce que clairement, je ne prêche pas pour ma paroisse.

– Merci.

Il se redresse et me regarde.

– De quoi?

– De m'avoir permis d'entrer à nouveau dans ta vie.

Il ferme les yeux et se laisse aller contre l'oreiller.

– Il est trop tôt pour parler de ça. Je ne sais plus ce dont j'ai envie ou pas. Je veux juste… toi. Nous.

Je le prends dans mes bras et pose la tête dans le creux entre son épaule et son cou.

– Tu m'as.

– Pour combien de temps?

– Je ne vais pas partir.

– Tu en es sûre ?

– Certaine.

– On verra ça.

Un pas en avant, deux en arrière. Je déteste cette danse, je ne peux cependant pas lui en vouloir. Ce n'est pas parce que j'ai eu avec lui, cette nuit, le meilleur sexe de toute ma vie qu'il va comme par magie effacer tout ce qu'il a enduré à cause de moi. Il se lève et je le regarde s'attacher les cheveux. Il n'a pas honte de son corps et il a bien raison. Je suis sûre que si je bave sur l'oreiller ça n'aura rien à voir avec mon sommeil. Il remet son boxer, attrape des vêtements dans son armoire et m'annonce qu'il va prendre une douche. Je me rendors, il est beaucoup trop tôt, il a raison. Et puis si je ne peux plus le regarder, aucun intérêt à garder les yeux ouverts.

21

Lise

– Je t'assure que je ne t'en veux pas, me répète Loïc pour la énième fois.

Je nous ramène chez Annabelle et, sans lui donner tous les détails, je lui ai quand même présenté mes excuses pour l'avoir lâchement délaissé hier soir.

De retour dans l'appartement, nous allons saluer Annabelle qui est dans un mauvais jour. Et je le vois directement à l'air navré que me lance Élodie, une des aides à domicile, quand elle sort de la chambre pour nous laisser la place.

– Mademoiselle… Ah, Monsieur, vous devez être l'infirmier ! Peut-être que vous, vous pourrez me répondre, car personne n'est capable de me dire où se trouve mon mari !

Je m'assois à côté du lit, sur le fauteuil, et lui souris. Loïc est resté à la porte, interdit. Eh oui, c'est son premier épisode et il connaît assez bien Annabelle pour être choqué. Sur le moment, les premiers temps, je pensais que je ne m'habituerais pas. Comme quoi… on s'habitue malheureusement à tout.

– Annabelle, ton mari est en déplacement. Tu te souviens ?

Elle a l'air perdue durant quelques secondes et, d'un coup, la compréhension se lit sur son visage.

– Bien sûr ! Où avais-je la tête ? Merci, Mademoiselle. Enfin quelqu'un qui sait ce qui se passe dans cette maison. Auriez-vous l'obligeance de mettre la télé ? Ma série va démarrer.

En effet, *Kojak* est sur le point de commencer et je suis épatée par son aptitude à se souvenir de ce genre de détails insignifiants et à en oublier d'autres, nettement plus importants. Comme le fait que son mari et sa fille sont décédés, entre autres. Je ne cherche plus à comprendre, il n'y a pas de logique dans la sénilité. Juste un gros foutoir impossible à suivre et je vis avec parce qu'il n'y a rien d'autre que je puisse faire. La vieillesse, ce n'est pas beau à voir quand on est diminué comme l'est Annabelle. C'est sûrement pour ça qu'on envoie les vieux dans des maisons, cachés, comme ça on ne les a pas sous les yeux. C'est facile : on les éloigne, on leur rend visite de temps en temps, pour la forme, surtout pour sa propre conscience. Et puis on les laisse mourir entre eux. C'est politiquement incorrect de parler de ça, par contre. Alors on n'en parle pas.

– Annabelle, voudrais-tu un peu de lecture ou préfères-tu regarder ta série ? je lui propose, parce que je la vois froncer les sourcils devant l'écran.

– J'ai déjà vu cet épisode au moins trois fois. Ils se moquent vraiment du monde, à la télé !

Sur ce, elle enlève une pantoufle et la jette sur le poste ! J'éclate de rire, Loïc ne sait pas trop comment réagir et elle se tourne vers moi en souriant :

– Quand je suivais *Amour, Gloire et Beauté*, je ne vous raconte pas le nombre de fois où ma savate a atterri sur la télé ! Heureusement, j'ai toujours des Isotoner, je n'ai jamais rien cassé. Bon sang, ils nous prennent pour des demeurés, non ?

– Je suis complètement d'accord avec toi ! Que dirais-tu, à la place du maniaque des sucettes, de passer un moment avec Fabio ?

– C'est une excellente idée !

Je me lève et vais chercher un nouveau roman, car nous avons terminé le dernier. Cette fois, j'arrête mon choix sur une couverture où Fabio est en tenue de pirate, ça a l'air de se passer au XVIIIe siècle ou quelque part par là. En même temps, le contexte historique ne servant que de prétexte à la romance, on s'en fout un peu de savoir quand et où l'histoire se déroule. Ce qui est important, c'est que Fabio est encore torse nu, et ça, ce sont les livres préférés d'Annabelle. Je ne lui en ai pas fait la remarque, or j'ai bien vu comment elle lorgne sur la couverture pendant que je lis. Autant lui faire plaisir.

« Scrutant l'horizon, une main en visière sur son front, le capitaine Knight (je sens venir la chevalerie de ce pirate du dimanche rien qu'à son nom connoté) souriait déjà en pensant au butin qui l'attendait sur l'île qu'il s'apprêtait à rejoindre d'un jour à l'autre. Le vent et la mer avaient été cléments avec lui et, en dehors d'une femme pour réchauffer sa couche, il ne lui manquait rien. Ses hommes étaient heureux et travailleurs, son navire filait souplement sur les flots et ils avaient accosté trois vaisseaux britanniques sur le chemin, de quoi renflouer la cale. La prisonnière l'observait, il le sentait. Bien que la tentation fût grande, il se refusait à abuser de son pouvoir et punissait du fil de l'épée tout homme de son équipage qui s'adonnerait au viol. Il conservait un souvenir trop vif de sa mère subissant les derniers outrages. Non, il ne serait pas de ces barbares qui usaient de leur supériorité sur les femmes. Alors il l'ignorait, se convainquant que son corsage déchiré ne montrait pas un bout de sein qu'il aurait adoré empaumer… »

– Loïc, c'est le moment où tu devrais t'éclipser, car il semblerait que j'aie pioché une romance historique érotique.

Il est toujours à la porte et s'amuse visiblement de ma lecture théâtrale.

– Voyons, jeune homme, venez plus près ! Vous allez voir, cette aide à domicile n'a pas son pareil pour lire les histoires de Fabio !

– Qui est Fabio ? nous demande-t-il en prenant place sur la chaise, au pied du lit.

– Qui est… Non ! Je suis choquée ! s'écrie Annabelle, une main sur le cœur.

Elle ne sait peut-être pas qui nous sommes, elle sait en revanche qui est Fabio et a conservé son humour. Pour ça, je suis contente que Loïc reste avec nous et provoque sa bonne humeur. Même si je risque d'en entendre parler un moment, de mes lectures…

– Liiiiiiiiise ! Li-seuh ! Liiiii-iiii-iiiii-seuh !

– Je crois que quelqu'un t'appelle, dehors, me fait remarquer Loïc en riant.

Il n'est pas encore midi et je sais qu'il va repartir après manger, car il n'a plus aucune raison de rester. Quant à moi, encore quelques jours et il me faudra user de ma relation avec un certain Jeff Monroe si je veux pouvoir rester loin de la rédaction une ou deux semaines de plus. Nous sommes donc installés au salon à discuter quand ce mélodieux son retentit.

– C'est Emma, la fille d'Ange, je lui explique en me levant.

Je souris, on s'habitue à ces bestioles, bizarrement. Je sors sur le balcon et je vois sa petite main s'agiter derrière la barrière. Je m'approche et me penche :

– Bonjour, Emma.

– Ah, Lise. Je t'appelle depuis une vie des rats !

– Je ne suis pas sûre que tu emploies cette expression comme il faut, je lui fais remarquer.

– T'étais où ?

– À l'intérieur, avec un ami.

– Tu repars plus à ton chez-toi ?

– Pas pour le moment.

– On peut aller voir T-Rex ?

– Qui te garde, tes grands-parents ?

– Non, c'est ma mamie et mon papy qui me gardent.

– C'est ce que je dis. Va demander la permission.

Elle part en dérapage contrôlé, comme toujours, et j'attends patiemment son retour. C'est Hélène qui arrive, quelques secondes après.

– Bonjour, Lise.

– Bonjour, Hélène. Emma aimerait aller voir la tortue, dans le petit bois.

– Oui, je suis au courant. Ange nous a dit qu'elle pouvait y aller avec toi.

– Seule ?

– C'est un problème ? Tu préfères que je vienne ?

– Non, je suis juste étonnée.

– Qu'il te fasse confiance avec sa fille ? Oui, moi aussi.

Et bam, dans les dents, Lise. Vous reprendrez bien un uppercut, pour la route ?

– Bon, alors… Je la retrouve sur le palier ? Je vous la ramène dans vingt minutes, pour le repas ?

– Très bien.

– Alors, tu crois qu'elle va venir ?

– Je ne sais pas, ça m'étonnerait, tu sais. Elle est peut-être loin et le temps qu'elle arrive, nous serons remontées à l'appartement.

Ou mortes de vieillesse.

Nous sommes toutes les deux accroupies sur le sol, là où nous avons aperçu la tortue, la dernière fois. Il n'y a même pas l'ombre d'une carapace.

– Mon papa est content.

– Ah oui ?

– Oui, c'est maman qui le dit.

– D'accord.

– Et moi, si mon papa est content, je suis contente.

– C'est normal, on apprécie que les gens qu'on aime soient heureux.

– J'aime mon papa.

– Et je suis sûre qu'il t'aime aussi.

– Oui, et ma maman aussi elle m'aime. Et ma maman elle dit que mon papa, elle ne l'a jamais vu content comme ça.

– Emma, par hasard… c'est à toi que ta maman a dit ça, ou tu écoutais une conversation de grands ?

– Je voulais juste faire pipi, et elle parlait avec son amoureux, alors j'ai pas fait de bruit pour pas me faire gronder parce que j'ai pas le droit de me relever. Alors comme j'ai pas fait de bruit, j'ai entendu. Et elle disait à Alain que mon papa, c'était bien de le voir souriant, même si c'est à cause de cette tépasse qui était revenue rien que pour lui faire encore plus du mal. Alors moi, cette tépasse, je l'aime pas du tout parce que je veux pas qu'on soit vilain avec mon papa.

Je déglutis difficilement, le temps de me rassembler, parce que visiblement je suis la pétasse évoquée par la mère d'Emma. *Go ! Team Lise, go !*

– Nous devrions remonter, on essaiera de revenir après manger, si ta mamie est d'accord.

– Tu crois que T-Rex va être encore là, un jour ?

– Je ne sais pas, on peut espérer, ça ne coûte rien.

Nous nous relevons et Emma met sa petite main dans la mienne.

– J'ai un secret à te dire, m'avoue-t-elle sur le chemin de la résidence.

– Je te promets de ne pas le répéter.

– J'ai un amoureux sauf que personne le sait parce que c'est un secret.

– Oh, et qui est ce petit chanceux ?

– C'est Raphaël, c'est le voisin. Il a cinq ans, comme moi, je crois que lui, je suis pas son amoureuse.

– Pourquoi tu dis ça ?

– Il arrête pas de m'embêter. Hier, il m'a tiré les cheveux et après il a dit que j'étais moche.

Oh. Purée. Il va falloir que je lui explique la psychologie inversée des mecs…

– Tu sais, les garçons ne savent jamais comment montrer qu'ils sont amoureux. Alors ils font des choses un peu bêtes.

– Comme quoi ?

– Comme tirer les cheveux. C'est pas bien, parce que quand on aime bien quelqu'un, on ne lui fait pas de mal. Mais comme je te disais, c'est bête.

– Il dit que je suis moche.

– Tu te regarderas dans un miroir tout à l'heure et tu verras que tu es loin d'être moche. J'avais une copine, en maternelle, à peu près à ton âge et elle, la pauvre elle était moche. Ce n'était pas sa faute, on ne pouvait pas dire que la nature l'avait gâtée. Bref, je sais reconnaître quelqu'un de moche. Et toi, Emma, tu ne l'es pas. Ne va pas non plus t'imaginer que tout va te tomber tout cuit dans le bec parce que tu as de beaux yeux bleus et de beaux cheveux blonds, comme ton papa. Ni parce que tu as les mêmes fossettes que lui, et pourtant, ce sont des armes létales, les fossettes. Personne ne peut y résister. Cependant, dans la vie, il ne suffit pas d'avoir un joli visage, il faut mériter ce qu'on a. Et ton voisin, il est impressionné parce que tu es jolie, ce n'est malgré tout sûrement pas pour ça qu'il est amoureux de toi. Car, crois-moi, il l'est. Je suis certaine qu'il aime jouer avec toi, qu'il te trouve intéressante, rigolote… Donc, non, tu n'es pas moche, ne laisse aucun garçon te convaincre de ça. Mais ne mise pas tout sur ton apparence. Et ne le laisse pas non plus t'embêter, dis-lui que s'il t'aime bien, il doit être gentil avec toi.

Je m'embrouille toute seule. C'est la faute d'Ange, aussi. J'ai tellement peur de la façon dont cette gamine va transformer mes propos que je me contredis et m'emmêle les pinceaux dans mon propre raisonnement.

– Tu trouves que mon papa est beau, aussi ?

De tout ce que je viens de lui débiter, c'est là-dessus qu'elle bloque. Elle a un radar ? Sale mioche.

– Oui, Emma, je trouve que ton papa est très beau.

– Moi aussi, sauf que c'est mon papa alors il a dit qu'il peut pas être mon amoureux. Et il a pas d'amoureuse et toi, t'as un amoureux ?

– Non, pas en ce moment.

– Ben alors, tu pourrais être son amoureuse. Parce que toi aussi tu es belle. Ma maman elle a dit que ça l'énervait parce qu'elle aurait bien aimé que tu sois moche mais que tu étais belle et qu'elle te détestait encore plus.

– Ta maman me déteste ?

Quelle sympathique petite découverte… En même temps, elle me voit comme une pétasse, j'aurais pu m'en douter.

– Elle a dit que oui, c'était encore quand je devais pas être là…

– Emma, tu dois vraiment arrêter d'écouter les discussions de grands qui ne te concernent pas. Parce que, un jour, tu vas entendre quelque chose qui pourrait te faire beaucoup de peine.

Comme la fois où j'ai découvert que mon poisson rouge, Gudule, était mort et que dans le bocal, c'était un autre poisson. Un usurpateur. Je me suis tellement sentie trahie que j'ai fait la grève de la faim pendant dix minutes. Et trente secondes. Mais y'avait des Milky Way dans le placard, aussi… pour ma défense…

– Oui mais des fois, je fais pas exprès.

– Essaie de te contrôler, dans ce cas.

Nous sommes arrivées devant la porte de l'appartement de ses grands-parents.

– Retrouve-moi sur le balcon avec ta mamie après manger, on verra si elle est d'accord pour qu'on retourne surveiller si T-Rex revient.

Emma s'accroche à ma jambe dans ce qui semble être un câlin. Je tapote maladroitement son dos avant de sonner et que sa grand-mère ne la récupère.

Loïc est parti, je me sens sans allié. Ce soir, aucune aide à domicile ne doit venir, ce qui tombe bien, car Hélène n'a pas poussé la trêve au point de me laisser conduire sa petite-fille dans un bois sombre la nuit. Annabelle dort depuis dix-neuf heures trente et je travaille sur ma deuxième rubrique du courrier du cœur quand je reçois un email de mon père. Il est bien entendu d'accord pour m'aider à écrire un article sur le projet, il en a parlé aux autres musiciens et *Rock Your Soul* étant une référence dans le milieu francophone de la musique, ils sont tous partants. Il va me donner la liste de ce que je peux évoquer et ce qui doit absolument rester entre nous. Je n'aime pas faire ça. Non pas que je n'aime pas écrire sur mon père. Je l'ai déjà fait à maintes reprises, je n'ai juste jamais proposé mes articles pour la publication. J'ai l'impression que c'est un piston déloyal et je ne sais pas, c'est mon père…

Mon téléphone vibre, me signalant que j'ai reçu un SMS.

22

Lise

« Je suis chez mes parents. Je peux passer ? »

Je souris devant l'écran, et je me reprends quand je vois dans le reflet que j'ai l'air totalement demeurée.

« Je viens t'ouvrir, Annabelle dort, ne sonne pas. »

Je me lève et m'arrête devant le miroir de l'entrée. Mes cheveux sont lâchés et un peu fouillis. Je ne porte pas du tout de maquillage. Je suis en jean et t-shirt de Queen, mon préféré qui ne ressemble donc plus à rien depuis les années que je l'use. Bah… Il a déjà vu pire, même si c'était il y a une éternité. J'ouvre la porte et il est là, face à moi, les mains dans les poches arrière de son jean. Il m'observe, la tête un peu penchée. C'est quoi, son plan ? Me faire tomber dans son lit à coup de poses sexy et décontractées ? Il sourit, et voilà, qu'est-ce que je disais… les fossettes…

– Tu essaies de me séduire ?

– Tu penses que j'essaie de te séduire ?

Typiquement lui. Me répondre par une question. J'ouvre la porte plus en grand et lui fais signe d'entrer. Je le suis au salon et il prend ma main avant de m'entraîner avec lui sur le fauteuil. Il m'installe sur ses genoux et mes inquiétudes retombent d'un coup. J'avais peur qu'il ne regrette et ne fasse machine arrière. À la place, il m'embrasse et me tient serrée contre lui avant de finalement murmurer :

– Tu m'as manqué.

Toujours honnête, Ange. Jamais de non-dits. On fonce et, éventuellement, on réfléchit après. J'aime ça. C'est rafraîchissant. Même si je n'ai plus l'habitude.

– Tu m'as aussi manqué. Pendant neuf ans.

Sérieusement, est-ce que quelqu'un pourrait m'aider à ne pas remettre cette erreur sur le tapis, genre… toutes les cinq minutes ? L'auto-flagellation, ça va un moment, là, ça vire au masochisme pur et simple.

Il soupire et me fixe de ses yeux délavés, quelques mèches encadrent son visage, je tends la main pour les repousser en arrière.

– Loïc est parti ?

– Oui, tout à l'heure.

– Tu as vu Emma ?

– Oui. Et toi ?

– Non, sa mère est venue la chercher avant que j'arrive.

– Je ne suis pas sûre d'avoir bien compris votre système de garde.

– Marie a la garde, mais comme elle travaille et que ses parents ne sont pas dans la région, les miens s'occupent d'Emma pendant les vacances. Et je suis censé l'avoir un week-end sur deux. Après, on s'arrange entre nous, la priorité c'est Emma.

– Mais là, elle n'est pas là ?

– Non.

– Tu es venu pour moi ?

– Bien sûr.

Je l'embrasse en souriant, comme ça, si j'ai l'air aussi demeurée que tout à l'heure, il n'en saura rien. Je suis la reine de la diversion.

– Comment était ta journée ? je lui demande quand je suis sûre que mon expression n'est plus aussi béate.

Nous n'avons pas encore parlé de son travail, ni du mien. Cette communication qui nous était si naturelle avant me manque, elle aussi.

– Dure. Éprouvante. J'ai besoin que tu m'aides à me changer les idées.

– Est-ce que tu essaies de me mettre dans ton lit, après avoir tenté de me séduire avec ta pose « hey, baby, you know you want me » ?

– Ma pose « hey baby » ? me demande-t-il en riant.

– Alors ?

– Non, tu te trompes. Ce soir, c'est dans ton lit que j'aimerais aller.

Je ferme les yeux pour me concentrer. Je resserre un peu les cuisses et ce mouvement ne lui échappe pas.

– Aide-moi à me détendre après une longue journée de travail, Queen…

Je me lève et il m'imite. J'incline la tête en arrière pour le voir. C'est quoi cette manie d'avoir l'air beau gosse dans n'importe quelles fringues ? Il a juste un jean tout déchiré, un t-shirt qui a connu de meilleurs jours, des baskets et il répand son *sex appeal* autour de lui comme si c'était journées portes ouvertes « Ange à volonté ». Vraiment, c'est indécent et certainement pas équitable. Je lui tourne le dos avant de dire ou faire n'importe quoi et je l'entends me suivre dans ma chambre. Il en ferme doucement la porte et laisse la lumière éteinte.

Ange

J'ai pensé à elle toute la journée. Voilà pourquoi ça a été dur.

Je la revoyais submergée par le plaisir, hier soir, jouissant contre mes lèvres.

Je la revoyais sur moi, bougeant son corps sur le mien.

Je la revoyais me sourire.

Je la revoyais me dire qu'elle m'aime.

Et j'ai eu besoin de la voir.

Lise

Je prends sa main et nous conduis vers le lit. Annabelle dort comme un bébé, je sais que nous pouvons profiter d'un moment, tous les deux.

Je me place devant lui et lui enlève ses chaussures. Je prends le temps de remonter les mains lentement le long de ses jambes, jusqu'à attraper le bas de son t-shirt. Il m'aide à le retirer. Je défais ensuite son jean et le descends sur ses cuisses, son boxer suivant le mouvement jusqu'au sol. Il est à présent nu devant moi et seule la lumière du réveil me donne une idée de ce que j'aimerais mieux distinguer.

– Ne bouge pas, je lui ordonne avant d'aller allumer.

Il est là. Sans pudeur, il est juste lui. Et vraiment, c'est déjà beaucoup. Je passe la langue sur mes lèvres, presque involontairement. Presque, parce que je sais l'effet que ça peut avoir sur lui et je suis satisfaite de voir ses yeux en suivre la caresse. Je profite quant à moi de ce qui m'est offert. Mon regard s'attarde sur son torse, son ventre, son érection…

– Ange, tu es clean ?

– Je le suis. Et toi ?

– Oui. Je n'ai pas mes résultats avec moi.

– Je te fais confiance.

– Tu peux. Je te fais aussi confiance.

– Tu prends la pilule ?

– J'ai un implant.

Il hoche la tête.

« Je te fais confiance. » Il n'a pas idée de l'impact que ces mots ont sur moi et je ne vais pas le lui dire. Un pas après l'autre, je ne veux pas aller trop vite et lui faire peur. Il n'a probablement dit ça qu'en rapport avec les tests… J'aime à penser que c'est déjà pas mal, question confiance. J'ai tout le temps cette impression que les années qui nous ont séparés n'ont pas eu lieu. Que nous nous contentons de reprendre là où nous en étions restés. Et j'ai trop de mal à continuer à faire avec lui comme je ferais avec n'importe qui. Cette preuve qu'il me croit, qu'il est prêt à abandonner le préservatif aussi tôt dans notre nouvelle relation, c'est énorme, pour moi.

Je m'agenouille devant lui, il suit chacun de mes gestes avec application. Je fais glisser mes mains sur ses cuisses, elles se rejoignent à l'intérieur et je le touche légèrement. À peine un effleurement. Il tressaille. Je souris. Il se redresse un peu. Il veut me voir. Ça m'excite encore plus. Comme si j'avais besoin de ça.

Je me penche en avant et mes cheveux retombent comme un rideau autour de nous. Ma langue le frôle un peu avant que je le prenne totalement dans ma bouche. Il jure et s'assoit, rassemblant mes cheveux dans ses mains et les enroulant autour de son poing, dévoilant mon visage.

Ma main se place à la base de son sexe, je ne peux pas le prendre en entier alors je fais en sorte d'intensifier son plaisir le plus possible. Je relève les yeux et son regard ne me lâche pas. Je crois que je vais jouir alors qu'il ne me touche même pas. Et je crois que je m'en fous, si ça arrivait je n'aurais même pas honte. C'est Ange, c'est moi.

Ange

Elle a l'air tellement vulnérable, à genoux, ses lèvres autour de moi. Et à la fois, si dominatrice.

Je voudrais ne pas lui montrer à quel point elle m'atteint.

J'en suis incapable.

Je veux qu'elle me voie. Moi. Et rien d'autre.

Et pour ça, je ne peux rien lui cacher.

Elle glisse autour de moi, un peu maladroitement, totalement elle. J'aime qu'elle ait pris cette initiative. J'aime qu'elle teste des caresses du bout de la langue, guette mes réactions, adapte sa technique et accentue mon plaisir à chaque seconde. Elle s'applique à faire de ce moment une expérience à la fois nouvelle et routinière. Elle reprend ses marques, je la redécouvre. Elle gémit et la vibration de sa langue se répercute dans tout mon corps. Elle sait. Elle sent que je la regarde. Elle relève de temps en temps les paupières et me lance cet air de défi. Alors que c'est elle qui est à genoux devant moi. Vulnérable et dominatrice en même temps. Elle aspire un peu d'air et ses joues se creusent.

Lise

Il gémit. Ce que j'aime entendre ce son rauque remonter dans sa gorge. C'est presque animal et, sans avoir le temps de contrôler, je gémis aussi, plus fort que tout à l'heure. Le son est étouffé parce qu'il occupe tout l'espace dans ma bouche. Je ne réfléchis pas, de ma main libre, je défais mon jean et la glisse ensuite dans ma culotte. Je suis tendue et je dois me soulager, maintenant.

– Queen…

Je reporte mon attention sur lui et il m'observe. Non, il regarde ma main, celle avec laquelle je me caresse. Il aime ce que je lui fais.

Ce qu'il voit. Ses lèvres sont entrouvertes, je retire ma main de mon jean et je continue en mode instinctif : je la remonte jusqu'à lui et je glisse mes doigts dans sa bouche. Il ferme complètement les yeux et suce mon index et mon majeur en gémissant, agrippant mon poignet pour m'empêcher de les retirer. Alors il s'éloigne soudainement de mes lèvres et m'attrape par la taille avant de m'embrasser. Fort. Sauvagement. Sa langue prend possession de moi pendant que ses mains me déshabillent. Je l'aide et, bientôt, nos peaux entrent en contact sans plus aucun obstacle. Il m'allonge sur le lit et celui-ci grince dès qu'il me rejoint. Il réagit aussitôt et me soulève dans ses bras avant de me porter contre le mur. J'entoure sa taille de mes jambes et il se place juste à mon entrée, attendant… Quoi ?

– S'il te plaît…

– Lise, tu veux ça comment ?

Sa respiration est courte. Il me regarde sans ciller.

– Fort.

– Fort ?

– Très fort.

Il me pénètre comme je l'ai demandé et je m'accroche des deux mains à ses cheveux. Les siennes sont sous mes fesses et me maintiennent à la bonne hauteur. Il me prend comme jamais il ne l'avait fait avant. C'est encore plus brutal qu'hier et c'est toute sa rancœur qu'il exorcise, je le sens. Avant, nous faisions l'amour prudemment, en nous découvrant et en testant ce que des adolescents sont censés tester. Maintenant, nous sommes adultes et nous nous redécouvrons. Je sais aussi que nous ne faisons pas encore l'amour parce qu'il n'est pas prêt. Alors je le laisse faire comme il en a besoin, ça me convient. Je prends tout ce que je peux. Je veux tout, pas juste les bribes d'un souvenir qui n'est plus.

Je le veux au passé, au présent, et au futur.

Lui.

Tel qu'il est maintenant. Tel qu'il a évolué en l'homme qui me donne des coups de hanches et contre qui mon corps se heurte dans la plus délicieuse des collisions. Un petit cri m'échappe, il me bâillonne de ses lèvres et je gémis encore, et encore, et encore. Et ce n'est pas assez. Et c'est trop. Et c'est tout. Il s'enfonce en moi sans hésitation, plus vite, plus fort, plus… toujours plus, encore plus.

– N'arrête pas… je le supplie contre ses lèvres.

– Caresse-toi, Queen…

Ma main se fraie un passage entre nos corps et je laisse mes doigts me mener à l'orgasme ; c'est rapide, c'est puissant et je jouis tout aussi intensément. Il me suit de près et un léger tremblement accompagne ses soupirs contre ma peau. Il me repose au sol et récupère des mouchoirs sur ma table de chevet avant de s'agenouiller devant moi et d'essuyer délicatement mes cuisses. Il dépose des baisers sur mon ventre et, quelques secondes plus tard, il m'entraîne sur le lit et nous nous allongeons. Il se met sur le côté et m'attire contre lui, mon dos se collant à son torse, ses mains venant se poser sur mon ventre. Nos peaux sont moites, ça n'a aucune importance. Je me sens bien, comme ça.

– Je ne peux pas dormir là. Je veux juste rester, un peu, murmure-t-il à mon oreille avant de m'embrasser dans le cou, encore.

– J'aime que tu restes.

– Je ne dois pas m'endormir.

– D'accord.

Je suis déjà moi-même en train de sombrer.

J'ouvre les yeux et il est au-dessus de moi, les bras tendus. Il me regarde. Dans d'autres circonstances, ça pourrait être flippant. Là, je suis juste heureuse de le voir m'observer.

– Je dois y aller.

– J'ai dormi longtemps ?

– Une petite heure.

– Désolée.

Il se baisse pour m'embrasser. Il fait des pompes ?

– Tu ne serais pas en train de frimer, là ?

– Exact. Alors, ça t'impressionne ?

– Pas vraiment.

Il remonte, redescend, m'embrasse et recommence plusieurs fois. Bien sûr que je suis impressionnée, si je fais ça… non, je rectifie, je ne peux pas faire ça.

Je suis fourbe, je connais ses points faibles, alors je le chatouille au niveau des côtes. Il me tombe dessus. Je n'aurais pas dû. Il m'écrase. Il nous fait rouler et je me retrouve allongée sur lui, ses mains agrippant mes fesses.

– Je ne vais pas tenter de t'impressionner, je le préviens.

– Tu n'en as pas besoin.

Il déplace une main sur ma nuque et m'attire pour m'embrasser, à nouveau. C'est comme si nous tentions de rattraper tout le temps perdu par ma faute. Le sexe est démentiel avec lui, tellement plus intense que dans mes souvenirs, mais je sens plus que ça. Nous reconstruisons la connexion qui nous unissait, elle était encore là, juste en veille.

Et j'adore ça.

Ange

Elle sait.

Je n'ai pas besoin de le lui dire, elle le sait.

Je le vois dans ses yeux, quand elle me regarde.

Elle est en terrain conquis.

Et j'adore ça.

23

Lise

– Alors ?

C'est sa façon de me dire bonjour… Je craque. Je… Je vais vraiment porter plainte pour harcèlement !

– Je suis dessus, boss.

– Tu peux rester encore une semaine.

– Quoi ? Tout ça pour une semaine ? C'est vraiment…

– Ce n'est pas que ce que tu racontes n'est pas passionnant, Monroe, je n'en ai juste rien à foutre.

Je n'attends même pas qu'il raccroche, je le devance. Enfin, il ne s'en rendra probablement même pas compte… peu importe, ça me soulage.

– Abruti de trou du cul de connard de merde ! je lance à mon téléphone, histoire de pousser le soulagement un peu plus loin.

– Si c'était Emma et pas moi qui se trouvait sur le balcon, tu aurais quelques explications à fournir.

Ange est penché, les coudes sur la barrière et, tout de suite, mon humeur fait un trois cent soixante. Je lui souris et me lève pour le rejoindre. Je me hisse sur la pointe des pieds et l'embrasse. Il sourit contre mes lèvres.

– Je t'ai manqué ?

– Ne sois pas imbu de ta personne, Ange. Ça ne te va pas.

– Je ne suis pas imbu, j'aime savoir que je te manque.

– Comment ça se fait que tu sois là au beau milieu de l'après-midi ?

– Tu me manquais.

– Tu reviens chaque fois exprès pour me voir ?

Il passe les mains dans mes cheveux et m'embrasse encore. Je ne pense pas me lasser de ça. Comment ai-je pu me lasser de ça ? Comment ai-je pu croire me lasser de ça ?

– C'est très égoïste, je le fais pour moi.

– J'aime quand tu es égoïste, ne change rien.

– Emma est chez sa mère ce week-end et je ne travaille pas. Viens chez moi. C'est une requête égoïste, précise-t-il en souriant.

– Tout le week-end ?

– Oui. Si tu préfères, juste une journée. Ou un soir, ou…

Tellement sûr de lui un instant et en insécurité celui d'après.

– Je viendrai, je le coupe avant qu'il ne me propose de ne rester qu'une heure.

– Je passe te chercher demain soir.

– Lili, ma chérie, viens…

Je m'assois sur le lit et prends la main qu'Annabelle me tend. Nous sommes dans un de ses rares instants de lucidité.

– Tu sais que tout est à toi, n'est-ce pas ?

Je grimace.

– Et toi, tu sais que je ne souhaite pas en parler.

J'ai peur qu'elle ne nous porte malheur.

Oui, tout est à moi. Elle n'a aucune famille à qui léguer son patrimoine et nous avons fait en sorte, pour éviter des frais inutiles, qu'elle me lègue le plus de biens possible de son vivant, en en conservant l'usufruit. Cette étape a été difficile à vivre pour toutes les deux, car quand on se rend chez le notaire pour signer ce genre de papiers, on a le mot « décès » qui plane au-dessus de nous. Et personne n'a envie de penser à ça. Excepté qu'il faut s'en occuper tant qu'on est encore là. Je suis donc la seule bénéficiaire du testament d'Annabelle, je n'ai juste pas envie d'y penser.

– Nous avons déjà parlé de la maison de retraite…

– Non.

– Lili, sois raisonnable, tu m'avais promis.

– Non.

– Lise !

Cette fois, elle prend son ton autoritaire et j'ai à nouveau quatorze ans. Je me concentre pour ne pas pleurer, c'est déjà assez difficile pour elle. C'est juste que cette idée m'est insupportable et je sais, *je sais* que je n'ai pas le choix. Je ne veux simplement pas l'accepter.

– Tu peux rester ici, tu le sais, on va s'organiser. Je peux écrire à distance, j'ai d'autres articles en réserve pour convaincre mon patron de ne pas travailler à la rédaction. Je ne veux pas envisager la…

– Moi, je le veux.

– Tu n'es pas mieux, chez toi ?

Elle regarde autour d'elle.

– Je ne suis plus chez moi, je ne suis même plus dans mon lit. Des inconnus se relayent à mon chevet. Ce n'est plus chez moi.

– Bien sûr que si ! Et à la maison de retraite, ce ne sera pas moins des inconnus.

– Tu sais ce que je veux dire. J'ai déjà pris mes dispositions.

– Quoi ? Quand ?

– La semaine dernière, j'ai discuté avec Ambre et…

– Je ne suis pas d'accord !

– Ce n'est pas loin, tu pourras venir me voir quand tu veux et…

– Je peux te voir ici tous les jours !

Cette fois, je ne retiens plus mes larmes. Je ne supporte pas cette conversation. Je ne vois même pas pourquoi nous discutons de ça !

– Bon sang, Lise, j'ai besoin que tu conserves de moi un autre souvenir que ça !

C'est la première fois qu'elle s'énerve contre moi, j'en reste muette de stupéfaction.

– Je suis diminuée, je ne peux même plus me déplacer chez moi sans une aide ! Laisse-moi partir avec un peu de dignité !

– Tu vas vivre encore longtemps et…

– Lili, me dit-elle plus doucement en serrant ma main, nous

savons toutes les deux que bientôt je ne te reconnaîtrai plus du tout. Regarde dans le tiroir…

Je renifle en ouvrant la table de chevet et en sors un dossier. Oui, elle a tout prévu et ça ne date pas de la semaine dernière. Je suis sûre qu'elle a commencé à s'en occuper quand elle a eu ses premiers épisodes de confusion. Le médecin m'avait prévenue qu'elle était comme ça depuis un moment, déjà. Et elle ne m'avait rien dit.

– Quand j'étais petite, ma grand-mère vivait avec nous, commence-t-elle à me raconter.

Je pose le dossier et lui accorde toute mon attention.

– Elle devenait dépendante pour tout, elle était aveugle, et elle perdait la tête. Je devais m'occuper d'elle. Nous devions toutes nous occuper d'elle. Nous n'avions pas vraiment le choix à l'époque et il n'était pas question de faire venir des étrangers pour gérer ça. Les histoires de famille, nous laissions ça dans la famille, ça ne se faisait pas d'impliquer des personnes extérieures. Aujourd'hui, quand je pense à ma grand-mère, ce n'est pas la personne qui m'a appris à faire des nattes, qui me faisait réciter mes leçons ou qui cuisinait un bon risotto qui me revient en mémoire. C'est celle qui nous criait dessus, mouillait ses vêtements plusieurs fois par jour et bavait à table.

Elle laisse passer quelques secondes, sûrement pour que j'assimile bien ce qu'elle tente de me faire admettre.

– Je veux que tu te souviennes de moi comme je l'ai été toute ma vie. Si je reste, ton souvenir le plus récent de moi sera cette vieille folle qui est incapable d'aller seule aux toilettes.

Je comprends où elle veut en venir. Ce n'est pas pour ça que je l'accepte ni que je suis d'accord avec elle. C'est son choix et, de toute façon, elle ne me demande pas mon avis, elle m'informe de sa décision. Parce qu'elle a encore la possibilité de prendre des décisions par elle-même, en tout état de cause. Et je ne peux pas, je n'ai pas le droit de lui enlever ça.

– Appelle la maison de retraite et dis-leur que je suis prête, s'il te plaît.

– Il n'y aura pas de place, c'est certain, je lui réponds presque en souriant.

– Ma chérie, j'ai les moyens de me payer la maison de retraite haut de gamme, crois-moi, il y aura une place. Je vais dormir un peu, maintenant, je suis épuisée.

Je l'embrasse, elle me serre dans ses bras qui sont de plus en plus maigres… et je la laisse se reposer. Je ne vais pas appeler aujourd'hui, j'ai besoin d'un délai pour assimiler la nouvelle. Je sors sur le balcon avec mon ordinateur, je vais me changer les idées avec le travail, comme toujours.

24

Lise

Hier, je n'ai pas pu me décider, alors, ce matin, par respect pour Annabelle, j'ai appelé. Bien sûr qu'il y a une place qui l'attend : elle la réserve depuis des mois ! Elle paye à perte en prévision de ce moment ! Elle avait tout manigancé, et maintenant, je n'ai plus le choix.

– Elle t'a dit ?

Je regarde Ambre qui vient s'asseoir en face de moi, à la table de la salle à manger.

– Oui.

– Je sais que ça va être difficile, dis-toi que c'est mieux pour elle. L'établissement qu'elle peut s'offrir est le meilleur de la région, elle y sera bien et tu pourras aller la voir quand tu le souhaites.

– Je n'ai pas mon mot à dire, de toute façon.

– Ne sois pas fâchée contre elle, elle a besoin de sentir ton soutien. Tu es la personne qui compte le plus dans sa vie, tu sais.

– Je ne sers qu'à ouvrir la porte, je marmonne.

– Quoi ?

– Non, rien.

– Tu as besoin d'aide pour préparer ses affaires ?

– Non, merci. Je vais le faire moi-même.

– Tu as sa date d'admission ?

– Dans deux semaines. Je vais annuler mon week-end chez Ange, d'ailleurs, je veux profiter de…

– Si tu fais ça, elle s'en voudra.

– Je veux passer du temps avec elle et…

– Lise, *elle* veut que tu vives, pas que tu la veilles comme une mourante. Fais comme tu le souhaites, je te dis juste ce que je pense de la situation. J'ai malheureusement souvent vu des cas similaires.

– J'ai l'impression de l'abandonner.

– Pars chez Ange, et lundi, raconte-lui ton week-end.

Je sais qu'Annabelle veut effectivement que je fasse comme si de rien n'était. Comme si elle n'était pas en train de perdre la tête. De perdre son identité. De perdre ses repères. De me perdre. Non, c'est moi qui la perds, en réalité. Le médecin m'a bien expliqué que, pendant ses épisodes, elle n'a pas conscience de la situation. C'est donc surtout moi qui le vis mal.

Après avoir décidé d'aller passer les deux jours chez Ange comme prévu, j'ai reçu un SMS m'avertissant qu'il avait deux patients en plus par rapport à son planning initial. Je lui ai proposé de me rendre seule chez lui, c'est plus simple. J'ai juste pris un petit sac à dos avec trois affaires, je ne suis pas loin si j'ai besoin de quelque chose. Il est plus de vingt heures et j'entends du bruit à l'intérieur. Ils font une fête ? Je sonne à la porte et c'est Sofiane qui vient m'ouvrir.

Regard radioactif, soupir intérieur.

Il a une guitare de console en bandoulière et il sourit de toutes ses dents en me voyant.

– C'est Queen ! hurle-t-il par-dessus son épaule avant de me lancer : Ange n'est pas encore là, viens me regarder botter le cul d'Anthony à *Guitar Hero*, ça te fera patienter. On est sur *Bohemian Rhapsody*, justement.

J'ai l'habitude de jouer à ce jeu avec Loïc, et de *lui* botter le cul. En particulier sur les chansons de Queen, cela va sans dire. Ils reprennent leur partie au début et je m'installe sur le canapé. C'est Sofiane qui joue et Anthony enchaîne avec le même morceau. Il craint clairement à ce jeu. Je ricane bêtement quand son score s'affiche : s'il avait joué contre moi, j'aurais pulvérisé ce chiffre.

Il se tourne vers moi :

– Un commentaire, Lise ?

– Je peux ? je lui demande avec mon air le plus innocent en stock.

– Je t'écoute.

– J'ai honte pour toi.

Sofiane rit et Anthony me tend la guitare :

– Je t'en prie, montre-nous l'étendue de tes talents.

– Oh, j'ai froissé ton amour-propre ? Toutes mes confuses…

Je le taquine un peu, depuis la soirée aux saladiers de cocktail, nous avons dépassé le stade où je fais semblant d'être timide.

– Je sens que ça va être marrant, annonce Audrey en arrivant dans le salon, les cheveux humides. Bonsoir, Lise.

Elle est belle. Je pourrais tomber amoureuse d'elle en un regard si j'étais dans l'autre équipe.

– Salut ! je lui réponds en souriant.

Je me lève et prends la guitare :

– Anthony, comme je suis quelqu'un d'honnête, je vais jouer le même morceau que vous.

– Fais donc ça.

Honnête, mes fesses, oui. Je suis excellente sur ce titre, il n'a cependant pas besoin de le savoir. Il croise les bras, je pense qu'il est vraiment vexé. J'avais un copain à l'école de journalisme qui ne jouait que pour gagner. Il était très mauvais perdant. Au point de faire la gueule pendant deux semaines si j'avais le malheur de le battre à n'importe quel jeu. Je reconnais les mauvais perdants de loin grâce à lui, ils sont tous sur le même modèle. Et comme je suis de nature à appuyer là où ça fait mal, j'ajoute :

– Ne t'inquiète pas, je t'accorderai le droit de pleurer sur mon épaule.

Je lance la chanson et, bien sûr, j'explose tout : le score d'Anthony et celui de Sofiane. C'est en plein triomphe qu'Ange débarque. Il a l'air fatigué. Je rends la guitare à Anthony et le rejoins dans l'entrée du salon.

– Hé, ça va ?

Il ne répond pas, m'attire contre lui et m'embrasse. J'ai tout à fait conscience du fait qu'il nous donne en spectacle devant ses collègues et amis. Je sais qu'il fait ça parce qu'il a besoin de montrer que nous sommes ensemble. Je ne suis pas fan des démonstrations de possessivité ni même des démonstrations en public de quoi que ce soit. Mais je le laisse faire, ça le rassure. Et ma seule préoccupation est de faire en sorte qu'il se sente bien.

Il libère mes lèvres :

– Maintenant, ça va, me dit-il enfin. Je vais prendre une douche.

– D'accord.

Je recule alors il me retient contre lui.

– Viens.

Il m'entraîne avec lui et je n'ai même pas un regard en arrière pour les autres. Probablement parce que j'ai peur qu'ils aient tout entendu et bon… je ne suis pas du genre à m'exhiber, comme je le disais, et je les connais à peine et…

– Arrête de penser, Queen. Tu vas passer tout le week-end ici et je n'ai pas l'intention de faire comme si je n'avais pas envie de toi chaque fois que je te regarde.

Comment peut-il savoir ce qui se passe dans ma tête ?

Envie de moi chaque fois qu'il me regarde ?

Il récupère des vêtements dans sa chambre, sans jamais me lâcher la main, et nous conduit ensuite dans la salle de bain. Il m'assoit sur le couvercle rabattu des toilettes et allume l'eau. J'ai l'impression d'être une poupée et la féministe en moi tape du pied. Sauf que, hé… soyons sérieux une minute, c'est Ange. Il me donne ce que je voulais : toute son attention. Je ne vais pas d'un coup me la jouer rebelle.

– Raconte-moi ta journée.

– Tu veux que je te parle de ce que j'ai fait aujourd'hui, pendant que tu te mets à poil devant moi ?

– C'est ça.

Il enlève son t-shirt et je commence à lui répondre, sans perdre une miette du strip-tease qu'il m'offre.

– J'ai travaillé.

Il retire ses chaussures.

– J'ai aussi appelé la maison de retraite pour Annabelle.

Il s'immobilise.

– Ça va ?

– Bien sûr, pourquoi ça n'irait pas ?

Il vient devant moi et s'accroupit en prenant appui sur mes genoux. Son visage se retrouve à la même hauteur que le mien.

– Lise, je te demande si ça va. Je n'aime pas que tu me mentes. Et là, tu me mens.

– D'accord. Ça ne va pas du tout. J'ai l'impression de l'envoyer mourir ailleurs, comme si c'était honteux.

– C'est sa décision, tu finiras par l'accepter.

– Je suis prête à m'occuper d'elle.

– Et elle ne le souhaite pas.

Il m'embrasse doucement et pose ses mains sur mes joues :

– Tu agis comme il le faut en respectant ce qu'elle désire tant qu'elle est lucide.

Il se relève et déboutonne son jean.

– J'ai aussi battu Anthony à *Guitar Hero*. Et Sofiane, j'ajoute pour alléger l'atmosphère.

– J'ai vu ça.

– Mon patron me fait du chantage pour que j'écrive un article sur mon père. Alors je l'écris.

– Ton patron a raison, tu aurais déjà dû l'écrire depuis longtemps.

– Peut-être que j'ai déjà publié un article sur lui…

– Non.

– Non ?

Il enlève ses chaussettes, et il ne reste que son boxer. La buée envahit lentement la pièce et j'essaie de maintenir mon regard au-dessus de la ceinture. Ce qui n'aide pas vraiment, car, de toute façon, il est bien foutu partout. Ce V sur ses hanches… il fait chaud, c'est la douche, c'est mal aéré ici, j'étouffe…

– J'ai lu chaque article que tu as pu publier, Queen. Tu n'as jamais parlé de ton père.

Sur cette déclaration, il finit de se déshabiller et rentre dans la cabine. *Hein ?* C'est ça son plan ? M'avouer qu'il suit ma carrière et aller se cacher dans la douche ? Je me lève et me place devant les parois vitrées que j'entrouvre :

– Tu me lis ?

Il me jette un regard par-dessus son épaule puis me sourit.

– Ange, tu me lis ?

– Si je t'avoue que je te suis depuis le début, tu vas penser que je suis un grand malade ?

– Maintenant que tu en parles…

Je fais semblant d'évaluer ma décision quand il me fait face. Des gouttes d'eau ruissellent de ses cheveux, je déglutis. Il commence à se laver, sans me quitter des yeux. Je ne sais plus ce que je voulais dire. Je referme la porte et je l'entends rire. Il se fout de moi, mais honnêtement, ça m'est égal, il peut se moquer de moi tant qu'il veut du moment que je profite de son rire.

Qui ricoche sur les parois de la douche.

OK, je suis cuite et les romances de Fabio ont définitivement eu ma peau. Ce type me tient dans le creux de sa main et je suis sûre qu'il n'en a même pas conscience.

– Maintenant ça suffit !

J'ai la main devant les yeux : monsieur est là en train de répandre ses ondes de sexytude partout autour de lui.

– Espèce d'exhibitionniste !

Je me lève pour sortir et il m'attrape pour me ramener contre lui, ses mains sur mon ventre. Je frissonne en repensant à la dernière fois où nous nous sommes retrouvés dans une situation plus ou moins similaire. Excepté qu'il était habillé, et là, il ne porte rien.

– Ange, tes colocataires sont réveillés et juste à côté.

– Ça ne t'a pas dérangée, l'autre soir…

Il murmure dans mon oreille avant de m'embrasser dans le cou, bien sûr. Mon point faible. Je gigote un peu pour me dégager.

– Tu n'apprécies pas ?

– Ne dis pas n'importe quoi, bien sûr que j'apprécie. On ne peut juste pas s'enfermer tout le week-end pour s'envoyer en l'air.

– Si. On peut.

– C'est embarrassant !

Il me lâche et se recule, en silence. Je me retourne. Je n'aime pas son expression.

– Ange, ce que je veux dire c'est que…

– Je t'embarrasse ?

– Non, pas toi ! Qu'on expose notre vie sexuelle, oui.

– Tu n'étais pas comme ça, avant.

– Nous ne sommes plus « avant ». Nous sommes « maintenant ».

Je l'ai dit un peu plus sèchement que je ne l'aurais voulu. Je ferme les yeux quelques secondes, le temps de trouver les mots. Quand je les rouvre, il a enroulé une serviette autour de sa taille et me tourne le dos. Ce qui ne m'aide pas beaucoup, car j'ai sous le nez la preuve gravée dans sa chair qu'il m'a longtemps aimée en souffrant. Je m'approche doucement et pose la main sur son tatouage. Il se raidit. J'en trace les contours du bout des doigts, comme l'autre jour.

Ange

Je plaque les mains à plat sur le mur devant moi. Je tente de conserver mon calme.

Je ne me reconnais plus.

Pourquoi je lui prends la tête pour ce genre de conneries ?

Lise

– Ange…

Il ne bouge pas. Je prends l'initiative de passer les mains autour de lui et de le serrer contre moi. Il est tout à fait capable de me repousser si c'est ce qu'il veut. Je n'ai pas l'intention de m'enfuir au moindre obstacle. Bien entendu que ça ne peut pas être facile, c'est aussi ce qui donne sa valeur à notre relation. En tout cas pour moi, c'est important, une sorte d'expiation.

Il se redresse et pose ses bras sur les miens.

– Tu ne m'embarrasseras jamais, je lui dis doucement.

– Je sais.

– Tant mieux.

– Je vais m'habiller et on ira voir ce que Sofiane a préparé pour le repas, c'est son soir.

– Je peux rester avec toi ?

– Bien sûr.

Je le relâche et l'observe pendant qu'il met des vêtements propres. Son jean tout déchiré, un t-shirt uni, il attrape une partie de ses cheveux et les attache en demi-chignon… Nous sortons dans le couloir lorsque les premières notes de *Slow it Down* de The Lumineers résonnent depuis le salon et je souris. Je suis fan de la bande originale de ma vie. Je me retourne vers lui. Il me rend mon sourire, je lui fais signe d'approcher.

– Danse avec moi.

– Ici ?

– Ici.

Je pose les mains sur sa nuque, il m'attire contre lui, ma joue sur son torse. Il glisse les doigts dans mes cheveux et en retire le pic qui les retenait. Il le laisse tomber, mais ni lui ni moi n'y prêtons attention. Les battements de son cœur sont réguliers à mon oreille, les miens s'accélèrent dès qu'il me touche.

Nous ne bougeons presque pas, juste ses caresses sur mon dos, lentes et éthérées.

Ses lèvres effleurent mon front avant de chuchoter :

– Toi et moi, Lise…

Ange

Elle et moi.

Je l'attendais, je n'en avais pas conscience. Et c'est seulement lorsqu'elle est là, dans mes bras, que je réalise. Toutes ces années à me sentir incomplet. À cause d'elle.

Je ferme les yeux. Je respire.

Maintenant, elle est là. *Elle et moi.*

25

Lise

– Vous faites une boum et vous ne nous avez même pas prévenus ?

Je me retourne et Sofiane nous regarde en souriant. Ange se poste à côté de moi et m'attrape par la taille.

– Quand vous aurez fini de vous peloter, la bouffe est prête.

– On ne se…

– OK, on termine vite, alors, lui répond Ange.

Ça les fait rire. C'est bien des mecs. Briser mon moment romantique, comme ça. Saccager la bande originale de ma vie, sans aucun respect. Nous suivons Sofiane jusque sur la terrasse.

– Lasagnes ! nous annonce-t-il pendant que nous nous asseyons autour de la table.

– Alors, Lise, comment trouves-tu notre salle de bain ? me demande Anthony en me servant.

Oh, je vois. Il se venge de la raclée que je lui ai collée à la console en essayant de me mettre mal à l'aise.

– Elle est très bien agencée, je me contente de répondre en évitant de le regarder. Et toi, tu n'as pas trop pleuré sur ton misérable score ?

– Coup bas, Queen, coup bas…

– Laissez-la tranquille, intervient Audrey en mettant une tape sur le bras d'Anthony. Vous voulez la faire fuir et qu'elle ne revienne plus ?

Oui, alors, comment dire… Le silence tendu qui suit m'oblige à relever les yeux et Ange la fusille du regard. Vite, une repartie…

– Je ne peux pas partir, Ange a garé sa voiture derrière la mienne.

C'était nul, Sofiane éclate pourtant de rire et la tension retombe. On l'a échappé belle. Je pose la main sur la cuisse d'Ange et il entrelace ses doigts aux miens. Le repas peut se poursuivre sur une note plus légère.

– Tu bosses sur quoi, en ce moment ? me demande Anthony qui a l'air de bien vouloir enterrer la hache de guerre.

– Je termine un article où je fais s'affronter des chansons originales et des reprises. Et j'écris aussi sur mon père.

– Ton père ?

– Jeff Monroe, je ne suis pas sûre que tu le connaisses, il n'est pas très…

Je n'ai pas le temps de finir ma phrase, il s'est levé d'un bond et a disparu dans la maison.

– J'ai dit quelque chose qu'il ne fallait pas ? j'interroge Ange en me tournant vers lui.

Il hausse les épaules et continue de manger. Anthony revient avec un 33 tours… de mon père !

– C'est collector, ça ! Tu connais mon père ?

– Ton père ? Sérieusement ?

– Ben oui, si je te le dis.

– Ange, tu le savais ?

Il hausse encore les épaules.

– Tu le savais et tu ne m'avais rien dit alors que tu connais mes disques ! Ça ne t'est jamais venu à l'idée, quand tu les parcourais, de me dire « tiens au fait, je connais ce musicien » ?

– Je ne le connais pas vraiment.

– Arrête, tu connais bien mon père, Ange.

– Je ne le connais plus.

Pourquoi tous les sujets de conversation reviennent sur nous, mon départ, tout ça ? C'est une malédiction ou une façon de me rappeler que je suis en terrain miné ? C'est réussi, en tout cas.

– Lise, je peux te demander, tu sais, un autogr…

Je lève la main pour le faire taire et sors mon téléphone de ma poche.

– En ce moment, il est six heures du matin en Australie. Ce qui veut dire que si on attend encore deux heures, on peut l'appeler.

– Tu déconnes ?

– Non, il sera ravi, il adore rencontrer des connaisseurs, et en France, il n'y en a pas beaucoup. Je suis épatée que tu aies un vinyle d'époque.

– Pour de vrai ? Vraiment ? Sérieux ? Merci !

– Ne me remercie pas, il est bavard et tu risques d'y passer la nuit.

– Je t'adopte ! lance-t-il en riant et en m'attrapant par les épaules pour me faire un câlin.

Je sens Ange se redresser et je remets ma main sur sa cuisse, j'exerce à nouveau une petite pression. Il faut qu'il supporte que d'autres personnes me touchent, surtout quand c'est sans arrière-pensées.

– Du coup, tu ne m'en veux plus de t'avoir battu à la console ?

– Ne parlons pas de choses qui fâchent.

– Sofiane, tes lasagnes sont vraiment pas mal, mais alors le gras… lance Audrey.

– C'est bon, *parce que* c'est gras.

– Facile à dire pour toi, continue-t-elle. Tu manges, tu manges, tu manges et tu ne prends pas un gramme !

Ils se mettent à argumenter mais un petit boulet de canon débarque sur la terrasse et, aussitôt, Ange retire la main qu'il avait posée sur ma nuque.

– Papa ! Papa ! Papa ! Maman elle a dit oui que je pouvais venir dormir chez toi ce soir parce qu'avec son amoureux ils voulaient aller au cinéma !

Il se lève et prend sa fille dans ses bras avant de se tourner vers son ex qui arrive tranquillement en souriant. Genre, la nana elle est comme chez elle ici et ça m'agace un poil.

– Elle voulait vraiment te voir.

– Et tu as perdu mon numéro de téléphone, c'est pour ça que tu n'as pas pu me prévenir ?

– Elle voulait te faire la surprise.

– Liiiiiiiise ! Maman, regarde, c'est Lise !

Emma se débat pour descendre de ses bras et vient d'office s'asseoir sur mes genoux.

– Sofiane, tu sais qu'avec Lise on a trouvé une tortue, la tortue elle s'appelle T-Rex, et on est allées la voir l'autre jour mais elle est pas revenue. Alors Lise elle a dit qu'on retournerait mais que peut-être elle reviendrait pas mais que c'était pas grave parce que la tortue elle est à la nature et elle a la liberté. Alors on…

Le babillage de la petite fille couvre la discussion de ses parents et, vu leurs expressions, j'ai envie de dire que ce n'est pas plus mal.

– Hein, Lise ?

– Quoi ?

– Que tu vas pas repartir dans ton chez-toi maintenant ?

– Alors déjà, on dit « chez toi », le « dans ton » est en trop. Et oui, je te l'ai dit, je reste pour le moment.

– Hein qu'on a un secret que c'est que nous qu'on le sait !

– Tu as déjà mangé ?

– Non parce que maman elle a dit que ce soir c'est Sofiane qui fait à manger et Sofiane il fait tout le temps des choses bonnes et maman elle cuisine pas alors elle a dit que c'était pas la peine qu'elle s'embête que Sofiane il faisait toujours trop et que je pourrais manger avec papa.

– Tiens.

Je lui donne ma fourchette qu'elle attrape dans son petit poing fermé en me regardant avec des yeux admiratifs :

– Je peux manger avec la grande fourchette ?

– Ben… Tu ne vas pas t'énucléer avec, rassure-moi ?

– C'est quoi ?

– Mange, je te surveille.

Je me rappelle que nous ne sommes pas seules et remarque que tout le monde nous scrute.

– Quoi ? J'ai dit un gros mot ?

Des fois ça peut m'arriver sans m'en rendre compte, je suis conditionnée avec mon patron.

– Non, me confirme Emma, t'as pas dit de gros mot. Sauf si énuqué c'est un gros mot parce que je connais pas ce mot alors je sais pas.

– Ce n'est pas un gros mot, la rassure Ange en reprenant sa place.

Marie est partie, je ne m'en suis même pas aperçue. Bon débarras. Enfin, elle aurait pu dire au revoir à sa fille, mais je vais garder cette remarque pour moi.

– Papa, t'as vu ? Lise elle m'a donné sa fourchette !

– Oui, j'ai vu. Tu ne veux pas qu'on ajoute une chaise ?

– Non, je mange avec Lise. Et même que Lise, elle est d'accord, hein Lise, que tu es d'accord ?

– Seulement si tu ne bouges pas trop parce que tu as les os du c… coccyx pointus.

Ouf, j'ai failli dire « cul », belle pirouette, je suis fière de moi. Elle me regarde encore avec de grands yeux. Je lance un clin d'œil à Ange, fière de moi :

– Eh, t'as vu, papa, j'ai failli dire un gros mot ! J'ai fait attention, je ne l'ai pas dit.

Anthony et Sofiane ricanent et je surprends Audrey qui sourit. Par contre, son air « la petite maison dans la prairie » en me regardant avec Emma dans les bras… je sens que je vais mal le vivre.

Après manger, Ange conduit sa fille à la salle de bain et j'aide à débarrasser.

– Emma est vraiment fan de toi, on dirait, me confie Audrey quand nous sommes toutes les deux dans la cuisine pendant que les garçons finissent de nettoyer la table.

– Oui, on dirait. Je l'aime bien, aussi.

– Je pense qu'elle t'aime autant parce que tu es naturelle avec elle. Moi, les gamins, j'ai tendance à gâtouiller.

– C'est sûrement parce que, toi aussi, tu en veux un à toi. Ambre, l'aide à domicile, est en pleine période « je dois me reproduire », du coup elle fait comme toi, elle devient un chouille demeurée. Alors que franchement, je n'ai pas besoin d'un enfant dans ma vie, je me porte très bien sans. Et je ne me sens pas attendrie, enfin juste un peu, donc je suis moi.

– Si Ange et toi c'est sérieux, tu auras un enfant dans ta vie, que tu le veuilles ou non.

– Peut-être bien, oui, excepté qu'elle fait ses nuits et ne porte plus de couches, je l'ai bien jouée, hein ?

Elle rit et je cache mon malaise derrière une ou deux autres blagues vaseuses. Je n'y avais jamais vraiment pensé. Quand je songe à « demain », je vois Ange, et moi. Et j'avais zappé la naine. Alors qu'il est évident qu'elle fait partie du packaging. Ange est livré avec. Je n'ai pas envie d'avoir ce genre de responsabilités.

– Et toi, pas de copain ? je lui demande pour changer de sujet.

Subtile, Lise, subtile.

– Non.

– Ça n'entre pas dans son plan et puis sa liste est surréaliste, lance Sofiane en posant sa tasse de café dans l'évier et en repartant au salon.

– Quel plan ? Quelle liste ?

– J'ai une idée assez précise de mon avenir, déclare-t-elle avec tellement d'aplomb que je me demande si c'est moi ou elle qu'elle essaie de convaincre.

– C'est bien de savoir ce qu'on veut. Mais je ne vois pas le rapport avec le fait d'avoir un copain ou pas.

Elle pose son torchon et s'appuie contre l'évier avant de reprendre :

– Je veux un homme avec qui je partage tout. Ou presque. Il faut que nous ayons des points communs. Qu'il ait une situation professionnelle stable, aussi, c'est important pour pouvoir fonder une famille. Et il faut qu'il soit sérieux.

– Donc cette histoire de liste, c'est vrai ?

– Oui, tu veux la voir ?

Sofiane entre dans la cuisine et se marre en allant jeter les miettes de la table à la poubelle.

– Quoi ? lui demande Audrey, un peu tendue.

– La vie n'est pas un conte de fées, ce que tu cherches, ça n'existe pas, lui répond-il en lui tournant le dos.

– Bien sûr, si tes critères se fondent sur ton comportement, mes désirs doivent te sembler utopiques.

Il se retourne et croise les bras, on a l'impression que ce n'est pas la première fois qu'ils ont cette discussion. J'essaie de me faire toute petite.

– Mon comportement ?

– Oui, ton attitude de gamin qui traverse sa vie comme si c'était un des jeux vidéo que tu aimes tant. Grandis, un peu, Sofiane.

— Si tu étais réaliste, tu verrais que la perfection que tu recherches, elle est là. Devant toi.

Il hausse plusieurs fois les sourcils avec un air débile sur le visage. J'ai cru une minute qu'ils se prenaient vraiment la tête. Ouf, on dirait que c'est surtout leur mode de communication.

– Liiiiiise !

– Emma, répète après moi : Lise. Un seul « i ». Et ne crie pas, parle.

– Lise.

– Bien. Que veux-tu ?

Je m'accroupis à sa hauteur. Elle porte un pyjama Hello Kitty et ses boucles blondes sont lâchées et lui arrivent dans le bas du dos. Je tuerais pour avoir des cheveux aussi beaux. C'est une petite fille, je ne la tuerais pas, bien sûr…

– Papa il a dit que si tu dis oui, tu peux me raconter mon histoire et me chanter ma chanson.

– Papa est mignon, mais il n'essaierait pas, par hasard, de me refiler la corvée de l'endormissement ?

Elle me regarde, étonnée :

– Papa est pas mignon, t'as dit que tu le trouvais très beau.

Un toussotement me fait relever la tête. Ange est dans l'entrée de la cuisine et il sourit, visiblement satisfait de ce que sa fille vient de dire. Je lève les yeux au ciel :

– Ne t'emballe pas, je ne pouvais décemment pas réduire les illusions de cette petite fille à néant en lui avouant que je trouve son père tout juste potable, sans plus.

Il lève un sourcil et sourit de plus belle.

– Potable ?

– À peine…

– Lise !

– Oui, j'arrive.

Elle m'entraîne dans la pièce qui se situe juste à côté de la chambre d'Ange et j'essaie de suivre le mouvement. Je soupçonne cette petite d'être hyperactive.

26

Lise

Je retrouve tout le monde au salon et fais signe à Ange :

– Papa, ta fille veut un bisou.

– Arrête de m'appeler comme ça, c'est glauque.

Je souris, bien décidée à continuer à l'embêter avec ça. Même si je suis d'accord, c'est glauque. Arf, trop tard, il m'a pourri mon délire, là. C'est plus que glauque.

Il se lève et me frôle en passant à côté de moi avant de me mettre une tape sur le cul. Je sursaute et me frotte la fesse. Ça fait mal !

– Queen, c'est pas l'heure, là ? me demande Anthony.

– Ah, pardon, j'avais oublié qu'il y avait un autre enfant dont il faut s'occuper, ce soir.

Je le rejoins sur le canapé en souriant et prends mon téléphone. Mon père décroche à la deuxième sonnerie, il a toujours été un lève-tôt et en plus, en ce moment, ils sont en session d'enregistrement. Il dort donc peu, car son cerveau est sans arrêt en action.

– Lise, tout va bien ? Tu as eu mon dernier mail ?

– Oui, papa, je l'ai bien reçu. Je voulais te présenter quelqu'un, on passe en visio ? Tu es décent ?

– Bien sûr !

Je place le téléphone entre Anthony, qui est étrangement silencieux, et moi. Le visage de mon père apparaît sur l'écran. Sofiane et Audrey se rapprochent, curieux.

– Hello !

Il a un fort accent, dix-huit ans à vivre en France n'ont pas suffi à le gommer. J'adore son accent, ce sont ses racines. Et donc, les miennes, même si je ne suis allée qu'une fois en Australie et que pour moi, là-bas, c'est surtout Crocodile Dundee et « P. Sherman 42 Wallaby Way Sidney ».

– Regarde ce que mon pote Anthony avait dans sa collection !

Je lève le disque qui peut vraiment être qualifié de collector et mon père siffle d'admiration.

– Incroyable ! Je ne pense pas en avoir un exemplaire moi-même !

– Sans déconner ? lance Anthony qui a enfin retrouvé sa voix.

– Enchanté ! Jeff, lui répond mon père.

– Oh, je sais qui vous êtes !

– Papa, je peux te laisser avec Anthony ? Là c'est Sofiane et voici Audrey.

– Bonjour, tout le monde ! Et Ange, il est là ? Je voudrais bien lui dire bonjour, avant !

– Moi aussi, coucou ma chérie ! ajoute ma mère qui vient s'incruster sur l'écran.

Justement, voilà Ange, avec Emma dans les bras.

– Elle m'a demandé la permission de rester un peu avec nous, à cause du boucan que vous faites, se justifie-t-il en nous voyant tous les quatre autour de mon téléphone.

– Vous faites quoi ? demande Emma en nous montrant du doigt.

– Oh ! C'est sa fille ! Passe-lui le téléphone, Lise !

– C'est tes parents ? m'interroge Ange.

– Lise elle a des parents ? ajoute Emma.

La situation m'échappe, je le sens. Je me lève et tends le téléphone à Ange.

– Bonjour, Ange ! Tu dois être Emma ! Qu'elle est belle ! Elle te ressemble tellement !

Si ma mère n'arrête pas de monter dans les aigus, je vais devoir agir, et vite.

– Bonjour, maman de Lise. Même que Lise, elle a dit que j'avais les mêmes cheveux et les mêmes yeux que mon papa et que même que nos fossettes c'est des armes pétales.

Je retire ce que j'ai dit plus haut. Je vais vraiment finir par tuer cette gosse. Ange sourit et échange quelques mots avec mon père avant de me rendre le téléphone que je fais passer à Anthony, qui se lance dans une conversation musicale avec l'une de ses idoles.

– Nos fossettes, hein ? murmure Ange à mon oreille pendant qu'Emma et Audrey font un coloriage sur la petite table.

– Tais-toi.

– Une arme pétale ?

– Sérieusement, Ange, juste, tais-toi.

– Lise !

Cette gamine est pire qu'une moule accrochée à son rocher.

– Papa ! Tu sais que Lise, et ben elle a pas d'amoureux. Alors comme toi tu n'as pas d'amoureuse, moi j'ai dit à Lise que tu pouvais être son amoureux. Mais Lise elle a pas dit si elle était d'accord.

Elle nous regarde tous les deux.

– Alors ? Tu es d'accord ? me demande Ange en se tournant vers moi.

– Hein ?

– Dis oui ! Dis oui ! crie Emma en tapant dans ses mains.

Sofiane se marre, il se délecte de me voir dans une situation plus qu'embarrassante. Je me vengerai.

– Emma, ce sont des choses dont les grands doivent discuter entre eux et tu devrais déjà dormir, de toute façon.

– Tu ne veux pas être mon amoureuse ? lance Ange avec un air blessé, une main sur le cœur.

– T'es con, arrête !

– Gros mot ! hurle Emma, me faisant sursauter.

– Pardon, pardon. Oui, d'accord, je serai l'amoureuse de ton papa.

Je suis contente de voir que ça en fait rire au moins un. Je sens que mes oreilles sont rouges et heureusement, mes cheveux lâchés. Je hais les gosses.

– Elle dort… soupire Ange en se jetant sur le lit à côté de moi.

Tout le monde est couché sauf Sofiane. D'après ce que j'ai compris, il va passer la nuit à jouer à des jeux vidéo au salon. Ce qui est une information importante, que je n'aille pas faire pipi en culotte…

Je pose mon livre sur le chevet et me tourne vers Ange :

– Cette gamine est un fléau.

– Oui, et maintenant, tu es officiellement mon amoureuse.

Je le frappe sur le ventre, ça le fait rire et il m'attire dans ses bras. Je me retrouve allongée sur lui.

– Ce qui veut dire que je vais pouvoir t'embrasser devant elle, te tenir la main, et ne pas m'inquiéter, car elle sait que tu es mon amoureuse.

Ah oui. C'est sérieux. Non pas que ça m'effraie, juste… je suis étonnée qu'au bout de quelques semaines, il décide de m'intégrer autant dans sa vie. Dans *leur* vie.

– Elle a peur que tu repartes, m'annonce-t-il en glissant les mains sur ma nuque.

– Je sais, elle me le demande souvent.

– Elle doit tenir ça de son père.

– Je ne vais pas te laisser, Ange.

– Tu vas bien devoir repartir bosser.

– Je trouverai une solution. J'ai envie d'être avec toi.

– Et moi, c'est de toi, dont j'ai envie.

Il relève le bassin et je perçois très clairement la suite du programme de la soirée. Je pense qu'il est temps d'arrêter de parler de sa fille.

– Lise. Lise. Lise. Lise. Lise.

– Quoi ? je hurle en me redressant.

– Tu dors ?

Elle est sérieuse ? Elle a des envies de mort, si jeune ? Je pourrais essayer de l'atomiser avec mon haleine du matin, fraîcheur reblochon.

– Papa il a dit que…

– Attends, déjà, baisse d'un ton. Il est quelle heure ?

– Je sais pas lire l'heure.

J'attrape mon téléphone et il est… *six heures trente?*

– Emma, j'ai besoin de dormir.

– Oui mais papa il a dit que…

– Sérieusement, il est trop tôt. Pourquoi tu es debout?

– Je dormais plus.

– Et où il est, ton père? Il te laisse venir réveiller des braves gens comme ça?

– Papa il a dit que je pouvais te réveiller parce que tu avais assez ronflé toute la nuit.

Quoi? Je ne ronfle pas!

– Emma, mon petit, je ne ronfle pas.

– Il a dit que tu dirais ça.

– Pourquoi tu ne vas pas retrouver ton père pendant que je me rendors?

– Oui mais papa il a dit que tu serais d'accord pour dessiner avec moi.

– Pas au réveil, non.

Je vois sa lèvre inférieure qui commence à trembler. Ses yeux qui s'humidifient. Je tiendrai bon.

– Plus tard, d'accord?

– Je vais chercher Audrey. Audrey elle veut toujours jouer avec moi.

Oui, et si j'étais son père, je veillerai à ce qu'elle ne t'embarque pas, aussi… Ces jeunes femmes dont l'utérus les chatouille sont de véritables dangers publics.

– Fais donc ça.

– T'es plus ma copine.

– Je peux vivre avec cette idée.

Elle sort de la chambre en marmonnant et je retourne dans mon précieux sommeil. Pas pour longtemps, cependant.

– Tu viens de dire à ma fille que tu ne voulais plus être son amie? Tout ça pour dormir? Elle a cinq ans, Lise!

Personne n'a donc aucun respect pour le sommeil d'autrui, dans cette maison?

Je me redresse et envisage sérieusement d'utiliser mon arme de destruction massive buccale contre le père, maintenant.

– Il n'est même pas sept heures, c'est le week-end, tu as envoyé ta fille me réveiller pour que je fasse un coloriage avec elle et c'est elle qui a décidé de ne plus être mon amie.

– Elle pleure.

– Les enfants pleurent, parfois.

– Je n'aime pas voir ma fille pleurer.

– Eh bien habitue-toi, parce que ce ne sera pas la dernière fois.

– J'avais oublié que tu es une vraie garce au réveil.

– Moi, je suis une garce ?

– Tout à fait.

Il sort et ferme la porte. Ce qui vient de se passer est tellement surréaliste que je n'arrive pas à me rendormir. *Moi, une garce ?* Et la petite Emma qui mène tout son monde à la baguette, ça ne dérange personne, en revanche ?

Ma nuit définitivement abrégée, je me lève et me barricade dans la salle de bain pour une bonne douche, un pipi et un brossage de dents réglementaire. Mes cheveux ne ressemblent à rien, je décide de les laisser faire leur vie, c'est peine perdue, de toute façon. Je passe un jean et un t-shirt, reste pieds nus, et je me rends à la cuisine à la recherche d'un peu de thé.

– Bonjour, Cruella.

Je me retourne et Sofiane est assis à table avec une tasse de café et un sourire un peu trop ironique pour être agréable. S'il n'avait pas ce regard de folie, je le frapperais.

– Tu dis ça pour mes cheveux ?

– Je dis ça parce que tu as réussi à faire pleurer Emma. C'est une gosse que tout le monde adore et elle ne pleure pas souvent. Donc : bonjour, Cruella.

Je lui fais totalement face, les mains sur les hanches :

– Cette gamine décide de ne plus être mon amie, je lui dis que ça me convient, et c'est moi Cruella ? Elle est venue me réveiller à six heures trente pour que je fasse un dessin avec elle. Est-ce que je suis la seule adulte avec un minimum de bon sens, dans cette maison ?

– Je dis juste que, maintenant, tu vas devoir t'arranger avec le père.

Je ferme les yeux un instant. Je suis à jeun. J'ai besoin de prendre de l'énergie avant de commencer à vraiment être la garce qu'Ange m'accuse être. Je ne suis pas du matin, certes, mais une garce ? *Il avait oublié* ? Il ne m'avait jamais dit ça, avant. Visiblement, il le pensait.

– Sofiane, papa il a dit que… Lise ! Tu ronfles plus ! Tu viens jouer ?

Tiens, la revoilà en mode poisson rouge, elle ne se rappelle même pas qu'elle est censée me détester.

– Je vais prendre mon petit déjeuner et ensuite, je viendrai jouer.

– Je peux rester avec toi ?

– Si tu es sage, oui.

– Je suis sage.

Elle pose un index sur ses lèvres closes et je demande à Sofiane :

– Il y a du thé ? Je boirais vraiment une bassine de thé, là.

– Oui, Audrey boit de ce truc, Audrey ! crie-t-il ensuite.

– Quoi ? lui répond-elle depuis le salon.

– Tu as du thé pour Cruella ?

– Hein ?

– Laisse tomber, je lance à Sofiane en me retenant de rire.

– Allez, je vais me coucher, bonne nuit ! enchaîne-t-il en allant… se coucher.

Normal, quoi. Je ne relève même pas mon nouveau surnom. J'aime cette habitude que les gens me trouvent des petits noms et s'il éprouve l'envie de m'en choisir un, aussi peu flatteur soit-il, ça veut dire qu'il m'aime bien. Sinon il n'en plaisanterait pas. Il m'appellerait comme ça dans mon dos. Alors, oui, ça me fait plaisir de me sentir intégrée même si, pour ça, j'ai dû faire pleurer une petite fille de cinq ans. Hé… *No pain, no gain !*

Ça fait une heure que je suis levée et je n'ai pas revu Ange depuis qu'il m'a traitée de garce. OK, maintenant que je suis bien réveillée, je pense que j'ai mérité cette insulte. Non pas que j'aie l'intention de l'admettre à haute voix, il ne faut pas déconner, non plus.

– Regarde, c'est beau ?

– Oh… C'est un… un… une ?

– C'est un cœur ! C'est pour *mon amoureux*, chuchote-t-elle, qu'on doit pas le dire parce que c'est un secret.

– Ah, un cœur, oui, donc… et si je te faisais un modèle et tu le recopies ? Parce que là, je pense que ton cœur est un peu trop avant-gardiste et le monde n'est pas encore prêt pour cette forme d'art. J'ai peur que *ton amoureux*, je murmure à mon tour, ne soit pas assez ouvert d'esprit pour se rendre compte du message connoté dans cette œuvre.

– D'accord.

Je ne suis pas certaine qu'elle ait tout compris, elle n'est cependant pas contrariante. Je prends une feuille blanche et y trace un cœur. Elle m'observe avec attention et je suis assez fière de voir qu'elle parvient très bien à le reproduire.

Fière ?

Ce n'est pas ma fille, je n'ai pas à être fière ou pas fière. Il y avait un truc dans le thé bio et commerce équitable que m'a refilé Audrey avant de partir je ne sais où ?

– Regarde !

Elle me tend sa feuille et je lui fais signe que c'est parfait.

– Et toi, il est pour qui ton cœur ?

– C'était juste le modèle.

– T'as qu'à le faire pour mon papa, c'est ton amoureux.

– Oui, Lise, pourquoi tu ne le fais pas pour moi, ton cœur?

Je relève la tête et il nous regarde. Depuis combien de temps ? Aucune idée. Après tout, c'est un psychopathe de son propre aveu, il nous espionne peut-être depuis une heure. Il me sourit et je lui rends son sourire. J'ai toujours eu un faible pour les tueurs en série. J'ai envie de le rejoindre et de l'embrasser, mais je ne suis pas sûre de ce qui est autorisé ou pas devant Emma. Alors je le laisse prendre l'initiative.

Ange

Je n'ai jamais rien trouvé de plus naturel qu'elle. Ici. Chez moi. Avec ma fille.

Je les regarde, elles me sourient toutes les deux.

Emma se lève et se précipite sur moi, elle saute et je l'attrape avant de la hisser sur mes épaules.

Je m'approche d'elle, m'agenouille devant son fauteuil et place mon visage devant le sien.

– Tu vas faire un bisou à Lise ? Parce que c'est ton amoureuse, t'as le droit.

Comment j'ai pu oublier que ma fille était là, aux premières loges ?

– J'ai le droit d'en faire un à ton papa ? lui demande Lise.

– Ben oui, c'est ton amoureux.

Lise sourit encore plus et s'approche de moi, avant de dévier et de déposer un baiser sur ma joue. Puis de murmurer à mon oreille :

– Comme je suis une garce, c'est tout ce à quoi tu auras droit.

Elle se lève et part vers la chambre.

27

Ange

Elle est allongée sur le lit, à plat ventre, devant son ordinateur. Ses écouteurs dans les oreilles. Elle ne m'entend pas arriver.

Je ferme la porte, le verrou, et je m'approche lentement. Je m'accroupis à côté d'elle.

Elle perçoit ma présence et pousse un cri en sursautant et je me mets à rire. C'est le genre de jeux débiles que j'adorais.

Avant.

Maintenant.

Je commence à ne plus voir la différence.

Lise

– Tu es dingue ?

Mon cœur ne va jamais réussir à s'en remettre. Ce type s'est donné pour mission de réduire mon espérance de vie ? Foutu ninja commando !

– Sofiane va voir sa sœur et en profite pour emmener Emma faire du manège.

– Et ça nécessite que tu me foutes une trouille bleue pour me l'annoncer ?

– Audrey est sortie.

– Je sais.

– Anthony travaille.

– Oh.

– Oui, « oh ». Nous sommes seuls. Et tu n'as donc aucune raison d'être embarrassée.

Je suis touchée qu'il pense à ça, lui qui avait l'air tellement ennuyé par ma réaction, hier soir.

– Oui, sauf que je travaille, là.

Inutile de préciser que je réponds à des lettres de lectrices qui ont des soucis dans leur relation amoureuse. Nous n'en sommes pas encore au point où je peux lui dévoiler mes autres personnalités. Ce serait tirer et marquer contre ma propre équipe. Je sais que j'ai l'instinct de survie d'une petite cuillère, mais bon…

– Continue. Tu ne vas même pas te rendre compte de ma présence.

J'ai de sérieux doutes parce que, dès qu'il est près de moi, mon cerveau envoie tous mes neurones se coucher et je suis en mode *Love Is All.* Avec le délire psychédélique du clip et tout ce qui va avec, bien entendu. Ce type est un peu ma dose personnelle de LSD.

Je retire mes écouteurs et ferme mon ordinateur que je vais poser sur le bureau. Je suis toujours pieds nus, je ne perds donc pas de temps. Je retire mon jean en le fixant. Je ne pense pas me lasser un jour de le regarder. Et je sais que ce n'est pas uniquement lié à son physique.

C'est tout ce qu'il représente. C'est son regard qui suit mes mouvements et glisse sur moi avec bien plus que du désir.

Il m'aime toujours. Il ne le dit pas, je le vois. Je le connais. Et cette certitude, c'est le meilleur aphrodisiaque qui soit. Ça et son corps de rêve, bien entendu. Je sais que ma vision est biaisée, tout est subjectif, et c'est tant mieux. Pour moi, il est parfait.

– Tu ne dois pas travailler ?

Je ne lui réponds pas. Il s'assoit sur le bord du lit et me regarde laisser tomber mon pantalon au sol. Je fais passer mon t-shirt par-dessus ma tête et il se retrouve aussitôt par terre également.

– Est-ce que tu possèdes un seul soutien-gorge ?

– Pour quoi faire ?

– Simple curiosité.

Je suis en culotte et il conserve absolument toute sa maîtrise. Ce pourrait être vexant, sauf que je vois très bien l'effet que je lui fais, entre ses cuisses. Je m'appuie négligemment sur son bureau, les mains de chaque côté de mes hanches, sur le rebord. Je croise les jambes et lui souris.

Il attend.

Je remonte lentement une main le long de mon ventre, entre mes seins, mon cou… et prends soin de lécher mon index et mon majeur, sans le quitter des yeux. Il défait le premier bouton de son jean. La réaction est immédiate et je sais déjà que j'aurais pu me passer d'humidifier mes doigts. Ma main repart en sens inverse et il ouvre un autre bouton. Il se redresse et enlève son t-shirt. Quand il me regarde à nouveau, je suis déjà en train de me caresser. Il se lève et je crois qu'il va me rejoindre. Au lieu de ça, il se contente de se déshabiller totalement. Je me pénètre de deux doigts et mon pouce joue plus haut. De l'autre main, je touche la pointe d'un sein et ses yeux se braquent sur ma poitrine.

Il se caresse entre les cuisses d'une main et l'autre enserre son érection. Sérieusement, pourquoi je suis là en train de me toucher alors que je pourrais le toucher, lui ? Je refuse pourtant de mettre fin à ce jeu, je l'ai lancé, et je suis trop excitée.

Ange

Ce qu'elle fait me plaît. Ce qu'elle *me* fait me plaît.

Vraiment.

La vision qu'elle m'offre est parfaite.

Ses lèvres sont entrouvertes. Sa poitrine se soulève au rythme de sa respiration saccadée. Ses yeux brillent de désir.

Et d'autre chose.

Pour moi.

Lise

– Lise…

– Hum ?

– Viens.

Je souris. Je ne le rejoins cependant pas. Il craque le premier et se lève lentement, sans cesser de se caresser. Je crois que je vais…

Oui, trop tard, l'orgasme me tombe dessus et il me regarde prendre mon pied en avançant vers moi, décuplant les sensations. Ses yeux ne quittent pas les miens une seconde alors que je gémis sous mes doigts. C'est rapide, intense et percutant. Lorsqu'il est juste devant moi, il attrape mon visage dans ses mains et m'embrasse. Je m'accroche à ses bras pendant que sa langue pénètre ma bouche. Nos dents s'entrechoquent, c'est presque violent, c'est comme ça que je l'aime. Quand il se laisse submerger par ses sensations et qu'il se donne tout entier à moi. Sans retenue. Sans regret.

Il me soulève et nous conduit sur le lit. Il retire ma culotte sans jamais cesser de m'embrasser. Et il est en moi. Doucement. Lentement. Tout en délicatesse.

J'ouvre les yeux. Les siens me scrutent. Il se retire sur le même rythme et je retiens mon souffle juste avant qu'il ne revienne, sans hâte. Mes mains se faufilent dans ses cheveux, je le veux près de moi. Ses lèvres ne quittent pas les miennes un seul instant.

Ange

Je lui fais l'amour.

Pour avant.

Pour maintenant.

Pour nous.

Lise

Je m'oublie. C'est lui. Juste lui.

Il recule un peu son visage du mien. Ses lèvres me manquent déjà et j'apprécie chaque seconde à le regarder. Il bouge sans hâte en moi. Chaque fois qu'il me comble, j'aspire un peu d'air, et chaque fois, ses yeux dévient sur ma bouche avant de revenir aux miens. Je perçois précisément l'instant où il s'abandonne en moi. Sa mâchoire se crispe, ses paupières retombent et il gémit, imperceptiblement, avant de s'allonger sur moi.

Il se retire et glisse sur le côté. Je me mets face à lui. Et nous nous regardons en silence. Il remonte le drap sur nos corps qui se touchent presque… *presque*.

Nos respirations se calquent l'une sur l'autre. Il ne sourit pas, moi non plus.

Il ouvre la bouche pour parler…

– Papa ! Papa ! Papa ! J'ai eu le pompon ! Papa ! J'ai eu le pompon !

Je souris. Il ferme les yeux. J'en profite pour me rapprocher et l'embrasser. Il pose les mains sur ma taille et me maintient contre lui quelques secondes avant de se lever et d'attraper un mouchoir. Je le regarde se rhabiller pour retrouver sa fille. Mon sourire refuse de se faner. Je ne sais pas du tout où nous allons, mais tant que nous y allons ensemble, le reste m'est égal. Et ça, ça suffit à me rendre heureuse. Alors je sais que j'ai probablement mon air de demeurée… Or, rien ne pourrait avoir moins d'importance que ça… Je le regarde se diriger vers la porte et quand il sort, je me laisse aller sur le dos, un bras en travers des yeux. Et je souris plus encore. Mon ventre gargouille et ce n'est pas de la faim. Si, peut-être… de lui…

Soudain, ses lèvres s'écrasent sur les miennes et il m'embrasse précipitamment avant de repartir. Je ne pense pas que je puisse avoir l'air plus tarte que maintenant.

Ange

Elle me perturbe. J'allais lui avouer ce que je ressens et je sais qu'elle le sait.

L'interruption d'Emma l'a fait sourire.

Elle aurait pu s'agacer. Elle m'a souri.

Elle est tellement parfaite dans ma vie que je ne me souviens même plus comment je pouvais vivre.

Sans elle.

Lise

– Queen !

Je sors de la salle de bain où je me suis rafraîchie après cet intéressant interlude. Sofiane m'attend au salon.

– Où sont Ange et Emma ? je lui demande en découvrant que nous sommes seuls.

– Sur la terrasse. Ça te dit ?

Il me tend une manette de console vintage.

– Quel jeu ?

– Yes ! Personne ne veut jamais jouer avec moi !

On dirait un gamin, j'ai du mal à l'imaginer en train de donner des soins à des patients.

– *Street Fighter* ? Je te préviens, je n'ai aucune technique, j'appuie sur tous les boutons à la fois.

– Tant mieux, j'ai une chance de gagner, comme ça.

Je m'installe sur le canapé à côté de lui et il démarre le jeu. Je choisis mon personnage et lui le sien. Personne ne sera étonné de voir que j'ai opté pour Chun Li. Un peu de girl powa ne fait pas de mal.

Nous jouons quelques parties et je dois reconnaître que ma méthode porte ses fruits, au grand désarroi de Sofiane qui peste à côté de moi. Je m'apprête à effectuer une prise dont je n'ai aucune idée de comment je l'accomplis, quand le petit bolide blond se plante devant moi. Pile devant moi. Je ne vois plus rien et Sofiane en profite pour me mettre KO. Je me lève d'un bond, la bouche ouverte, un index accusateur sur la mioche. Et puis je me souviens qu'elle n'a que cinq ans. En plus, elle me sourit de toutes ses petites dents de lait. Je compte mentalement jusqu'à dix et parviens à mon tour à sourire.

– Emma, ma grande, ça ne se fait pas de se mettre devant l'écran quand quelqu'un joue à la console.

– Oui mais papa il a dit que tu devais venir le voir.

– Pourquoi il n'est pas venu me chercher lui-même ?

– Papa il a dit « va chercher Lise, je me sens mal, et reste avec Sofiane ».

28

Lise

Je pose la manette et sors en courant dans le jardin. Où je trouve Ange tranquillement allongé sur une chaise longue, des lunettes de soleil sur le nez, les mains derrière la tête.

– Tu vas bien ? je lui demande, encore un peu inquiète.

– Oui, ça va, merci.

Je ferme les yeux et compte jusqu'à dix, à nouveau. Ça ferait désordre si je le frappais, là ? Avec le balai qui est posé contre le mur, par exemple. Après tout, Sofiane aussi est infirmier, il pourra le soigner.

– Queen…

– Attends une minute, j'essaie d'éviter de te faire du mal. Violemment.

Je m'approche de lui et mets un coup de poing sur son bras. Il n'a même pas l'air de s'en apercevoir. Il m'attrape par la taille et m'allonge sur lui. Je n'essaie pas de me dégager, je sais que ce serait de l'énergie perdue.

– Tes lèvres, s'il te plaît.

En même temps, comment rester contrariée dans ces conditions ? Je l'embrasse et il bouge son bassin sous moi.

– Ta fille se trouve à quelques mètres et elle peut débarquer n'importe quand. Je te conseille de calmer tes ardeurs.

Il se contente de me sourire et de s'appuyer un peu plus contre moi.

– C'est moi qui dois cuisiner pour le déjeuner, tu m'aides ?

Je ricane.

– Quoi ?

– Je ne cuisine pas, Ange.

– Du tout ?

– Si mettre un plat surgelé au four ou au micro-ondes est considéré comme de la cuisine, alors je cuisine un peu.

– L'autre soir, tu étais pourtant partie pour faire un poulet coco, c'est de la cuisine, ça.

– C'était l'idée de Loïc. Et j'avais un demi-saladier de cocktail en mode Aquasplash dans les veines, ça ne compte pas.

– Viens, faisons de toi une femme bonne à marier ! déclare-t-il en se levant.

Je le suis sans rien dire. Parce que je ne veux pas entendre dans cette plaisanterie plus que ce qu'elle n'est. Une plaisanterie.

Ange

Toutes les excuses sont bonnes pour la garder près de moi.

Sauf que quand elle est là, je ne réfléchis pas. Et je dis des choses… qui vont lui faire peur.

« Bonne à marier » ?

J'essaie de me convaincre que c'est à cause de l'irrigation sanguine. Quand elle est près de moi, le sang se barre de mon cerveau et descend entre mes jambes. Chaque fois.

Mais je sais que c'est plus que ça.

Lise

Cuisiner avec moi, c'est prendre de sérieux risques. Il a cependant l'air d'y tenir et je l'ai prévenu.

– Emma, viens avec nous, on va préparer le repas ! lance-t-il à sa fille en passant.

Il revient sur ses pas, m'entraînant dans la foulée puisqu'il me tient toujours.

– Sof, tu te fous de ma gueule ? Tu joues à *Street Fighter* devant elle ?

– Gros mot ! dit Emma.

Je semble être la seule à l'entendre.

– Y'a pas vraiment de détails, hein...

– Putain...

– Gros mot! hurle Emma en nous faisant tous sursauter.

Si jamais elle hésite pour une carrière future, je propose « alarme humaine ». Sincèrement, entre elle et son père, je pense que je vais devoir faire un examen du cœur dans peu de temps pour vérifier s'il n'a pas trop souffert de leurs interventions.

– On fait quoi à manger? demande-t-elle à Ange.

Elle file dans les jambes de son père sans avoir l'air perturbée par les images du jeu vidéo.

– Une salade.

– J'aime pas la salade, moi.

– Elle a raison, je la soutiens, nous ne sommes pas des lapins.

– On n'est pas des tortues non plus, ajoute-t-elle. Et les tortues mangent de la salade.

– Tout à fait, je confirme en lui souriant.

Ange nous regarde tour à tour, je crois qu'il essaie de conserver sa patience.

– On peut mettre plein de bonnes choses dans une salade, tente-t-il de plaider.

– Sinon, Emma et moi, on va s'acheter des frites et des hamburgers! je propose en sautillant.

Mince, la gosse déteint sur moi. Ou alors, j'ai toujours été comme ça?

– Oui! Oui! Des frites! Et un jouet! Et un ballon!

– Lise...

Son ton est un peu menaçant. Psychopathe en vue, prudence requise.

– C'est moi qui nous invite, je précise en haussant les épaules. C'est le week-end, on ne veut pas manger de l'herbe, hein, Emma?

– Je vote pour, je viens avec vous, s'incruste Sofiane.

– Merci, mec, tu m'aides vachement, là.

– Ange, tous les week-ends tu nous fais de la salade.

– Audrey apprécie mes salades.

– Audrey n'y connaît rien. Tu lui donnerais un bout de carton, elle te remercierait, car il ne serait ni trop gras, ni trop sucré, ni trop salé.

Je ris un peu parce que je commence à comprendre comment elle fait pour être aussi bien foutue. En fait, elle ne mange pas. Comment n'y avais-je pas pensé avant ?

– Bien, d'accord, allez vous prendre votre malbouffe, je prépare quand même une salade pour Audrey et moi.

Il est vexé, on dirait.

– Team malbouffe ! crie Sofiane en levant sa main pour qu'Emma tape dedans.

– Team malbouffe ! répète-t-elle en riant et en cognant sa petite paume dans celle dix fois plus grande de Sofiane.

Je souris à Ange qui me dévisage. Je suis sûre qu'il me tient pour responsable, mais enfin bon, de la salade… C'est le week-end, il faut se lâcher un peu.

– J'ai le ventre qui va exploser, nous annonce Sofiane, allongé sur sa chaise.

– Ça vous choque si j'ouvre le bouton de mon jean ? je demande en l'imitant.

– Moi aussi ! Moi aussi !

Emma prend la même pose que nous pendant que son père débarrasse la table.

– Thé… je gémis en tendant la main vers lui.

– Tu t'es crue au resto ?

– Ne sois pas cruel, je ne peux plus bouger.

– Si tu avais mangé de ma délicieuse salade aux cœurs de palmier, tu pourrais aller te préparer ton thé. Mais comme tu t'es goinfrée de *junk food* et que tu n'es plus capable de bouger, tu devras faire sans.

– Tu n'as aucune pitié ! je lui crie alors qu'il entre dans la maison.

– Je vais m'en préparer, je t'en fais un, ne bouge pas.

– Merci Audrey, j'apprécie la solidarité féminine.

– Je peux avoir un café ? lui demande Sofiane.

– Moi aussi ! Moi aussi !

– Emma, n'avons-nous pas déjà eu cette conversation ?

– Ah oui. Alors, toi, Lise, tu veux des dents tachées et moches ?

– Je n'en bois pas assez pour ça.

– Tu crois que tu es capable de te traîner jusqu'aux chaises longues ? me demande Sofiane.

– Je pense que je peux le faire. Emma ?

– Moi aussi ! Moi aussi !

J'ai l'impression d'avoir mon mini-moi accroché à mon ombre en permanence. J'ai la chanson de Will Smith version Austin Power, *Just The Two of Us*, qui me vient en tête et je ris en imaginant Emma en modèle miniature de moi. Nous nous jetons sur les chaises longues. Nous en faisons probablement un peu trop… C'est le moment de la digestion, une sieste est la bienvenue.

– Sof, bouge.

J'ouvre un œil et Ange saisit la place de son pote qui va s'installer plus loin en râlant. Ange prend ma main et Emma vient se blottir sur lui.

– Cro-Magnon, je marmonne, et je l'entends rire doucement.

– Lise, tu joues aux PetShop avec moi ?

– Dans un petit moment, d'accord ? Là je pense que je vais dormir un peu.

– Moi aussi ! Moi aussi !

Mon petit clone lâche son père et monte sur ma chaise longue. Elle s'allonge à côté de moi et son mini-bras vient se poser en travers de mon ventre. Elle est si mignonne que je n'ai pas le courage de lui dire que je risque de vomir si elle s'appuie trop fort sur mon estomac en pleine digestion. Ange resserre ma main, je le regarde. Ses yeux sont cachés derrière ses lunettes de soleil, or je sais qu'il me regarde aussi. Il *nous* regarde, sa fille et moi. Ce n'est donc vraiment pas le moment de vomir.

– Lise. Lise. Lise. Lise. Lise. Lise.

– Emma, tu dois arrêter de me réveiller de cette façon.

– Je veux écouter Bébé Lilly.

– Ben, va écouter Bébé Lilly, tu n'as pas besoin de moi pour ça.

– Si, parce que papa et Sofiane ils sont en train de soigner la voiture de Sofiane et Audrey elle fait du ménage et moi je suis toute seule.

Je me redresse et regarde ce petit machin me faire son air de chiot abandonné. *Damned!* À tous les coups ! En plus, je suis malgré moi chamallow en constatant qu'Ange aime toujours autant fourrer les mains dans le cambouis. Ça me rassure, comme un repère…

– Et où tu veux écouter Bébé Lilly ?

– Sur ton ordinateur.

– Allez, viens…

Je me lève et elle me suit effectivement comme un petit chien heureux qu'on lui accorde de l'attention. Qui a dit qu'élever des enfants était compliqué ? Je trouve que je m'en sors vraiment pas mal.

Nous récupérons mon ordinateur dans la chambre et revenons nous installer sur la terrasse, sous le parasol. Il fait trop beau pour s'enfermer à l'intérieur. Ou faire du ménage. Ou de la mécanique.

Je vais sur YouTube et cherche ce fameux Bébé chanteur. Et là, c'est le drame. Je reste bloquée quelques secondes face à l'horreur qui se joue devant mes yeux. Puis je reprends mes esprits et coupe tout avant de me tourner vers Emma qui faisait des petits bonds sur place.

– Stop. Tu n'as pas le droit. Ceci n'est *pas* de la musique.

– Si, Bébé Lilly chante, c'est de la musique.

– C'est un hologramme, moche, avec une voix insupportable.

– Mais moi je l'aime !

– Non, tu *crois* que tu l'aimes parce que personne n'a pris le temps de te montrer ce qu'est la véritable musique.

– C'est quoi ?

Je réfléchis un instant. J'ouvre ma bibliothèque musicale et commence à parcourir les artistes et les albums qui y figurent. Ah voilà, parfait. Je lance *Count on me* et les yeux d'Emma brillent quand elle me dit :

– C'est Sammy !

Hé hé, je suis fourbe. Je connais ce dessin animé de Pixar et c'est un coup bas… C'est ma façon de l'éloigner de ce truc hideux qu'elle m'a fait écouter et qui m'a provoqué un syndrome post traumatique irréversible des tympans.

– C'est Bruno Mars, répète après moi.

– Bruno Mars.

– Bien, après je te mets une autre chanson de lui. Et je veux te voir bouger ton boule.

– C'est quoi mon boule ?

– Je veux dire tes fesses. Ne répète pas à ton papa que j'ai dit « boule » pour parler des fesses, ni à ta maman. En fait, ne le répète à personne. C'est notre deuxième petit secret.

Elle hoche vigoureusement la tête. Je passe à *Treasure* et je me lève avec elle pour danser. Je vois Audrey par la baie vitrée avec un chiffon à la main. Qui fait la poussière un samedi après-midi avec ce temps ? Je lui fais signe de nous rejoindre. Je suis sûre qu'elle vient uniquement pour passer du temps avec Emma et combler son instinct maternel exacerbé, mais elle vient, c'est tout ce qui compte. Nous dansons toutes les trois. Et en plus, ça m'aide à éliminer ce que j'ai mangé, je dépense des calories. J'ai vraiment de bonnes idées.

Emma tape dans ses mains et n'a absolument aucun rythme. Enfin, je ne peux pas résoudre toutes ses tares musicales en une fois. Déjà, je m'occupe de lui faire un lavage de cerveau par rapport au bébé flippant.

Mon lecteur est en *random* et j'ai absolument de tout dans ma bibliothèque. C'est pour ça que *Holiday* de Madonna prend le relai. Je ne suis pas une grande fan de cette période, mais Emma a l'air d'apprécier alors bon, on continue l'élimination du hamburger. Je connais bien sûr les paroles par cœur, j'ai eu mes années Madonna, comme toute fille qui se respecte. Et je constate que c'est pareil pour Audrey. C'est bien de la voir être normale, comme ça. Elle qui a toujours l'air de réfléchir à chacun de ses gestes, elle se laisse aller et ça la rend plus humaine.

Un mouvement me fait tourner la tête. Sofiane et Ange nous observent depuis l'autre bout de la terrasse. Emma les remarque aussi.

– Papa, regarde, on écoute de la vraie musique !

Oui, bon, ce n'est pas encore tout à fait ça, mais c'est déjà plus de la vraie musique que bébé-psycho, ça ira.

– Papa, regarde, je bouge mon boule !

Sale mioche ! Sofiane éclate de rire et Ange s'approche de nous. J'arrête de danser quand il se plante devant moi :

– Son boule ? Je me demande bien où elle a entendu ça.

– Aucune idée, je réponds en prenant mon air de chiot abandonné.

Visiblement, je ne dois pas avoir saisi le truc : il ne fléchit pas.

– Oh flûte, c'était notre secret, pardon, Lise, me lance Emma qui a remarqué que je suis sur le point de me faire engueuler.

– Ce n'est pas *vraiment* un gros mot, je plaide pour ma défense.

Il ne dit rien.

– Ce n'est pas très joli, j'en conviens, ce n'est pas non plus comme si j'avais dit le mot qui commence par un c.

Il croise les bras.

– Elle ne le dira plus, hein Emma ?

Elle ne m'écoute plus, elle danse maintenant sur *Lollipop* avec Sofiane et Audrey.

– Je ne le dirai plus.

Il est fort, mince. Je n'aime pas me faire engueuler en silence. Ma mère usait toujours de cette technique de prisonniers de guerre et je craquais systématiquement.

Il agite son index pour que je m'approche de lui. Je me méfie, je ne veux pas me prendre une fessée, en plus. Il m'attrape par la taille et me sourit enfin en se mettant à danser avec moi.

– Elle t'a fait écouter Bébé Lilly, c'est ça ?

– C'était horrible, je suis traumatisée.

– Hum… Je me demande ce qu'on va pouvoir faire pour effacer ce souvenir…

– J'ai une idée, mais je ne dirais rien. Je n'ai pas envie de me faire encore gronder pour avoir dit des choses inappropriées devant une petite fille.

Il laisse ses mains flirter avec mes fesses et hausse les sourcils plusieurs fois. Je lui réponds sur le même mode. Et Emma s'accroche à ma jambe :

– Moi aussi je veux danser avec Lise !

Ange

Je les regarde danser.

Sourire.

Rire.

29

Lise

– J'aime t'avoir ici.

Nous profitons que Sofiane et Audrey jouent avec Emma pour passer un moment tous les deux. Ange est sur une des chaises longues et je suis assise devant lui, entre ses jambes, mon dos contre son torse. Il m'embrasse dans le cou, me mordille l'oreille, me dit qu'il aime que je sois là. Je suis complètement alanguie dans ses bras, je savoure cet instant.

– J'aime assez être là, aussi, je lui réponds en m'installant un peu plus près encore.

– Je pourrais m'habituer.

– Même si je suis une garce au réveil ?

– Je suis sûr de pouvoir trouver un moyen de te mettre de bonne humeur au réveil.

– Hum… Je suis persuadée que ça vaut le coup d'essayer.

Il m'embrasse encore.

– Est-ce que j'ai beaucoup changé ? je lui demande en caressant ses bras.

– Non. Un peu. J'aime celle que tu es devenue.

C'est aussi simple que ça. Je souris, satisfaite.

– Quand tu es revenue, que t'a dit mon frère ? me demande-t-il d'un coup.

Je n'ai pas spécialement envie de repenser à cette époque. Il est vrai que nous n'en avons jamais discuté. C'est peut-être le moment de crever l'abcès une bonne fois pour toutes. Alors je me retourne complètement, passe mes jambes par-dessus les siennes et je me retrouve assise sur lui. Je prends ses mains dans les miennes.

– Il m'a dit que tu avais sombré depuis que j'étais partie.

– Et tu es quand même repartie ?

– Non, j'ai essayé de te voir. Ils n'ont pas voulu.

– Ils ?

– Tes parents, ton frère… Je les comprends, tu sais.

– Pas moi. Ils n'avaient pas le droit de prendre cette décision à ma place.

Je vois bien qu'il se contrôle et qu'il digère mal la nouvelle de mon retour initial. Bien sûr que je leur en veux, mais je refuse d'être la cause d'une dispute entre eux. Je tente de minimiser leur initiative :

– C'était à cause de moi si tu étais…

– En dépression.

Je n'avais pas mis de mot sur ce qu'il avait vécu et je n'aurais jamais cru que ça avait été aussi difficile. Je ne dis rien. Je ne sais pas quoi dire. Je ne connais pas la dépression, ni de près ni de loin. J'ai bien déprimé après notre séparation, rien qui ne soit pourtant aussi intense. Est-ce que ça signifie que je l'aimais moins qu'il ne m'aimait ? Ou simplement que nous ne gérons pas nos émotions de la même façon ?

– J'aurais préféré savoir que tu étais revenue. Que tu n'en avais pas rien à foutre.

– Ange, je n'en ai jamais rien eu à foutre de toi. Je suis partie parce que j'étais persuadée que je devais faire passer mon avenir professionnel avant nous. Nous étions encore très jeunes et je n'étais pas sûre de ce que je voulais. J'ai choisi la voie de la raison. Je sais que j'ai eu tort.

– Tu es revenue, insiste-t-il.

J'ai l'impression qu'il a besoin de se persuader que c'est ce retour qui a le plus de valeur, et pas mon départ.

– Dès le premier jour, j'ai réalisé que je n'aurais pas dû te laisser. J'ai d'abord eu honte. Et puis j'ai été prise dans l'administratif avec la rentrée qui arrivait. Mon installation… Bref… J'ai mis un mois à revenir. C'était trop tard.

– Non.

– Si, c'était trop frais, aussi. Tu m'en voulais sûrement.

– Je t'en voulais. Beaucoup. Tu as été tellement égoïste.

– Je l'ai été.

Parfois, j'aimerais bien lui dire que ce qui est fait est fait, passons à la suite. Ce serait cependant nier ce qu'il a traversé et je lui dois de lui accorder ça.

– C'est bien que tu sois revenue pour Annabelle. Mais si elle n'avait pas fait cette chute, serais-tu revenue ?

– Pour toi ?

– Oui, pour moi.

– Non.

Je le laisse encaisser ma réponse, je préfère jouer la carte de l'honnêteté.

– Comprends-moi, presque dix ans sont passés, je ne me sentais plus le droit de débarquer dans ta vie. Je pensais que tu m'en voulais toujours.

– C'était le cas.

– Tu vois, j'ai été bien inspirée.

Je me rapproche de lui, mes jambes de part et d'autre du dossier de la chaise longue, mon visage à quelques centimètres du sien :

– Ce qui compte, c'est maintenant, non ?

Il hoche la tête. Je pose doucement mes lèvres sur les siennes, sans le quitter des yeux. Je souris, lui aussi, je pense qu'il a besoin d'un moment pour digérer cette discussion. Tout comme moi. Ça a quelque chose de bouleversant et à la fois apaisant, de parler du passé. De notre passé.

– Je vais aller un peu travailler dans la chambre, d'accord ?

Il pose les mains sur ma taille et m'embrasse encore.

Ange

Elle entre dans la maison.

Chaque fois que je la vois s'éloigner de moi, ça me fait un peu moins mal.

Je repense à ce que mon frère m'a dit, sur le moment. Que je n'avais pas le droit de me laisser aller pour une fille.

Une fille.

Personne ne comprenait que ce n'était pas n'importe quelle fille. C'était Lise. C'était avec elle que je prévoyais de passer ma vie. Fonder une famille. Vieillir. Et elle m'a tout pris.

D'un coup.

Du jour au lendemain, il ne me restait plus rien. Bien sûr que j'avais le droit de porter le deuil de notre relation.

J'attendais qu'elle revienne. Je guettais son appel. Je ne mangeais plus. Je ne dormais plus. Je restais allongé des heures à fixer le plafond et à l'attendre.

Des heures.

Des jours.

Des mois.

Et puis un matin, ça a été un peu moins difficile. Je crois que le jour où j'ai arrêté les antidépresseurs a été le déclic. Le tournant. Je n'avais plus besoin d'eux. Je n'avais plus besoin d'elle. J'ai du moins réussi à m'en convaincre. Et Emma est arrivée. Peut-être bien que j'ai transféré mon amour sur elle, j'avais besoin de donner à ma fille ce dont Lise n'avait pas voulu.

Pendant tout ce temps, ils savaient. Je leur en veux, à Jé, à mes parents. Plus que je n'accepte de l'admettre. Je sais qu'ils ont voulu me protéger, mais je me sens dépossédé de ma vie. Je suis passé à côté d'elle, à cause d'eux. Je voudrais réussir à leur pardonner leurs décisions.

Ils m'ont privé d'elle.

Maintenant je vais bien, malgré le doute.

Elle est là, mais pour combien de temps ?

Lise

– Soirée ciné ! nous annonce Sofiane alors que je dessine encore avec Emma.

Ce type marche à quelque chose, c'est obligé. Parce qu'il est tout le temps de bonne humeur, motivé… parfois c'est usant.

– On va au cinéma ? demande Emma, pleine d'espoir, délaissant cet espèce de pâté qui est censé représenter…

Heu, non, je ne sais pas du tout ce que ça représente. Pourtant, Audrey s'extasie sur chacun de ses dessins, sauf que moi, je reconnais que l'art abstrait, ça m'échappe.

– Mieux, lui répond Sofiane sur le ton de la confidence, on amène le cinéma à la maison.

– Comment on fait ?

– On choisit un film, on éteint les lumières, on mange du pop-corn, et en plus, on peut mettre pause pour aller faire pipi.

Ce dernier argument semble la convaincre.

– Y a quoi au cinéma, ce soir ?

Oui, que peut-on regarder avec une gamine de cinq ans sans avoir envie de se crever les yeux avec des balles de ping-pong au bout de quelques minutes de chansons et de clichés à vomir ? Je suis curieuse de voir ce que Sofiane va proposer.

– Je choisis… Chihiro !

– C'est quoi ?

– Tu vas voir, tu vas l'adorer.

– Queen ! Viens voir ! hurle Ange.

Je me lève et Emma tire le bas de mon t-shirt :

– Pourquoi des fois tu t'appelles Queen ?

– Ça, c'est parce que j'ai toute une collection de t-shirts de Queen.

– C'est quoi, Queen ?

– Un groupe de musique, le meilleur de tous les temps.

– Ils sont où tes t-shirts ?

– Je t'en montre un après, d'accord ? D'abord je vais voir ce que ton papa veut puisque, manifestement, utiliser ses jambes est au-delà de ses capacités.

Je retrouve Ange dans la chambre. Dans cette maison, les gens ne se déplacent pas quand ils veulent se parler. Ils hurlent d'une pièce à l'autre. C'est une façon de communiquer comme une autre.

Il est vautré sur son lit, torse nu, et me sourit.

– Qu'est-ce qui se passe ?

– Rien, je voulais te voir.

– Oh, et tu ne pouvais pas te lever, parce que…

– Parce que j'avais la flemme.

– Je vois, c'était une toute petite envie de me voir, alors.

– C'est ça.

– Tu m'as vue ? Je peux repartir.

Le regard qu'il me lance est sans équivoque. Il agite l'index pour que je le rejoigne. Je m'accroupis à côté du lit.

– Merci de passer du temps avec ma fille.

– Tu n'as pas besoin de me remercier pour ça. Si je n'en avais pas envie, je ne le ferais pas.

– Je sais, je me souviens de ce matin.

– Tu avais raison. Je suis une véritable garce au réveil. N'envoie pas ta fille en mission suicide, la prochaine fois.

– La prochaine fois ?

Mince, il n'avait pas prévu de me ré-inviter ? Il rit en voyant mon air embarrassé et m'embrasse.

Ange

C'est rassurant de constater que je ne suis pas le seul à hésiter.

À m'interroger.

À avoir peur.

À douter.

Lise

– Ça te fait rire ?

– Oui. C'est sûrement parce que j'aime l'idée que tu t'imagines traîner dans le coin.

– Tu ne pensais quand même pas te débarrasser de moi aussi facilement ?

– D'autres seraient parties après avoir entendu Bébé Lilly.

– Je ne suis pas les autres.

– Non.

– Maintenant, je dois montrer à ta fille mon t-shirt de Queen.

J'en sors un de mon sac et retrouve Emma au salon.

– Tiens, la glumaude, regarde, et souviens-toi bien de ce groupe, nous ferons une session découverte, demain.

– C'est le dessin que papa il a sur son dos ! s'écrie-t-elle en découvrant le logo. Alors papa aussi, il aime Queen ?

Hum… Le délicieux double sens de cette phrase a priori innocente…

– Oui, papa aime Queen. Papa adore Queen, même, lance l'intéressé en arrivant.

Je me retourne et observe Ange nous rejoindre. Il me fait aussi le coup du double sens ou je prends mes désirs pour des réalités ?

– Ça, c'est une surprise, marmonne Sofiane en observant la scène. On ne s'était absolument pas rendu compte que ton papa aimait tant Queen.

Le ton ironique qu'il emploie n'échappe à personne, excepté à Emma, bien entendu. Elle est encore dans ce cocon d'innocence et naïf qu'on quitte dès qu'on découvre que le père Noël est un complot gouvernemental et que les Beatles fumaient des pétards.

– Un souci avec mes goûts musicaux ? lui demande Ange en venant s'installer sur le canapé, à côté de sa fille.

Elle grimpe aussitôt sur ses genoux. Il la prend dans ses bras et lui sourit.

– Papa, tu parles de Queen du t-shirt ou de Queen-Lise ? Parce que tu l'appelles comme ça des fois et elle dit que c'est parce qu'elle a un t-shirt avec le dessin que tu as dans ton dos.

– Les deux, Emma. Mais je préfère Queen-Lise, de loin.

Je les observe parler de moi en souriant. Sofiane se marre, pour changer. Quand il aura fini de gâcher tous mes beaux moments, il pourra nous faire signe, le geek tatoué de service.

– Comme je le disais, c'est une surprise incroyable, dit-il avant de se lever. Je vais voir ce que fait Audrey dans la cuisine, je vais essayer d'éviter qu'elle nous refile encore des graines de je ne sais quoi en guise de repas.

– Moi aussi ! Moi aussi !

Emma saute des bras de son père pour passer dans ceux de Sofiane. C'est pratique quand on a cinq ans, on n'a même plus besoin de marcher. Grandir, ça craint. Je vais m'assoir à côté d'Ange et lui demande :

– Je ne suis pas sûre d'avoir bien compris, parce que tu dis que tu aimes Queen, alors j'aimerais bien que tu précises ta pensée.

– Tu pars à la pêche aux compliments ?

– Moi ? Jamais. Ce n'est absolument pas mon genre.

Je fais semblant de m'offusquer. Bien entendu que je pars à la pêche aux compliments. Un petit regonflage d'ego de temps en temps ne fait de mal à personne.

– Hum… J'aime tes yeux, même si tu te maquilles toujours trop.

– Ce n'est pas vrai, je mets à peine un peu de mascara.

– Un peu ?

– J'ai les cils naturellement épais et… d'accord, je mets plusieurs couches, je soupire en souriant.

Il m'a déjà vue tellement souvent au naturel que le coup de la nana parfaite sans artifices, je ne peux plus le faire avec lui.

– J'aime ta nuque.

Je ferme les yeux un instant pour profiter de sa main qui butine mon cou du bout des doigts.

– J'aime aussi tes seins, souffle-t-il plus doucement, en laissant retomber sa main qui frôle ma poitrine et vient se poser sur ma cuisse.

Je me tourne un peu vers lui.

– Je t'aime, toi.

30

Lise

J'arrête de respirer.

La première fois qu'il m'a dit qu'il m'aimait, nous venions de nous rencontrer. Il m'a demandé d'être sa copine parce qu'il avait eu un coup de foudre. Je m'étais moquée de lui. Après ça, il n'a cessé de me le dire, tous les jours, jusqu'à ce que je le quitte. On pourrait croire que de l'avoir si souvent entendu dans le passé rendrait cet aveu banal et sans surprise. C'est tout le contraire.

Je sais la valeur que ces trois petits mots ont pour lui. Il ne le dirait pas s'il ne le pensait pas vraiment. C'est là toute la force d'Ange. Il me donne un peu de lui dans les mots qu'il choisit toujours avec attention. Pour moi. Parce qu'il veut que je l'entende, ici et maintenant. Je me penche vers lui et, juste avant que mes lèvres n'entrent en contact avec les siennes, je lui souris.

Je ne lui dirai pas. Pas maintenant. Je veux que ça ait plus de signification qu'une simple réponse. Je choisirai le moment précis où je veux le lui redire, moi aussi. J'attendrai l'instant idéal d'être sa perfection comme il est la mienne.

C'est déjà dimanche soir. J'ai adoré mon week-end. Je n'ai presque pas travaillé… Ce n'est pas grave, j'ai profité de chaque instant. Excepté peut-être les réveils aux aurores d'Emma. Dimanche n'a pas été plus prolifique en grasse matinée que samedi, j'ai pourtant essayé d'être moins garce. Sans grand succès. Au moins, son père a compris et l'a gardée loin de moi le temps que j'émerge.

Nous savourons un moment de calme, maintenant qu'elle est rentrée chez elle. Audrey a mis un reportage à la télé, Anthony n'est pas rentré tard de sa tournée, Sofiane joue à la Game Boy (ce type a toutes les consoles vintage possible) et je suis vautrée sur Ange. Il passe distraitement la main dans mes cheveux, caresse ma nuque, et recommence. Je crois que je vais m'endormir tellement je me sens bien. Pour ma défense, je suis réveillée depuis bien trop tôt, je n'ai pas eu mon quota de sommeil.

C'est marrant comme je me sens à l'aise alors que la plupart des personnes dans la pièce étaient des inconnus il y a à peine deux semaines. Je… mince, mon téléphone. Décidément, impossible de s'extasier sur son bonheur, ces temps-ci. Je décroche en me redressant.

– Monroe, j'ai besoin d'un article bouche-trou, mille cinq cents mots, je me fous du sujet, il me le faut pour demain.

– Mais on est dimanche et…

Le petit enfoiré a déjà raccroché.

– Un souci ? me demande Ange qui n'a pas perdu une miette de cette conversation unilatérale.

Oui, donc il m'a juste entendue tenter mollement de protester. Je sais que Lans ne m'écoute pas quand je parle, mais c'est plus fort que moi, je dois manifester mon désaccord, ça me donne l'impression qu'il me reste un peu de dignité. Même si ça ne sert à rien à part me décrédibiliser encore plus.

– Je vais devoir rentrer, j'ai un article à écrire. Pour demain.

– C'était prévu ? m'interroge Anthony pendant que je me lève et m'étire.

– Non. Le boss ordonne, j'obéis.

Je viens vraiment de dire ça ? Bah, inutile de faire semblant d'être une rebelle.

– Je vais chercher mes affaires.

– Je viens avec toi.

Ange me suit dans la chambre et me regarde ramasser ce qui traîne par terre. Je n'avais pas pris grand-chose pour ces deux jours, or je suis du genre à m'étaler et j'en ai mis partout. Je retrouve ma deuxième chaussure sous le lit. Il ne dit rien, pourtant je vois bien son petit sourire en coin, là.

– Quoi ? je finis par lui dire, un peu agacée par son mutisme.

– Je me disais juste que certaines choses ne changent pas.

– Comme quoi ?

Je m'assois sur le bord du lit et enfile mes Doc.

– Comme ton bordel.

– Ah. Ça va, j'ai tout ramassé.

– Ton bordel m'a manqué.

– Maniaque comme tu l'es, permets-moi d'en douter.

Il vient se placer devant moi, accroupi. Il prend appui sur mes genoux et m'embrasse avant de me lancer :

– Tout m'a manqué.

– Tu es masochiste, c'est un fait avéré.

– Tu ne veux pas rester travailler ici ?

– Travailler ? Avec toi dans le coin ?

Il me sourit et me lance une attaque frontale de fossettes. Je me surprends parfois à vouloir qu'il se rase pour mieux les voir. Mais je réalise que j'aime trop cette barbe qui me chatouille chaque fois qu'il m'embrasse. Bon, les fossettes. Je suis plus forte que ça. Il sourit encore plus. Peut-être bien que je suis une faible femme, après tout.

– Tu me laisses travailler ?

– Promis.

Je ne le crois pas une seconde. Ce n'est pas grave, je me rattraperai cette nuit, si besoin. Je retire mes chaussures, il ne bouge pas.

– Qu'est-ce que tu fais ?

– Rien.

– Pourquoi tu restes planté là ?

– Je te laisse travailler, comme prévu.

– Non, là tu exhibes encore ta sexytude et…

– Ma sexytude ?

– Range tes fossettes, je dois travailler. Vraiment.

Je me lève et le contourne pour aller m'installer à son bureau. Je dois bien avoir un embryon d'article quelque part dans mes dossiers. Histoire de démarrer sur quelque chose et éviter la page blanche, c'est toujours plus motivant. Du coin de l'œil, je perçois du mouvement, alors, comme je suis trop curieuse pour résister, je regarde. Ange s'est allongé sur le lit et il m'observe.

– Tu ne fais rien ?

– Je n'ai pas de taf à la dernière minute un dimanche soir, donc non, je ne fais rien.

– Tu ne dois pas préparer le repas ?

– Nope.

– Prendre une douche ?

– Non plus.

– Ranger un peu ?

– Inutile, Audrey s'en est chargée.

– Tu vas donc rester à m'espionner comme le voyeur que tu es ?

– C'est ça.

– Je dois vraiment travailler et tu fais le play-boy, là.

– Hum… Sexytude… Play-boy… Je crois que tu me trouves irrésistible.

Je me tourne vers lui et fronce les sourcils :

– Tu ne me trouves pas irrésistible, aussi ?

– Je pense que je le suis plus que toi. J'ai des armes létales.

– C'est petit, ça. J'ai aussi des armes.

– Oui, sauf que les tiennes, tu dois te déshabiller pour les utiliser. Moi pas.

– Absolument pas. Je peux tout à fait réussir à te séduire en étant tout habillée.

– Queen, pour jouer dans la cour des grands, il faut en avoir les moyens.

– Si je me souviens bien, hier matin, c'est toi qui as craqué, non ?

– Tu n'as pas un article à écrire ?

Classique. Je prouve que j'ai raison et, d'un coup, mon travail devient important. Je me retourne face à mon ordinateur et, cette fois, je me concentre pour de bon. Je ne suis pas comme ces héroïnes des romances de Fabio à me laisser guider par mes désirs ou… enfin si, je le suis habituellement, mais pas là. Parce que si Voldemort me tombe dessus, aussi injuste soit la situation, je vais en entendre parler un moment. Je trouve un article que j'avais prévu pour dans deux mois. Il y a quelques semaines, j'ai interviewé un disquaire sur lequel je suis tombée complètement par hasard dans une petite rue de Lyon et je m'étais dit que ça pourrait faire un sujet intéressant étant donné que c'est un métier en voie de disparition. Ce qu'il y a de pratique avec les interviews, c'est qu'il suffit de broder un peu autour et hop on a le bon nombre de mots. J'avais même fait quelques photos vraiment pas dégueulasses. Il ne me reste plus qu'à…

– Je ne te dérange pas ?

Non, tu penses, je n'ai aucun problème à me concentrer pendant que tu me lèches le cou. Et puis là, quand tu mordilles mon oreille, je ne m'en rends même pas compte. Je ne te parle pas de cette main qui vient de s'incruster dans le col de mon t-shirt et qui… voilà, cette main qui caresse mon sein. Je ne m'en aperçois presque pas.

– Je croyais que tu devais me laisser travailler, je souffle en me redressant un peu sur la chaise.

– Tu es une femme, je suis sûr que tu peux faire deux choses en même temps. Enlève ton jean, Queen…

– Ange… La porte est ouverte et…

Il s'éloigne.

– Fermée, lance-t-il en tournant le verrou.

Il revient derrière moi et approche ses lèvres de mon oreille :

– Lise, fais-moi plaisir, retire ton jean.

– Pour quoi faire ? je chuchote, déjà excitée.

– M'occuper pendant que tu travailles. Je m'ennuie.

Je me lève et enlève mon pantalon sans me retourner. Comme je le disais, inutile de faire semblant d'être une rebelle.

– Avant de te rasseoir, retire aussi ta culotte, ce sera fait.

– T'es gonflé, quand même…

Il rit et fait pivoter ma chaise sur le côté avant de m'embrasser…

puis de virer ma petite culotte. Mon t-shirt me couvre jusqu'à mi-cuisses, je ne me sens pas complètement vulnérable.

– Assieds-toi.

Je lui obéis parce qu'il a encore ce regard de mâle dominant et que j'ai beau faire la maligne et la ramener sans arrêt, je suis en réalité exactement comme les héroïnes de Fabio. Faible. Guidée par mes hormones. C'est honteux, complètement honteux. Excepté que je n'ai même pas honte.

– Parle-moi de ton article… murmure-t-il de sa voix pré-sexe.

Oui, il a une voix pré-sexe. Plus basse, avec des accents provocateurs qui envoient des ondes directement à mon entrejambe. Le type est illégalement armé. Il s'agenouille devant moi et pose les mains sur mes cuisses avant de lentement les écarter, sans me quitter des yeux. Et il s'immobilise. Il me regarde en silence.

– Quoi ?

– Tu ne parles pas, je ne bouge pas.

– Vraiment ?

– Vraiment.

– Oh. Alors. Heu…

– Quelle éloquence, tu ne serais pas journaliste, par hasard ?

– Très drôle.

Il m'embrasse à l'intérieur de la cuisse et s'interrompt aussitôt.

– Oui, alors… Je me promenais en ville avec une copine et…

Sa langue remonte pile là où je la voulais. J'en perds la parole. Il arrête.

– Queen…

– Tu ne vas pas me dire que ça t'intéresse sérieusement que je te raconte ça pendant que tu… tu sais…

– Non, en effet, mais je ne veux pas t'éloigner de ton travail et que ça me retombe dessus.

Ah ben pour ça, il ne fallait pas démarrer, aussi !

– On s'en fout, continue…

Il me sourit sans pour autant recommencer. Il est têtu et je suis excitée, donc…

– D'accord, je suis entrée chez ce petit disquaire et j'ai discuté avec le propriétaire et…

Il ajoute deux doigts qu'il introduit en moi sans cesser de promener sa langue de haut en bas. Je ne peux pas parler du vieux type qui vend des disques. Pas pendant qu'il replie ses doigts à l'intérieur et touche ce point hyper sensible qui me fait sursauter.

– Ange, si tu arrêtes, je te frappe.

Je le sens sourire contre moi et, heureusement pour lui, il poursuit. Il attrape ma jambe et la pose sur son épaule. Je m'appuie sur le dossier et agrippe ses cheveux, je m'assure qu'il ne bouge plus de là tant que je n'ai pas pris mon pied. Il caresse ma jambe sans cesser un instant de me donner ce que je lui demande silencieusement. L'orgasme monte lentement, mais je sens qu'il arrive déjà… Je me mords la lèvre pour éviter de crier et d'alerter tout le monde. Ils sont tous infirmiers, à tous les coups y en a un qui débarquerait avec sa trousse de secours en pensant que j'ai un souci. Je lève le bassin à sa rencontre et les gémissements franchissent mes lèvres sans que je ne puisse les contrôler. Je crois que je suis discrète, je crois.

Quand je redescends sur Terre et ouvre les yeux, il me regarde de là, en bas. Ma poitrine se soulève en rythme avec ma respiration saccadée.

– Tu as un article à écrire, Lise.

– Tu ne t'ennuies plus ?

Il se lèche les lèvres. Puis les doigts. Je crois que je vais avoir un orgasme multiple juste à le regarder. Il ramasse ma culotte et me la remet méticuleusement avant de se relever et de m'annoncer :

– Non, je ne m'ennuie plus. Tu peux travailler, je vais bouquiner.

– Mais…

– Sauf si tu as une autre idée…

– Ce ne serait pas sérieux…

Il repart s'installer sur le lit, comme si de rien n'était. *Vraiment ?*

Je laisse mon t-shirt retomber sur mon épaule, exagérément, et je me penche beaucoup trop en avant pour ramasser mon jean.

– Queen…

– Pardon, je te dérange ? je minaude en prenant une pause ridiculement aguicheuse.

Purée, je viens de me déboîter la hanche. Comment font les allumeuses professionnelles ?

– Pas du tout, continue…

– Comment ça ? Je ne vois pas de quoi tu parles.

Il pose son livre, se redresse, croise les bras et attend. Je me sens d'un coup très empotée. Et ma hanche me lance. J'improvise. Je jette mon jean plus loin et mordille mon index en prenant un air que j'espère inspiré. Il rit.

– Tu te fous de ma technique de séduction ? je lui demande, vexée.

– C'est ça, ta technique de séduction ?

– Ben… Je n'en ai pas vraiment, alors oui, ça doit être ça.

Il grimace. Je me laisse tomber sur la chaise.

– Tu abandonnes déjà ? s'étonne-t-il.

– C'est facile pour toi, tu es juste… toi… et ça marche. Moi…

– Toi c'est pareil.

– Vraiment ?

Il hausse un sourcil et moi les épaules. Et je parle sans réfléchir :

– Combien ?

Son air devient sérieux et je sais qu'il comprend ma question et que je n'ai pas besoin d'élaborer. Je pensais ne pas vouloir savoir, excepté que maintenant, alors que je tente effectivement de le séduire, je me demande si d'autres l'ont tenté aussi.

– Cinq.

Je déglutis et j'essaie de faire une moyenne. J'ai toujours été nulle en calcul mental alors je laisse rapidement tomber mes statistiques.

– Chaque fois, me dit-il d'un coup.

– Quoi ?

– Je pensais à toi, chaque fois.

On n'oublie pas sa première fois. On peut oublier certaines choses parce que le cerveau doit faire du tri, libérer de l'espace sur le disque dur. Mais on n'oublie pas sa première fois. La mienne était avec lui, alors ça me paraît évident de n'avoir jamais cessé de penser à lui et de comparer les trois pauvres types qui n'ont fait que passer dans ma vie après lui. Or, Ange… je ne suis pas sa première fois.

– Pourquoi ? je lui demande sans le quitter des yeux

– Ça a toujours été toi, Lise. Depuis que je t'ai vue dans le couloir, devant chez mes parents. J'ai su.

– Oui, pourtant tu m'en voulais.

– Beaucoup. Mais je t'aimais plus que je ne t'en voulais.

Je me lève et le rejoins, je me place à califourchon sur lui et l'embrasse.

Ange

Je n'arrive pas à lui mentir.

J'ai besoin de lui dire.

Tout.

Moi.

Elle.

31

Lise

Je n'ai pas pu raconter mon week-end à Annabelle. Depuis mon retour, elle n'a pas eu un seul instant de lucidité. Ambre m'a parlé du leur et ça n'a pas été aussi difficile pendant deux jours. Je suis rassurée.

J'ai commencé à rassembler ses affaires. La maison où elle va aller dans un peu plus d'une semaine est vraiment un établissement haut de gamme. Elle peut même apporter des meubles si elle le souhaite, pour garder un environnement familier. Pour le moment, je m'occupe de ses vêtements, ses effets personnels, je veux pouvoir vérifier ça avec elle quand elle ne sera pas partie dans une époque de sa vie qui n'est plus depuis longtemps. Une époque où je n'existais pas, et lorsqu'elle s'y plonge, je ne suis plus personne. C'est probablement ça qui est le plus difficile à gérer. La voir s'éloigner de moi et ne pas s'en apercevoir alors que je souffre de chaque année supplémentaire qui nous sépare dans son esprit.

Un SMS me sort de mes pensées :

« Je peux passer dans dix minutes, 4° ? »

Je souris et lui réponds :

« OK »

Je finis de plier le linge que j'ai sorti de l'armoire et indique à Françoise, qui est de garde ce matin, que je sors quelques minutes. Je monte entre le quatrième et le cinquième étage et il m'y attend déjà. Ce petit rendez-vous clandestin a des allures de *revival* qui me plaisent. Il me sourit et nous ne perdons pas de temps à parler. Il m'embrasse longuement avant de se reculer :

– Je dois y retourner.

– Tu ne devrais pas faire de détour juste pour me voir.

– J'étais dans le coin. Et ça en valait le coup.

Il m'embrasse rapidement et descend les escaliers. *Speed flirting*…

– Oh, pardon, Lise, je pensais que plus personne ne venait se peloter ici depuis dix ans…

Le vieux monsieur du dessus passe tranquillement devant moi. Mince, et moi qui croyais que personne ne prenait jamais les escaliers, surtout !

– Bonjour, Monsieur Ponlois.

– Je fais mon exercice du jour ! me lance-t-il avant de disparaître.

Je suis ravie de l'apprendre.

Ange

Toute la semaine, je viens la voir.

Toute la semaine, elle se rend disponible. Je l'embrasse. Et je repars.

Toute la semaine, et ce n'est pas encore assez.

Lise

Toute la semaine, il s'est arrangé pour venir me voir dès qu'il a eu un moment. Nous ne nous sommes pas vus en dehors de ces instants, car il a eu des horaires décalés. Alors quand il m'a proposé de revenir passer le week-end chez lui, je me suis débrouillée avec les aides à domicile et me voilà de retour dans leur salon, à jouer avec Emma.

– Je suis ton père.

J'y mets le ton, l'effet de style et tout. Mon Playmobil n'est peut-être pas le vrai Dark Vador, pourtant, avec son armure de chevalier noir, je trouve qu'il en a un faux air. Emma soupire :

– Heu… non, c'est pas lui, son père. Son père c'est le roi et lui c'est le vilain chevalier qui veut pas que la princesse elle se marie.

– Tu sais : *Star Wars*… Tout ça ?

– Lise, elle a cinq ans, elle n'a pas encore vu *Star Wars*, m'informe Audrey comme si j'étais intellectuellement limitée.

Moi je dis, il n'y a pas d'âge pour découvrir Luke Skywalker, et surtout Han Solo.

– Et Sofiane ne lui a pas encore fait regarder le film ? je m'étonne, connaissant un peu le geek.

– J'ai presque six ans, nous fait remarquer Emma en se redressant, comme si ça allait la faire paraître plus âgée.

– Six ans, c'est le bon âge pour commencer ton éducation, intervient Anthony en se vautrant sur le canapé. Hein, mon petit Angelot ? Il est temps de montrer à ta fille un vrai bon film.

Ange ne relève pas. Je crois que quand Anthony l'appelle « mon petit angelot », il l'ignore. Et plus il l'ignore, plus Anthony aime l'appeler comme ça.

C'est étrange, parce qu'ici je me sens vraiment chez moi. Je remarque ces détails. Alors que je suis du genre à apprécier ma solitude, à aimer avoir mes moments tranquilles. Dans cette maison, surtout quand Emma est là, c'est rarement possible. Et ça ne me pose aucun souci. C'est probablement lié au blondinet qui essaie de lire dans le fauteuil en face de moi, malgré le bordel ambiant. Je pense qu'avec lui je pourrais vivre à peu près n'importe où. Enfin, pas dans un bidonville quand même, faut pas déconner. Je me comprends.

Mon téléphone vibre dans ma poche, m'empêchant de me perdre à nouveau dans des délires fabiesques.

– Ambre ? Tout va bien ?

– Lise, je suis désolée, elle est encore tombée, nous partons aux urgences avec les pompiers ! bafouille-t-elle alors que j'entends effectivement du remue-ménage derrière elle.

Je me lève en abandonnant mon chevalier noir et me rends dans la chambre pour récupérer mes chaussures, mon sac, tout en continuant à parler :

– Comment ça, elle est tombée ? Personne ne la surveillait ?

– Si, bien sûr, mais elle a profité du moment où je suis allée chercher son thé pour passer par-dessus la barrière du lit.

Je ferme les yeux, je ne dois pas m'en prendre à Ambre, ce n'est pas sa faute, on ne pouvait tout de même pas attacher Annabelle. Qu'est-ce qu'elle faisait à escalader son lit ? J'ai dû poser la question à haute voix, car elle me répond :

– Elle disait qu'elle voulait un nouveau Fabio, je suis désolée, Lise.

– Ce n'est pas ta faute, je vous rejoins.

Saleté de Fabio ! Je raccroche et Ange arrive dans la chambre :

– Lise ?

J'enfile mes Doc sans me retourner :

– Annabelle part aux urgences, elle est tombée, je dois y aller.

– Je t'accompagne.

– Non, ça ira, reste avec ta fille.

– Elle a l'habitude que les autres s'occupent d'elle. Audrey et Anthony peuvent la garder.

Il faut que je reste calme, m'angoisser ne servira à rien, elle est avec les pompiers, elle est entre de bonnes mains. J'attrape mon sac et y fourre mon téléphone avant de sortir de la chambre. Mince, Ange, je l'ai oublié ! Je reviens sur mes pas et prends sa main :

– Pardon, je…

– On y va. De toute façon, ma voiture bloque la tienne.

Il m'entraîne derrière lui et explique vite fait la situation en passant au salon. Emma nous regarde, inquiète, alors je m'approche d'elle :

– Tout va bien, Annabelle s'est juste fait un bobo alors on va aller la voir et s'occuper d'elle.

Elle hoche la tête, sans avoir l'air rassurée.

– Tu sais, les docteurs sont avec elle, on va juste lui tenir compagnie. Tu peux veiller sur Audrey et Anthony ? Parce que tu sais que si on les laisse seuls, ils vont faire n'importe quoi. Tu peux accomplir cette mission pour moi ?

– Oui ! Et même que si c'est moi qui les garde, ils doivent faire ce que je dis ?

– Exactement. Et tu sais, à l'hôpital, il y a ces barres au chocolat dans les distributeurs, on n'en trouve que dans ces machines. Je t'en rapporterai une, ce sera ta récompense pour m'avoir rendu service. Et tu auras même le droit de la manger après dix-sept heures.

– Tu peux aller voir Annabelle, moi je garde la maison.

Je lui tends la main, elle la serre et je me relève. Ange me regarde bizarrement. Qu'est-ce que j'ai dit, encore? Il vient prendre Emma dans ses bras, fait un signe du menton à Anthony et nous sortons.

– Ambre t'a dit quoi, exactement?

Je lui répète les maigres informations que je possède et nous roulons vers l'hôpital, qui n'est heureusement pas très loin.

Ange a dû repartir pour voir sa fille avant de la reconduire chez sa mère. Il est resté un moment avec moi, il a parlé aux infirmières. À moi, il n'a pas dit grand-chose. Il n'a cessé d'avoir ce regard étrange depuis que nous sommes partis de chez lui. J'essaie de ne pas m'inquiéter, nous étions tous préoccupés et il était sûrement en mode professionnel de la santé.

Annabelle a subi une opération en urgence. À présent, elle est remontée en chambre, où Ambre et moi l'attendions. Annabelle a donc rouvert sa première fracture qui n'était pas encore complètement guérie, bien sûr, c'était trop récent. La rééducation va être bien plus compliquée, à présent. Pour le moment, elle dort et j'en profite pour redire à Ambre ce que je lui répète depuis des heures :

– Ce n'est pas ta faute, ça aurait pu arriver sous la surveillance de n'importe qui.

– Oui, mais…

– Non, pas de mais, sérieusement. Et puis regarde, elle va bien.

Tout en le disant, je sais que c'est un mensonge. Je sais que son état mental risque fort de se dégrader après ce nouveau choc. J'ai déjà appelé la maison de retraite, toutes les dispositions sont prises pour qu'elle y passe sa convalescence, car c'est un établissement médicalisé, bien entendu. Annabelle avait vraiment tout prévu. Sauf peut-être sa folle attirance pour Fabio.

– Je ne comprends pas pourquoi elle n'a pas attendu que je revienne pour me demander un livre. En plus, elle n'y voit pas assez bien pour lire ! s'étonne Ambre.

– Elle n'avait pas l'intention de le lire.

– Comment ça ?

– Elle mate les couvertures, je lui chuchote en riant.

– Non ?

– Eh si.

Elle éclate franchement de rire et je suis contente d'avoir réussi à la détendre. Je culpabiliserais, à sa place.

– Les visites sont terminées, Mesdames.

– Oh. Je suis comme sa famille.

– Vous savez, elle va dormir jusqu'à demain matin, je vous conseille de reprendre des forces et vous pourrez revenir avant l'heure officielle, m'annonce l'infirmière en souriant.

Je me lève, elle a raison, je suis déjà fatiguée et rester à la regarder dormir ne rendra service à personne quand je ne serai bonne à rien, demain.

– Mince ! Je n'ai pas ma voiture !

Je suis complètement à côté de mes pompes.

– On va partager un taxi, je dois de toute façon récupérer la mienne chez Annabelle.

Ça, ça m'inquiète encore plus : Ange, qui est si attentionné de nature, n'a même pas réalisé que je me retrouvais comme une conne sans moyen de transport parce que ma voiture est chez lui.

32

Lise

Encore une fois, je déteste me retrouver seule chez elle. Rien qu'à l'idée que, bientôt, elle n'y vivra plus du tout et que je vais devoir… quoi ? Vendre ? Je ne peux pas m'y installer, ma vie n'est pas ici. Mince, qu'est-ce que je fous ? Pourquoi je suis là, en train de construire quelque chose avec Ange, alors que mon travail, mon appartement, mes amis, tout est à des centaines de kilomètres d'ici ?

J'ai déconné. J'ai fait l'autruche parce que je voulais vraiment être à nouveau avec lui et maintenant, quoi ? En plus, il ne m'a pas appelée, il est plus de vingt et une heures et il ne m'a donné aucun signe de vie. Je ne vais pas paniquer.

Oh si, je panique.

Mon téléphone vibre. Je le cherche frénétiquement dans mon sac. Pourquoi j'ai tous ces trucs dans mon sac ? Je le trouve enfin, c'est Ange.

– Comment va Annabelle ?

– Elle dormait quand je suis partie.

– Tu es chez elle ?

– Oui, je…

– J'arrive.

Il raccroche, en mode Voldemort, et je souris. C'est exactement ce dont j'avais besoin, sa présence. Et moins de vingt minutes plus tard, il est là. Il me fait un gros câlin et je ferme les yeux pour ne pas pleurer. Ça ne servirait à rien et la situation n'est pas si catastrophique, n'est-ce pas? Il me conduit jusque sur le canapé et je me blottis contre lui. Nous ne parlons pas, il est juste là, et c'est précisément ce qui me fait du bien.

Ange

Je voudrais faire plus pour elle. Je n'aime pas la voir triste. Abattue. Fatiguée.

Je peux lui montrer que je suis là.

Pour elle.

Lise

Je me réveille dans mon lit. Il est allongé derrière moi et me serre dans ses bras. C'est le milieu de la nuit. Je bouge un peu, il se redresse aussitôt.

– Désolée, je ne voulais pas te réveiller.

– Je ne dors pas. Je dois partir. Je voulais m'assurer que tu vas bien.

Je me retourne et lui fais face:

– Merci.

Il me serre un peu plus.

– Tu dois partir maintenant? Il est trois heures du matin…

– Je démarre ma tournée tôt, je dois me changer, récupérer mon sac…

– Bien sûr, oui.

Il se lève et je veux l'imiter, mais il pose les mains sur mes épaules et me rallonge:

– Dors, je reviens demain.

Il m'embrasse vite fait sur le front et il n'est déjà plus là.

Ce matin, elle me reconnaît. Ce qui est complètement paradoxal, car elle est shootée à je ne sais combien de calmants contre la douleur.

– Je suis désolée, Lili, je ne sais pas ce qui m'a pris.

– C'est le pouvoir de Fabio, ne t'en fais pas, tu n'es pas la première à abandonner toute logique pour lui.

– Ambre va bien ?

– Elle a eu très peur et elle culpabilise, ça lui passera.

– Ils veulent me garder jusqu'à demain.

– Et la maison de retraite t'attend pour ta convalescence.

– Tu es en paix avec cette idée ?

– Pas totalement, mais je sais que, pour ta santé, c'est ce qu'il y a de mieux à faire pour le moment.

– Je le pense aussi.

Elle tend la main et je la saisis, une minute plus tard elle s'est rendormie. C'est agréable d'avoir eu un échange cohérent avec elle. Peut-être un des derniers… Les médecins m'ont prévenue et ont confirmé ma crainte qu'après ce genre de choc, étant donné son état mental actuel, le déclin risque d'être plus rapide. De toute façon, c'est inévitable, maintenant la seule inconnue c'est la vitesse à laquelle elle va s'enfermer dans son passé.

Je dois retrouver Ange chez lui, ce soir. Ils finissent tous assez tôt et Sofiane cuisine. Avant ça, je dois passer à la maison de retraite voir si tout est prêt d'un point de vue administratif, puis faire un premier voyage avec les affaires d'Annabelle. Nous sommes convenues que, pour le moment, elle n'apporterait pas de meubles, la situation étant urgente, nous passerons cet aspect en revue un peu plus tard.

Ma journée file sans que je trouve le temps de manger ni même de me poser. Je veux qu'elle se sente bien accueillie alors je fais mon maximum pour décorer son nouveau lieu de vie avec ses photos, deux tableaux qui étaient au mur chez elle, j'ai aussi apporté quelques bibelots et… même si ce sont les armes du crime… j'ai pris ses livres de Fabio. Je me suis fait le plaisir de dessiner sur son visage d'un des romans que nous avions déjà lus. C'est salvateur et ça m'évite de trop m'énerver quand je pense à la raison stupide qui a ramené Annabelle dans un lit d'hôpital.

Lorsque j'ai enfin terminé l'aménagement de sa nouvelle chambre, je prends un moment pour tout observer. Je m'imprègne des lieux en me répétant comme un mantra que c'est ce qu'il y a de mieux pour elle, c'est ce qu'elle voulait, elle y sera soignée et surveillée.

La culpabilité me ronge tout de même. Car depuis toujours, j'ai un point de vue bien arrêté sur les maisons de retraite, les mouroirs… Jamais je n'aurais cru y avoir recours pour Annabelle. Je n'ai pas vraiment eu l'opportunité de résister, comment lui refuser ce qu'elle demande lorsqu'elle est lucide ? Ce serait l'infantiliser totalement et je ne peux pas lui faire ça. Alors j'occulte cette culpabilité, car il ne s'agit pas de moi… il s'agit d'elle.

Je sonne chez Ange, j'entends des éclats de voix à l'intérieur. Ils sont en train de s'engueuler ? La porte s'ouvre sur Sofiane qui porte un mignon petit tablier autour des hanches. Comment se fait-il qu'un type aussi mâle ne soit pas ridicule avec un tablier de cuisinière alors que moi, si j'en porte un, c'est fou rire assuré ?

– Ange ! Elle est là ! hurle-t-il, avant de me murmurer : ne lui en veux pas trop…

– De quoi ?

Ange déboule dans l'entrée et il a vraiment, vraiment l'air contrarié.

– Tu foutais quoi ?

Heu… monde parallèle, bonjour ?

– Je t'appelle depuis deux heures !

– Je n'ai pas entendu, bonsoir à toi, Ange. Je suis ravie de te voir. Moi aussi, Lise, ça me fait tellement plaisir que tu sois là. Je t'en prie, Lise, entre donc, ne reste pas comme une conne sur le pas de la porte à te faire engueuler par un espèce de connard qui n'a aucune considération pour la journée de merde que tu viens de passer ! je finis par crier avant de tourner les talons.

J'arrive devant ma voiture avec des larmes de colère qui menacent de s'échapper. Non, pas question de lui donner la satisfaction de voir qu'il peut m'atteindre aussi facilement. Où sont mes saletés de clefs ? Il faut vraiment que je fasse le vide dans ce sac !

– Queen, je…

– Ne me « Queen » pas après l'accueil que tu viens de me faire !

Bon, ben, tant pis pour les larmes. Je crois de toute façon que ma dignité est allée se planquer quand j'ai commencé à me donner en spectacle dans la rue.

J'ai cru que tu étais partie, murmure-t-il en évitant mon regard.

– Quoi ?

– Tu ne répondais pas, je suis passé chez Annabelle et tu n'étais pas là. J'ai fini plus tôt, je voulais venir te chercher et tu ne répondais pas...

Il a l'air en totale panique. Je fouille dans mon sac et en sors mon téléphone. Ah oui. J'ai sept appels en absence, trois messages vocaux et neuf SMS. Tous d'Ange. Il a complètement paniqué.

– J'ai oublié d'enlever le mode silencieux en sortant de l'hôpital.

Je constate ça plus pour moi-même que pour me justifier.

– J'ai vraiment eu peur.

– J'ai compris, ça ne te donne pas le droit de me parler comme tu l'as fait.

– Je sais. J'ai déconné. Mais...

– Oui, j'ai compris, tu as eu peur.

Je trouve enfin mes clefs.

– Je ne veux plus passer la soirée avec toi. Je t'appellerai quand je serai calmée.

Je monte dans ma voiture et il a le bon sens de ne pas essayer de m'en empêcher. Je ne le regarde pas, je ne dois pas le regarder, je suis sûre que son air désolé me ferait changer d'avis et je ne dois pas le laisser se comporter comme ça avec moi. Il n'a pas réfléchi une seconde, c'est évident, car s'il l'avait fait, il aurait compris que, Annabelle étant à l'hôpital, je n'allais pas l'abandonner. Je préfère ne pas penser au peu de crédit qu'il accorde à notre relation. Ça me mettrait encore plus en colère et je serais foutue de lui rouler dessus, puis de faire marche arrière pour l'achever. Au lieu de ça, je démarre et je suis tellement énervée qu'il me faut trois essais pour parvenir à passer la première. Je fais comme s'il n'était pas en train de me regarder partir. Et je réalise qu'il a déjà vécu cette scène, à quelques détails près, et que je ne suis pas prête à lui infliger ce *replay*. Je souffle un bon coup avant de couper le contact.

Je sors et m'avance vers lui. Il me fixe sans rien dire, la mâchoire serrée, les bras tendus le long de son corps, les poings fermés. Je passe devant lui sans m'arrêter et rentre dans la maison. Je vais directement dans sa chambre, y pose mon sac, et je m'appuie des deux mains sur le bureau le temps de retrouver totalement mon calme. Je l'entends entrer et fermer doucement la porte. Je ne bouge pas. Il se place derrière moi, sans me toucher.

– Pardon.

Il passe ses bras autour de ma taille et je me détends aussitôt. Je sais qu'il est fragile, mais j'ai vraiment eu une journée difficile. Je ne peux pas tout gérer à la fois. J'ai besoin d'une pause.

– J'ai aménagé la chambre d'Annabelle à la maison de retraite, je chuchote.

– Je suis tellement désolé, Lise.

Je me retourne et il me serre dans ses bras. Alors bon, maintenant que j'y suis, je pleure sans retenue parce que j'ai cumulé, aujourd'hui, et qu'à un moment, il faut bien que ça sorte. Et je ne vois pas de meilleur endroit que les bras d'Ange pour m'autoriser à ouvrir les vannes.

Je suis rentrée chez Annabelle juste après le repas. L'ambiance était tendue, de toute façon, et je n'avais pas besoin de ça. J'ai cru comprendre qu'Ange avait un peu pété les plombs quand il a imaginé que je l'avais quitté. Il a gueulé sur tout le monde. Même Audrey et sa patience n'ont pas résisté à l'attitude qu'il a eue avec eux. J'ai prétexté une migraine et suis retournée chez moi après l'avoir embrassé rapidement sur le pas de la porte.

Chez moi.

Non, chez elle. Chez moi, ce n'est pas ici.

Il s'est montré distant durant tout le repas et je n'arrive pas à savoir si c'est parce qu'il avait peur d'être allé trop loin ou s'il était encore sous le choc de mon départ qui n'en était pas un. Je préfère mettre ça de côté, demain j'accompagne Annabelle à la maison de retraite médicalisée et je veux être à cent pour cent disponible pour elle. Ma vie sentimentale peut attendre vingt-quatre heures avant d'être analysée. Je passe mon temps à tout analyser et j'ai parfois envie de me dire « vis, bordel ! »

Ange

– Qu'est-ce que tu fous ?

Je relève la tête et Anthony me regarde bizarrement.

– Quoi ?

– Lise est seule, elle a laissé Annabelle en maison de retraite tout à l'heure. Je répète : qu'est-ce que tu fous ?

Je lui montre le livre que je suis en train de lire. Il est demeuré ?

– Si tu n'as pas l'intention d'aller avec elle, j'y vais, moi.

– Pardon ?

– Elle est seule, Ange. Elle traverse des moments difficiles et tu restes vautré dans un fauteuil à lire alors qu'elle a besoin de toi. Je ne pensais pas que tu pouvais être un si gros connard.

Je l'observe mettre la console de Sofiane dans un sac et attraper la guitare au passage. Il se dirige vers l'entrée et je le rattrape, l'obligeant à se retourner et à s'arrêter.

– C'est quoi ton problème ? En quoi ça te concerne ce que fait Lise et avec qui elle est et…

– Non, tu as raison, ça ne me concerne pas. Toi, oui. Pourtant, tu n'es pas avec elle.

– Je nous rends service à tous les deux.

– Tu peux développer ?

– Annabelle est en maison de retraite, Lise va retourner chez elle. Emma et moi, nous allons nous retrouver comme deux cons sur le trottoir à la regarder partir. Je ne peux plus la regarder partir.

– Alors c'est toi qui pars ?

Je ne réponds pas. J'ai inlassablement tourné la situation dans ma tête depuis hier. Depuis que j'ai cru qu'elle était partie. Depuis que j'ai réalisé qu'elle avait déjà trop d'importance dans nos vies, à Emma et moi. Depuis que j'ai compris qu'elle allait repartir.

Et quand elle repartira, ce sera ma fille et moi. Encore. Sans elle.

– Sais-tu à quel point c'est difficile de tomber sur quelqu'un qui te veut vraiment dans sa vie ? Non ? Parce que moi, je le sais. Et des chances, tu penses que tu en auras combien ? Tu devrais avoir honte de ne même pas essayer. Je donnerais n'importe quoi pour être à ta place.

Je ne dis toujours rien. Nous ne parlons jamais de ça, cette discussion que nous avons eue un soir arrosé et qui fait partie des sujets que nous laissons de côté, lui et moi. Son passé et le mien ne peuvent pas être comparés. Je comprends ce qu'il veut dire. Mais ça ne change pas la façon dont je vois la situation. Je veux autant être avec elle que j'ai peur qu'elle me quitte à nouveau. Qu'elle *nous* quitte.

– Abruti.

Il se dégage et sort. Et je ne fais rien pour l'en empêcher.

Lise

– Anthony ? Qu'est-ce que tu fais là ?

Il me sourit et ramasse un sac de sport qui était à ses pieds :

– J'ai amené *Guitar Hero*. J'ai une revanche à prendre.

– Et Ange ?

J'ai bien conscience d'avoir l'air désespérée, mais je n'ai pas eu de nouvelles de la journée. Il n'a pas répondu quand j'ai appelé. Il n'a pas répondu non plus à mes SMS. C'est de lui dont j'ai besoin, maintenant. Laisser Annabelle là-bas… ça a été bien plus dur que je ne me l'étais imaginé.

– Il ne viendra pas, Queen. Il a besoin d'un peu de temps.

Je me décale pour le laisser entrer et j'assimile doucement ce qu'il est en train de me dire.

– Comment ça, « il a besoin de temps » ? Du temps pour quoi ? De quoi tu parles ?

Il soupire et se retourne vers moi :

– Il a juste besoin de comprendre que tu fais partie de sa vie. Laisse-lui quelques jours.

– Je ne comprends pas, il ne m'a rien dit, il…

– Il ne dira rien. Il est du genre à tout garder pour lui.

– Mais…

– Lise, fais-moi confiance, il va revenir vers toi. Juste, sois patiente, ne l'abandonne pas, il va revenir. Même si on doit s'y mettre à plusieurs pour qu'il le comprenne, il reviendra.

Il reviendra ? Je ne savais même pas qu'il était parti. Je cligne des yeux, un peu sonnée. Il pose les mains sur mes épaules et me lance :

– Bon, on se la fait, cette revanche ?

33

Lise

Deux jours. C'est le silence radio depuis deux jours. J'essaie de faire confiance à Anthony, il connaît mieux Ange que moi. Il vit avec lui depuis des années et sait comment il fonctionne. Je suis franchement sous le choc. Pas un message, rien. C'est comme ça qu'il me quitte ? C'est tout ce que notre relation représente pour lui ? Je suis peut-être partie en le mettant devant le fait accompli sans lui demander son avis, il y a neuf ans, mais j'ai eu le cran de lui dire en personne que c'était terminé. Ça me donne envie de débarquer chez lui et de le mettre face à ses responsabilités, qu'il soit obligé de m'expliquer. Mince ! Un peu de respect ! Je n'y vais pas, uniquement parce qu'Anthony m'a demandé de lui laisser un peu de temps.

Mais je ne suis pas pour autant en paix avec la situation. Je pense à lui, tout le temps. J'ai mal au ventre en imaginant qu'il ne veut plus de moi. J'ai peur, j'ai vraiment peur que ce soit terminé. Que cette fois, il se dise qu'il est mieux sans moi et qu'il me tourne définitivement le dos. Je ne mange pas, rien n'a de saveur, ou elle ne m'atteint pas. J'ai l'impression d'être dans une bulle et d'entendre le monde extérieur loin, très loin de moi. Car une seule pensée occupe mon esprit.

Lui.

Ce qu'il a vécu quand je l'ai quitté, c'était ça ? Ce manque tellement intense qu'une partie de moi semble avoir disparu en laissant un immense vide. Savoir que l'autre se détache, s'éloigne, et qu'on reste sur le bord du chemin à le regarder s'éloigner sans réussir à le retenir… c'était ça ? Je lui ai vraiment fait vivre cet enfer ? La sensation de n'être plus entière, et ces larmes qui ne se tarissent jamais, c'était sa vie, aussi ?

Et en même temps, je suis en colère, je lui en veux. Je navigue entre désespoir et ressentiment, agacement et apitoiement, l'envie d'être avec lui et… non, juste d'être avec lui. Même sa fille a réussi à me rendre accro.

Quand on sonne à la porte, ce matin, je m'y précipite parce que je sais que c'est lui, ça ne peut être que lui. Il me doit au moins une explication, non ? Sauf que ce n'est pas lui, c'est le facteur qui me tend un recommandé, à mon nom. Je signe machinalement et vais m'installer sur le canapé pour l'ouvrir. C'est une lettre d'Annabelle.

Ange

Je n'y arrive pas.

J'ai pris mon téléphone vingt fois.

Je suis allé devant chez Annabelle au moins autant.

Je n'y arrive pas.

Je repense à la première fois qu'elle est partie.

Et je m'éloigne.

Lise

– Tu fais quoi ?

Je lève le nez de mon ordinateur et j'essaie de ne pas trop m'apitoyer sur mon sort en découvrant la petite main potelée d'Emma qui s'agite au-dessus de la barrière, sur le balcon mitoyen. Parce que forcément, elle me rappelle son père et ce que je suis en train de perdre. Je me lève et me compose un magnifique sourire sur le visage. J'ai sûrement l'air plus crispée qu'heureuse, on fait ce qu'on peut.

– Bonjour, Emma, comment vas-tu ?

– J'ai fait caca mou alors ça va pas très bien. Mais ce soir on va voir le feu d'artifice parce que c'est la fête du quinze août, mamie elle a dit, alors je dois plus être malade pour y aller.

Je me retiens de rire face à la spontanéité de sa déclaration. Les enfants sont formidables. En même temps, je lui suis reconnaissante de me faire rire, car ce n'était pas gagné. Même si c'est bien malgré elle.

– Tu devrais manger du riz et des carottes.

– Mamie elle a dit qu'elle me faisait du riz parce que ça empêche le caca mou.

– Ta mamie a tout à fait raison.

– Tu reviendras avec moi chez papa comme l'autre fois ?

– Je ne pense pas, j'ai beaucoup de choses à faire.

– C'est pas vrai, tu es sur ton ordinateur.

– Oui, c'est mon travail, justement.

– L'ordinateur c'est pas un travail, c'est pour acheter des choses ou regarder des vidéos de chats tout mignons qui font des bêtises.

– Non, ça sert aussi à écrire, par exemple. Et moi, mon travail, c'est d'écrire.

– Tu peux l'amener chez papa, ton ordinateur.

– J'ai besoin de calme pour me concentrer.

Comment expliquer à cette gamine que son père ne me veut visiblement plus dans les parages ? Impossible, donc je trouve une excuse foireuse, sauf que cette petite est tenace.

– Oui mais moi je veux jouer avec toi.

– Dans la vie, Emma, on n'a pas toujours ce qu'on veut.

– Oui mais toi tu avais dit qu'on terminerait notre histoire.

– On peut la finir maintenant, si tu veux.

– Non, parce que mes Playmobil ils sont chez papa.

Damned, elle est pire que tenace.

– Et si on jouait aux PetShop, plutôt ?

– J'ai pas envie.

– Dans ce cas, je vais retourner travailler.

Elle s'en va en boudant. Je vais encore me faire engueuler parce que j'ai fait pleurer la mioche. Ah non. Il ne me parle plus, donc il ne pourra pas m'engueuler. Voilà, toujours voir le positif, toujours.

– Tu rentres ? me demande Loïc.

Je cale un peu mieux mon téléphone contre mon épaule et rassemble mon linge.

– C'est ça, je pars ce matin.

– Et tu ne le lui dis pas ?

– Non. Il ne répond pas au téléphone, je ne vais pas non plus ramper devant chez lui.

– Tu ne joues pas un peu avec le feu ?

– Saurin, tu es de quel côté ?

– Le tien, bien sûr, le tien ! Et depuis quand tu arrives à t'exprimer comme Voldemort ? Je suis trop jaloux, j'ai eu peur de toi pendant une seconde !

– À force de l'entendre me parler comme ça, je pense que je prends ses travers… Eh, ça veut dire que peut-être un jour je pourrai être rédac chef, moi aussi !

Il rit et nous nous donnons rendez-vous en début de soirée. Je raccroche et vais sur le balcon. Le père est peut-être un abruti, la fille n'a cependant rien fait pour mériter ça. Je l'entends jouer depuis un moment, alors je m'approche de la barrière :

– Emma, viens voir.

Elle se lève et s'approche en souriant. Elle a déjà oublié qu'hier elle m'en voulait à mort. J'adore cette gamine.

– Je vais devoir m'absenter, alors je voulais te le dire.

– Tu vas chez toi ?

– Oui.

– Et tu vas revenir quand ?

– Je ne sais pas du tout. Tiens…

Je lui donne un papier où j'ai noté mon numéro de téléphone et mon adresse email.

– Si ta maman est d'accord, tu peux lui demander de m'écrire un email de ta part, tu peux m'envoyer des photos, ou des SMS. Je te répondrai, d'accord ?

Elle prend la feuille et la serre dans son petit poing fermé.

– Tu vas revenir, quand même ?

– Bien sûr, tu sais qu'Annabelle est dans une nouvelle maison, et cette maison n'est pas très loin d'ici. Alors je reviendrai la voir. Et quand j'irai lui rendre visite, je passerai par ici pour vérifier si tu es là, d'accord ?

Elle hoche la tête sans sembler très rassurée pour autant.

– Je dois y aller, tu me promets de m'écrire ?

– Je sais pas écrire.

– Tu me promets de demander à ta maman de m'écrire de ta part ? Tu lui dis ce que tu as envie de me dire, et elle l'écrira.

Enfin, j'espère qu'elle n'est pas cruelle au point de refuser à sa fille de rester en contact avec moi. Étant donné que le père est aux abonnés absents en ce qui me concerne, je sais que je ne peux pas compter sur lui. Alors je préfère m'en remettre à la mère, même si nous sommes loin d'être amies.

~

– Ça pue ! Tu n'as pas aéré une seule fois en un mois !

– J'avais ta clef en cas de souci, il n'y a pas eu de souci.

– Heureusement que je n'ai ni plante verte ni chat…

Je râle en marmonnant tout en ouvrant les volets et les vitres.

Mon appartement me semble étranger. Comme si ce n'était pas chez moi. Alors que ça fait cinq ans que j'ai emménagé ici.

– Ben justement, tu devrais peut-être prendre un chat, tu sais, pour ne pas mourir toute seule.

– Ne t'en fais pas, quand on meurt vieille fille, la coutume veut qu'un chat apparaisse, comme ça, on reste fidèle au « vieille fille à chat ».

Il rit alors que ma blague n'est vraiment pas drôle. Je lui suis reconnaissante pour sa pitié. Ou alors, il rit parce que justement ma blague est nulle. Ça me va aussi.

– Voldemort veut te voir demain matin.

– Je sais.

– Tu vas tenir bon ?

– Bien sûr. Avec ce que je viens de me prendre dans la gueule la semaine passée, Voldemort ne me fait absolument pas peur.

Ça, c'était avant d'être assise en face de lui, dans son bureau, la porte fermée, son regard acéré fixé sur moi. Maintenant, j'ai peur.

– Monroe, tu m'as pris pour l'armée du salut ou une autre connerie caritative dans le genre ?

– Non.

– Tu te rends compte de ce que tu me demandes ?

– Oui. Je vous laisse le choix.

– C'est un super choix, ça.

– J'ai appris avec le meilleur.

Je lui souris, je fais semblant d'être sûre de moi, car ce type peut sentir la peur.

– La flatterie ne t'apportera rien.

– Vous décidez, et moi, je ne changerai pas d'avis.

– Fous le camp, Monroe, je ne veux plus jamais voir ta tronche dans le coin !

Mon sourire s'efface. Mince, je ne pensais pas qu'il…

– Et ramène ta fraise pour les deux réunions éditoriales mensuelles ou je te fais passer aux corrections !

Je tente de cacher ma joie, il réduit en miettes les gens qui osent être heureux. Je m'échappe de son bureau sans me retourner. Loïc m'attend dans le couloir et je lève le pouce pour lui signifier que mon plan fonctionne. Nous ne parlons pas, Lans a une ouïe surdéveloppée et il serait foutu de changer d'avis juste pour nous faire payer notre bonne humeur.

Nous nous enfermons dans mon bureau et chuchotons :

– Et maintenant ?

– Maintenant j'ai un appartement entier à redécorer.

Loïc est au courant de cette lettre que j'ai reçue le lendemain de l'entrée d'Annabelle en maison de retraite. Elle avait tellement tout prévu qu'elle avait demandé à la directrice de poster ce courrier de sa part le jour même de son arrivée. Je suis à la fois touchée qu'elle ait tout prévu comme ça, et à la fois triste parce que je réalise à quel point elle avait anticipé ce qui se produit actuellement. C'est un peu comme si elle avait planifié sa mort. Excepté qu'elle n'est pas morte, bien entendu. Quelque part, pour moi, la personne qu'elle était meurt à petit feu. La démence sénile, Alzheimer et assimilés… c'est une première mort. D'abord c'est l'esprit de la personne qui s'en va, ensuite son corps. Nous, les proches qui restons, nous faisons notre deuil dès la première.

J'essaie de ne pas m'attarder sur ces pensées déprimantes. Loïc me propose une excellente diversion :

– Je peux t'aider ?

– Je ne dis pas non, ça va être beaucoup de travail et tout à distance. Surtout que je dois m'occuper de mon appartement en parallèle.

– Tu ne veux pas perdre de temps…

– Exactement.

– Et tu vas le lui dire ?

– Absolument pas.

– Je te sens en mode vengeance.

– Non, même pas.

– Un peu ?

– Je sais ce que je veux. Je sais ce qu'il veut. Parfois, il faut prendre les choses en main, tu vois. Pour deux. Et là, c'est à moi de m'en charger.

– Tu ne lui en veux pas ?

– De quoi ? C'est moi qui ai réduit à néant son capital confiance. Je gère les conséquences de mes actes.

– Je suis fier de toi.

– Attends de voir si j'arrive à arranger les choses.

– Bon, on commence quand ?

– Quand tu auras fait ton boulot, Saurin ! Je ne te paye pas à cancaner dans les couloirs !

– Techniquement, nous ne sommes plus dans le couloir et je me demande s'il n'a pas placé des micros dans toutes les pièces de la rédaction… marmonne Loïc en repartant travailler.

Je me pose la même question. Ou alors, notre boss, c'est une version moderne de l'homme qui valait trois milliards. Oui, ça me semble plus plausible.

Le soir même, nous nous retrouvons chez moi et, tout en faisant mes cartons, je discute avec Loïc pendant qu'il surfe sur Internet pour commencer à trouver des idées. Annabelle a été très claire, elle veut que je m'approprie les lieux, que je place ses affaires dans un garde-meuble. Elle m'offre deux possibilités, elle ne m'impose rien. Je peux décider de vendre, pas maintenant, bien sûr, puisqu'elle en a encore l'usufruit. Et je peux m'y installer. Je n'ai pas réfléchi une seconde avant de choisir d'y vivre. Dès l'instant où j'ai lu sa lettre, j'ai su que c'était ce que je voulais.

Pour elle.

Pour lui.

Et bien sûr pour moi.

33

Ange

– Papa, pourquoi Lise elle est pas là ?

– Oui, c'est vrai ça, pourquoi ? demande Anthony sans quitter son assiette des yeux.

– Elle était occupée, mange, ça va être froid.

– Pourquoi t'es fâché ?

– Oui, c'est vrai ça, pourquoi ?

– Anthony, ferme-la.

– Gros mot ou pas gros mot ?

– Ma chérie, intervient Audrey, ce n'est pas un vrai gros mot, mais ce n'est pas très poli, alors c'est quand même interdit.

Le téléphone d'Anthony vibre et il sourit en lisant le SMS qu'il vient de recevoir.

– Pourquoi t'es si content ? lui demande Emma qui ne perd jamais rien de ce qui se passe autour d'elle.

– Parce que je reçois un message de quelqu'un qui compte beaucoup pour moi.

– C'est qui ?

– Lise.

Il se fout de ma gueule ? Elle lui envoie des SMS depuis quand ?

– Moi aussi elle m'a envoyé un message sur le téléphone de maman !

Je me tourne vers ma fille et je suppose que j'ai l'air aussi ahuri que je le suis.

– Lise t'a donné des nouvelles ?

– Ben oui, et je lui ai écrit un email. C'est maman qui l'a écrit parce que moi, je sais pas écrire. Alors je lui ai dit tout ce qu'elle devait écrire et elle lui a envoyé et même que Lise, tout de suite, elle a répondu. Alors maman elle a fait une photo de mon village PetShop et elle a envoyé la photo à Lise et même que Lise elle a dit que c'était très joli et que je lui manquais alors moi aussi je lui ai dit qu'elle me manquait et après maman elle a dit que c'était l'heure du dodo alors on a arrêté de lui écrire et je suis allée au dodo.

Depuis que j'ai décidé que je n'étais pas assez fort pour supporter qu'elle me quitte, je la filtre. Ça fait déjà deux semaines qu'elle n'essaie plus de me contacter. C'est exactement ce que je souhaitais et pourtant, ça me fait mal. Vraiment mal. Ma vie sans elle, j'ai déjà donné, et l'avoir vécu une première fois ne rend pas ma décision plus facile. Je fais ce qui me semble être le mieux pour Emma et moi. Et pourtant, je n'arrive pas à voir le positif. Elle n'a fait que traverser mon quotidien et déjà elle me manque.

J'aurais voulu qu'elle se batte plus pour nous. Elle accepte tout ça comme si elle s'y attendait, comme si c'était ce qu'elle avait attendu. Pouvoir la toucher, lui sourire, l'embrasser, me fondre en elle… Une addiction développée en quelques semaines et qui me bouffe de l'intérieur lentement, à chaque instant passé loin d'elle.

Les regards de Sofiane et Anthony m'accusent.

Audrey dégouline de pitié.

Emma sourit moins.

Et moi…

Moi ? Je sais que je me comporte comme un connard, c'est plus facile comme ça. Pour moi.

Pas pour elle.

– Pourquoi tu fais ça ?

Anthony termine la vaisselle pendant qu'Audrey et Sofiane regardent un truc avec Emma à la télé. J'en profite pour régler mes comptes avec lui.

– Quand Sofiane cuisine, on débarrasse et on fait la vaisselle, tu te souviens ?

– Ne joue pas au con avec moi.

Il éteint l'eau et se retourne. Il s'appuie contre l'évier, avec son air détaché et détendu alors que je suis à fleur de peau.

– Tu l'as virée de ta vie sans même lui fournir une explication. J'ai pris la place que tu as laissée vacante.

– Pardon ?

– Je ne vois pas où est le souci. Tu ne veux plus d'elle. Qu'est-ce que ça peut te foutre ?

– Tu couches avec elle ?

– Que ce soit le cas ou non, ça ne te regarde pas. Ça ne te regarde *plus*. Et je la respecte trop, *moi*, pour te parler de ça.

Je vois rouge. Je lui fonce dessus et lui envoie mon poing dans la figure. Juste à ce moment, Sofiane débarque et m'empêche de continuer à le frapper. Anthony n'a même pas essayé de se défendre. Il se relève du sol où je l'ai fait tomber et me regarde en souriant :

– Je me demande si Lise rend visite à Annabelle, ce week-end. Je suis sûr qu'elle pourrait s'occuper de soigner ma lèvre. Oh, attends, dans son SMS elle me disait qu'elle était là et qu'elle m'attendait.

Il passe la langue sur la coupure que j'ai provoquée et sort. Sofiane est plus fort que je ne le pensais, je n'arrive pas à me dégager.

– Pourquoi tu danses avec Sofiane ?

Emma entre dans la cuisine et me regarde bizarrement. Sof éclate de rire dans mon dos. Je me libère.

– Moi aussi ! Moi aussi !

Il la prend dans ses bras et la fait tourner, je saisis l'opportunité pour aller me calmer.

Lise

– Anthony ? Qu'est-ce qu'il t'est arrivé ?

– Ange.

Je le fais entrer et ferme derrière lui.

– Wow… Dis donc, deux semaines seulement! s'exclame-t-il en découvrant le hall d'entrée.

– Ce n'est pas terminé, il reste encore deux semaines et ça devrait être bon. Ne change pas de sujet: vous vous êtes cognés accidentellement?

– Oui, c'est ça, son poing est accidentellement entré en contact avec ma lèvre alors que je pense qu'il visait le nez.

Il se retourne vers moi et me fait un clin d'œil.

– Ange ne se bat pas, enfin, il n'était pas comme ça, avant…

– Il ne l'est toujours pas. Je l'ai provoqué.

– Quoi? Pourquoi?

– Je peux aller à la salle de bain? Je dois quand même désinfecter.

Je le suis et il se place face au miroir avant d'ouvrir la sacoche qu'il avait en bandoulière.

– Pourquoi l'as-tu provoqué?

– Il avait besoin que je lui rappelle ce qu'il perd.

Il tamponne sa lèvre avec une compresse imbibée de désinfectant, s'observe et sourit.

– Aïe, ce con a une sacrée détente. Je ne l'ai pas vu venir, même si je l'ai bien cherché.

– Je ne comprends pas, tu es masochiste, toi aussi?

Je suis entourée de gens bizarres.

– J'œuvre pour le bien commun.

– Tu lui as dit quoi, pour le pousser à bout comme ça?

– Que j'avais pris sa place.

Il se retourne et me fixe. Je crois que j'ai la bouche ouverte.

– Alors, on se la fait, cette partie?

– Tu mériterais que je te frappe aussi.

– Dis-toi que c'est rassurant, ça le touche.

– Je sais que ça le touche. Je n'avais pas besoin que tu le pousses à te frapper pour le savoir. Il va s'en vouloir et je me sens vraiment comme une Yoko Ono.

– Je prépare le terrain pour ton come-back.

– T'as raison, faisons cette partie, ça me permettra de te mettre une raclée, métaphoriquement parlant, bien sûr. Car je te préviens, je ne suis pas violente, tu n'arriveras pas à m'obliger à te frapper.

Il rit. Et grimace. Bien fait. Je vais faire plein de blagues pour qu'il rigole et qu'il ait mal.

Malgré moi, je souris en allant au salon. Une petite preuve qu'il m'aime toujours, ou du moins qu'il tient à moi, ça ne fait pas de mal. Même si c'est peut-être juste son côté alpha « Lise mienne, toi pas toucher » qui parle. Je décide de me dire que c'est parce qu'il tient à moi. J'ai beau avoir l'air sûre de mon coup, avoir fait l'autruche, sembler déterminée… je ne peux pas être certaine à cent pour cent qu'il me laissera le ramener à moi.

Nous nous installons sur le canapé et je repense à ce qu'a fait Anthony pour moi ces deux dernières semaines. Il a dû briser je ne sais combien de codes que les mecs ont entre eux. Il m'a raconté comment Ange se traîne comme une âme en peine quand il n'est pas au travail. Il m'a répété ce qu'il lui avait dit, la raison pour laquelle il a coupé soudainement les ponts. Il m'a appelée tous les soirs, a rendu visite à Annabelle dès qu'il a pu. Quoi qu'il arrive pour la suite, j'ai gagné un ami et c'est déjà énorme. Même si Loïc me fait une crise de jalousie parce qu'il s'inquiète de savoir s'il a toujours la place de meilleur ami. Lui, il va rester là-bas, et forcément, nous allons moins nous voir. Je l'ai rassuré en lui disant que, même si Lans avait accepté que je travaille à distance, je devais venir aux deux réunions du staff qui avaient lieu chaque mois. Ça va me coûter une blinde en aller-retour, d'ailleurs. Je n'ai pas osé demander à mon patron de faire passer ça en frais professionnels, c'est moi qui ai voulu m'éloigner, à moi d'assumer ces dépenses. Pour atteindre mon objectif, je paierais pourtant bien plus. Sans hésiter.

– Toi et Ambre, alors…

J'ose enfin lui poser des questions plus personnelles. Ma curiosité prend toujours le pas sur ma bonne éducation.

Il hausse les épaules et passe la pointe de la langue sur sa lèvre gonflée tout en grimaçant.

– Elle est trop…

– Elle cherche un géniteur pour son futur enfant, je crois.

Il se retourne vers moi avec les yeux grands ouverts.

– Sérieux ? J'ai plutôt eu l'impression qu'elle voulait s'amuser.

– Aussi. Et toi, tu n'as pas envie de t'amuser ?

Il hausse les épaules et retourne à la configuration du jeu.

– Enfin, si tu n'as pas envie de parler de tout ça, je comprends. Mais comme tu es au courant en détail de ma vie privée, ce ne serait que justice que j'en sache un peu plus.

– Je ne parle pas de ça, en effet. Ce que vous avez, Ange et toi, j'aurais aimé que ça m'arrive.

– Et pourquoi ça ne t'arriverait pas ?

– J'ai tendance à pousser les gens à s'éloigner de moi.

Ah oui, de suite… C'est bien, Lise, pour mettre l'ambiance, tu es au top.

– On part à quelle heure, demain ?

Le plan, c'est d'aller chercher Loïc et de vérifier avec les déménageurs que tout est paré, puis de revenir les attendre ici. Grosse journée en perspective, mais c'est surtout la dernière étape.

– Tôt. Alors, on se la fait cette partie ?

Ce type est une énigme. Il a l'air de bonne humeur H24 et pourtant, là, j'ai touché un point sensible et je vois un peu ce qui se dissimule sous la carapace. Le fait que ça m'ennuie et que je voudrais pouvoir l'aider prouve qu'il a commencé à prendre une grande place dans ma vie. Sans prévenir. Je ne dois surtout pas dire ça à Loïc ou je vais être bonne pour une soirée saladier afin d'expier !

Ange

Il n'a pas le droit.

Je suis en train de devenir fou à l'imaginer avec elle.

Je sais que je ne devrais pas. C'est moi qui ai voulu ça.

Pas Anthony !

Non, il ne me ferait pas ça, pas lui. Et pourtant, je le déteste de la voir, de faire partie de sa vie.

Que fait-elle en ce moment ? Tous les jours ?

Cette histoire me rend dingue. Ils me rendent tous dingue. Je sais que je nous ai amenés à cette situation, mais j'aurais préféré couper les ponts. Pas que mon ami constitue un lien entre elle et moi.

J'essaie de me calmer, de me détendre, je suis le seul responsable de ce qui m'arrive. Mais entre la théorie et la pratique, je ne gère absolument pas les conséquences de mes actes.

Lise

Anthony et Loïc poussent les derniers cartons et voilà. J'ai déménagé ma vie. Enfin, je dis ça comme si c'était fait, mais il me reste encore tout à déballer et installer.

– C'est incroyable ce que vous avez fait avec cet appartement, nous lance Anthony.

– C'est vrai, on s'est bien débrouillés, lui répond Loïc en nous tendant des bières.

Nous profitons de la chaleur de cette fin du mois d'août et allons nous installer sur le balcon.

– Sans l'argent qu'Annabelle avait prévu pour, nous n'aurions jamais pu aussi bien nous en sortir.

– Cette femme est incroyable, ajoute Anthony avant de prendre une gorgée.

Il grimace lorsque le goulot entre en contact avec sa plaie toute fraîche. Je ne suis pas à l'aise avec la situation, je n'aime pas la tournure que ça prend et j'espère vraiment qu'ils vont en parler.

Je suis confiante, bizarrement. Je suis peut-être totalement à côté de la plaque, pourtant j'ai un bon pressentiment. Je ne me fais pas trop de souci. Ange me manque quand même, sa présence près de moi me manque. Ses regards, ses sourires, savoir qu'il est là… Mais je suis sereine. Je soupire et me recentre sur l'instant présent.

– Et maintenant ? demande Loïc comme s'il avait suivi le cheminement de mes pensées.

– Maintenant j'ai des cartons à défaire, je vais en avoir pour des heures.

– Je vais t'aider, annonce Loïc.

– Tu n'as pas le choix, tu passes le week-end ici et j'ai bien l'intention de te mettre au travail.

– Je suis de tournée, ce soir, sinon tu sais que je t'aurais aidée avec plaisir, me lance Anthony sans aucun remords dans la voix.

– Ne mens pas, je sais que tu es de repos. Tu m'as déjà bien aidée, je vais faire comme si je te croyais. Et par pitié, ne prends plus d'initiative.

– Je vous abandonne, Sofiane cuisine. Et comme Ange et Audrey sont en mode graines et pissenlits, il faut en profiter.

– Ils vous filent des pissenlits à bouffer ? s'indigne Loïc.

– Non, mais ça ne m'étonnerait même pas qu'ils le fassent. Du coup, je savoure chaque plat que Sofiane nous prépare. Il cuisine de plus en plus gras, pour compenser.

Anthony s'en va et nous nous retrouvons comme deux petits vieux courbaturés, Loïc et moi, à tourner le dos à la tonne de cartons qui nous attend.

– Moi je dis, on s'y met maintenant, on fait le maximum avant de dormir et comme ça, demain matin, on se paye une grasse matinée, me propose-t-il.

– Deal.

~~~

– Liiiiiiiise !

Et voilà, une dizaine de jours sans la voir, elle a déjà repris ses vieilles habitudes insupportables. Si elle n'arrête pas avec les ultrasons, je vais avoir une migraine et devenir garce.

– Emma, ne crie pas. Je me suis couchée tard.

– Tu joues avec moi ?

– Je viens de me réveiller et je m'apprêtais à prendre mon petit déjeuner.

Loïc a dû repartir hier soir, il préférait faire la route du retour à la fraîche. On a voulu en profiter le plus possible. Résultat, ce matin, j'ai quand même du mal à émerger.
~~~

– Et après, tu joueras avec moi ?

– Oui, en plus je vais t'annoncer une bonne nouvelle.

– J'aime les bonnes nouvelles.

– Maintenant, ici, c'est ma maison.

– Pour de vrai ?

– Oui, pour de vrai.

– Alors tu viendras chez papa ?

– Lise ?

Ange s'approche de la barrière. Deux semaines sans le voir et j'ai toujours autant de mal à rester de marbre en le regardant avancer. Bouger. Juste être lui. Seulement deux semaines, en fait. J'ai l'impression que ça a été beaucoup plus long. Il a l'air tendu, il peut. J'essaie quant à moi de ne pas lui montrer ce que ça me fait de le revoir. J'essaie surtout de maîtriser mes mains parce que, spontanément, j'ai tendance à le prendre dans mes bras. Je tente de ne pas passer la langue sur mes lèvres comme j'en ai envie. Et je fais tout mon possible pour ignorer la contraction de mon estomac quand il s'arrête juste devant moi.

– Papa, t'as vu ? Lise elle est là alors elle va venir chez toi parce que c'est ton amoureuse.

Intéressant, il ne lui a pas parlé de la décision unilatérale de mettre un terme à notre relation.

– Emma, va voir mamie, je vais discuter avec Lise.

– Lise elle a dit qu'elle va jouer avec moi après son petit déjeuner et qu'elle…

– Emma, sois mignonne.

Oh oh. Je ne le sens pas bien, là. C'est la première fois que je l'entends parler aussi sèchement à sa fille. Anthony m'a prévenue qu'il était une véritable tête à claques depuis qu'il a coupé les ponts avec moi. Enfin quand même, sa fille, quoi… Je lui souris et elle s'en va la tête basse, elle me fait de la peine, ce type n'a pas de cœur.

– Tu es revenue ?

– Tiens, tu m'adresses la parole ?

Je me la joue Anthony : je provoque. C'est plus fort que moi. Car même si je sais qu'il se protège, je lui en veux malgré tout un petit peu. J'ai eu beau être au courant de sa misérable existence sans moi, ça n'a pas rendu plus facile la mienne sans lui.

– Je croyais que tu étais partie.

– Comment peux-tu savoir ce que je fais puisque tu refuses de prendre mes appels ?

– Tu vois Anthony ?

– Oui, je l'ai vu hier, par exemple.

– Il ne travaillait pas, hier.

– C'est sûrement pour ça qu'il était disponible pour passer du temps avec moi, *lui*.

– Tu couches avec lui ?

– Va te faire foutre, Ange. Tu n'as vraiment rien compris.

– Pourquoi lui ? Tu peux avoir n'importe qui.

– Non, pas n'importe qui. Je te voulais *toi*. Et tu m'as éjectée de ta vie sans même une petite explication !

Il me regarde en serrant les mâchoires. S'il s'imagine qu'il m'impressionne… Je bosse avec Voldemort, mon gars, ça fait des années que je pratique l'intimidation et il en faut plus pour me faire peur.

– Tu penses vraiment que, même pas quinze jours après toi, je me ferais sauter par ton pote ? C'est ça, l'estime que tu as de moi ? Et de lui ?

Il semble prendre conscience de sa connerie. Je n'en ai pas terminé alors je reprends, sans le laisser en placer une :

– Tu étais tellement sûr que j'allais encore partir que tu m'as tourné le dos, sans même essayer de savoir ce que j'avais prévu ! Tu ne nous mérites pas !

Je crie de plus en plus fort et d'un coup, je remarque Emma derrière la porte-fenêtre. Elle nous observe avec les mains sur les oreilles. Comme si ce n'était pas la première fois qu'elle était témoin de ce genre de scène. Alors je me tais et je reporte mon attention sur Ange. Je m'approche et murmure :

– Bien entendu que je n'ai pas couché avec Anthony ! Tu devrais avoir honte d'avoir pensé ça de lui et de moi ! Et je viens d'emménager dans cet appartement, je travaille ici, maintenant. Alors, Ange, tu vois, tu ne croyais peut-être pas assez en nous pour nous donner une chance, mais moi, oui. Sauf que là, tout de suite, je n'ai pas envie de te voir.

Je pivote sur mes talons, ramasse mon plateau de petit déjeuner et je le plante là.

Finalement, dans la théorie c'était honorable de ne pas lui en vouloir, mais dans la pratique, ça fait du bien de lâcher un peu de lest.

Sans déconner, il se prend pour qui, boucle d'or ?

Ange

Je suis un abruti.

Un putain d'abruti.

35

Ange

– Pourquoi tu ne m'as pas dit la vérité ?

– Parce que tu ne la méritais pas.

– Je t'ai frappé !

– Je l'avais bien cherché, je ne t'en veux pas.

– Je suis désolé d'avoir cru que…

– Je n'en ai rien à foutre, de tes excuses. Ce n'est pas auprès de moi que tu dois t'excuser de t'être comporté comme le plus gros connard que la Terre ait porté.

Je ne proteste pas, il a raison.

– Elle ne m'écoutera pas.

– Non, c'est certain. Je l'ai vue, hier soir. Elle était très en colère.

– Vous êtes amis…

– Il est temps que tu t'en aperçoives, oui.

– Elle est restée pour moi.

– Oui. Pour toi, et pour Emma.

– Et elle ne veut plus me voir.

– Tu vois, quand tu veux, tu comprends vite. Je file, j'ai du taf.

– Je fais quoi ?

– Ah ça, débrouille-toi. Je suis dans son camp, pour le coup.

Anthony se barre et me laisse avec mes regrets. J'ai de quoi faire, avec tout ce que j'ai déconné.

Lise

Je lui montre les photos de l'appartement, elle les regarde en souriant. Elle est dans un fauteuil roulant et c'est bien de ne plus la voir dans ce lit. Je dois avouer que cette maison est agréable. On n'a pas l'impression de rentrer dans un hospice avec des vieux en train d'agoniser à tous les coins de couloir. Même si, en réalité, c'est probablement le cas. Avec tout ce qu'on peut entendre sur ce genre d'établissement, Annabelle a fait le bon choix. C'est une chance qu'elle puisse se le permettre, d'ailleurs. Elle me rend mon téléphone et soupire :

– Je suis vraiment heureuse pour toi, Lise. Ta vie a toujours été ici.

– Tu penses ?

Elle sait plus de choses que moi, alors…

– Bien sûr. Ange était là, c'était là que tu devais être également.

Je ne lui ai pas dit que, entre lui et moi, ce n'est pas licornes et arcs-en-ciel. Elle n'a pas besoin de se faire du souci. Alors je me contente de sourire.

– Un petit Fabio ? je lui propose.

Il me reste une demi-heure avant que le déjeuner ne soit servi. Je vais essayer de venir plusieurs fois par semaine, à défaut de lui rendre visite tous les jours. Il y a quarante-cinq minutes de voiture et je sais qu'elle ne dépérit pas, elle s'est déjà fait plusieurs amies. Je les soupçonne même d'avoir monté un fan-club de Fabio, mais je n'ai pas encore mené ma petite enquête.

« Depuis qu'ils sont morts, je survis plus que je ne vis. Je revois inlassablement cet accident de voiture m'enlevant mon bébé, mon mari, et l'usage de mes jambes. »

Oh. Mon. Dieu. Moi à sa place, je me taille les veines avec une feuille de papier. Annabelle m'encourage à continuer et je sens que le médecin qui se charge de la rééducation de l'héroïne va se la faire. Je ne dis rien, je n'aime pas spoiler.

Ange

– Non, tu fais pas comme il faut ! Lise elle m'a montré et c'est pas comme ça !

– Je fais ce que je peux, Emma.

– Ben c'est pas très très très beau.

– C'est l'intention qui compte.

– Ça veut dire quoi ?

– Ça veut dire que même si je ne suis pas doué, j'essaie.

Elle reprend son dessin et je l'observe se concentrer. En effet, elle s'en sort bien mieux que moi. Peut-être que je peux échanger nos feuilles, l'air de rien ?

Lise

Annabelle m'a reconnue pendant toute ma visite, je prends ça pour un élément positif et c'est en souriant que je reviens chez moi.

Chez moi.

Je ne sais pas si je m'y ferai un jour. Ici, ça a toujours été chez elle. Elle savait. Alors elle a mis tout cet argent à ma disposition pour que j'en fasse mon chez-moi.

Comme chaque après-midi, je m'installe sur le balcon pour travailler. Voldemort est dix fois plus sur mon dos, comme si le fait de bosser de chez moi lui donnait des pouvoirs supplémentaires. Il me harcèle de coups de téléphone qui durent trois secondes et demie et durant lesquels il aboie des ordres auxquels il n'attend pas de réponse. Alors je suis sérieuse et, malgré les tentations de ne rien faire, je bosse. Travailler de chez soi demande bien plus de discipline que je ne l'imaginais.

– Lise ! Tu es là !

Surtout avec la petite voisine que j'ai et qui doit être plus futée qu'elle n'en a l'air, car elle s'est bien réglée sur mes horaires.

– Emma, comment vas-tu ?

– J'ai du courrier pour toi !

– Vraiment ? Le facteur s'est trompé de boîte ? je lui demande en allant la rejoindre à la barrière.

– Non, c'est moi le facteur.

Elle me tend une enveloppe et attend.

– Tu l'ouvres pas ?

– Je dois l'ouvrir devant toi ?

– Ben oui.

Je décachète et en sors une feuille pliée en quatre.

– Oh, tu as refait un cœur, je te remercie.

Franchement, elle a des progrès à faire, ce n'est pas très au point. J'avais même eu l'impression qu'elle avait compris le trait, la dernière fois. C'est ce que je disais : je m'absente quelques semaines et la voilà qui régresse. C'est dommage. Enfin, ça reste mignon.

– C'est pas moi qui l'ai fait, c'est ton amoureux, mon papa.

– Hein ?

Je retire ce que j'ai dit, il n'est vraiment pas réussi, ce cœur. C'est même un misérable ersatz de cœur, pour tout avouer.

– Oui, mon papa il a dit qu'il voulait te montrer qu'il est ton amoureux. Alors je lui ai dit que moi j'avais dessiné un cœur pour mon amoureux et après papa il a connu notre secret parce que j'avais oublié que c'était un secret mais alors il a dit qu'il allait aussi te dessiner un cœur.

Il ne s'imagine quand même pas qu'il va réussir à me récupérer avec un minable petit dessin de niveau maternelle ?

– Alors, je dis quoi à papa ?

– À quel sujet ?

– Tu l'aimes son cœur ou tu l'aimes pas ? Parce que papa il m'a dit que quand je te donne le dessin je dois attendre de voir si tu es contente ou si tu es pas contente et que si tu es pas contente c'est pas grave parce qu'il te fera d'autres dessins.

Okay… On va peut-être éviter de l'encourager dans cette voie, car ce n'est visiblement pas son domaine, le dessin.

– Oh. Eh bien… dis-lui que ce n'est pas la peine de me faire d'autres cœurs.

– Tu es contente ?

C'est sacrément vicieux d'envoyer sa fille pour cette mission. J'ai le choix entre lui faire de la peine et lui dire ce qu'il voulait entendre. Si ce n'est pas de la manipulation, je ne sais pas ce que c'est.

– Oui, je suis contente… C'est très gentil à lui, mais ça ne suffira pas.

– Ça veut dire quoi ?

– Ça veut dire que si ton papa veut vraiment me montrer qu'il est mon amoureux, il va devoir faire plus qu'un dessin.

Elle se met à réfléchir en fronçant les sourcils, j'ai peur qu'elle ne se provoque une migraine tant elle est concentrée.

– Je dois un peu travailler, maintenant, parce que tu sais que mon chef est très vilain.

– Voldemort, on l'aime pas.

– Voilà, donc il faut vraiment que je fasse mon travail.

– Je peux te regarder ?

C'est un peu *creepy*, mais bon…

– Oui, tu es sage, hein ?

Elle place son index sur ses lèvres et, moins de cinq minutes après, n'y tient plus :

– Maman elle a dit que dans une semaine c'est la rentrée. Et je vais aller au CP. T'es déjà allée au CP ?

– Oui, quand j'avais ton âge.

– C'était il y a très très très très…

– Oui, on a compris, merci.

Quelle sale gamine.

– Et maman elle m'a acheté un nouveau cartable et même qu'elle m'a acheté des habits juste pour que je sois la plus belle pour la rentrée et même que Raphaël aussi il va être au CP et que…

C'est parti, elle est lancée, impossible de l'arrêter. Je laisse mon article de côté, je bosserai ce soir. Après tout, si elle est à l'école à partir de jeudi, je devrais pouvoir rattraper tranquillement mon travail. Je me souviens comme j'étais montée sur ressorts les veilles de rentrées, l'avant-veille aussi, en y repensant. Je l'écoute me raconter ses petites histoires d'enfant. Ses soucis sont dérisoires par rapport à ce qui l'attend dans la vie, mais pour elle, ce sont les plus importants au monde. Et ça m'amuse de la voir s'enflammer pour une histoire de trousse, ou parce qu'elle ne sait pas dans quelle classe sera Raphaël.

Même si je pense que d'ici une heure, si elle garde ce débit, je vais avoir une hémorragie au niveau des tympans. Ma bonté me perdra.

Comme chaque matin, je prépare mon plateau pour profiter des derniers beaux jours de septembre sur le balcon. J'ouvre les volets et je reste interdite. Ma première réaction est de me dire que quelqu'un est venu sur mon balcon durant la nuit et que je ne me suis aperçue de rien. On aurait pu me tuer sans même que j'aie le temps de me défendre. Je me rassure en me disant que je suis au troisième étage et que je suis donc relativement à l'abri. Et puis je souris : j'aime son côté psychopathe. Ce qui en dit long sur le mien, d'état mental…

Ange

– Tu as fait quoi ?

– J'ai laissé un truc sur son balcon.

– Je voulais être sûr d'avoir bien compris.

Merci les potes, je me sens soutenu.

– Je trouve ça très romantique, Ange, bravo.

Heureusement qu'elle est là pour remonter le niveau.

– C'était ton idée ? demande Anthony à Audrey.

– Pas du tout, il se débrouille tout seul.

– J'aurais deviné… marmonne Sofiane. Remontre-moi la photo.

Il tend la main et je lui donne mon téléphone. Je voulais immortaliser la scène, on ne sait jamais…

On y voit le 33 tours de l'Unplugged d'Alice in Chains posé sur la table, avec une enveloppe décorée d'un cœur que j'ai demandé à Emma de réaliser pour moi. Je ne leur dis pas qu'elle contient une feuille sur laquelle un seul mot est inscrit.

Pardon.

J'ai peur de tout avoir foutu en l'air.

J'ai peur parce qu'elle a fait apparaître chez moi des réactions dont je ne me croyais pas capable. La soupçonner, elle. Le soupçonner, lui. C'était ridicule et stupide. Mais pire que tout : ne pas lui laisser cette chance que je lui avais promise. Voilà sûrement ma pire erreur.

– Elle est complètement barrée si elle retourne avec un psychopathe comme toi, me lance Sof en me rendant mon portable.

Je hausse les épaules. Je suis désespéré. Alors oui, si elle est complètement barrée, ça me convient.

– Elle a dit que le dessin ne suffirait pas, je me justifie.

– Et tu en as déduit qu'il fallait t'introduire illégalement chez elle ? Au beau milieu de la nuit ?

– Je fais ce que je peux, et puis « illégalement », ça va. J'ai juste passé la barrière et… OK, c'est la définition de l'entrée par effraction.

– Je trouve ça très bien.

Audrey me tapote la main et je vois les deux autres qui se marrent. Sérieusement, j'aimerais bien les y voir. Et en même temps, j'ai mérité chaque foutage de gueule que mes tentatives de rattrapage aux branches provoquent chez Sofiane et Anthony.

Lise

– Alors la maîtresse elle a dit que c'était pas bien de frapper alors moi j'ai encore pleuré mais Élodie elle a fait une vilaine tête et la maîtresse l'a punie au coin mais moi je voulais pas qu'elle soit punie parce que même si elle m'a tapée c'est quand même ma copine, alors Raphaël il a dit qu'il était pas amoureux avec des rabocheuses mais moi j'avais pas raboché c'est la maîtresse qui avait vu quand Élodie elle m'a poussée alors moi j'ai pleuré encore plus et maintenant j'ai plus de copine et j'ai plus d'amoureux.

Elle tient son vieux doudou cradingue dans ses bras et a la lèvre inférieure qui tremble, comme si elle allait se remettre à pleurer. Eh bien mon vieux, la vie d'une enfant de six ans est bien plus trépidante que dans mes souvenirs. Et bien plus trépidante que la mienne en ce moment, je dois l'avouer. Même Voldemort se fait discret et j'en viendrais presque à avouer que ses agressions téléphoniques me manquent.

Bon, deux jours d'école et c'est déjà *Dallas* au CP.

– Comment te dire ça… Pour commencer, si Raphaël n'est plus ton amoureux à cause de ça, c'est qu'il n'en vaut pas la peine.

– Comme toi avec mon papa ?

– Quoi ?

– Ben oui, il a dit que si tu ne venais plus à sa maison c'est parce qu'il avait été vilain et toi tu voulais plus être son amoureuse alors lui il était désolé mais des fois être désolé ça suffit pas mais moi j'ai pas compris ce qu'il disait alors il a dit que j'étais trop petite et que je comprendrai quand je serai grande. Mais moi je lui ai dit que je suis au CP alors je suis déjà grande mais il a dit qu'il parlait de quand je serai encore plus grande.

– Disons que quand tu fais quelque chose, des fois, il va se passer d'autres choses après, à cause de ce que tu as fait. Par exemple, Élodie s'est mal comportée, elle t'a poussée, tu as eu mal, la maîtresse l'a vue… La conséquence de ses actes est qu'elle a été punie. Donc tu vois, si elle ne t'avait pas frappée, elle ne serait pas punie, c'est sa faute à elle si elle est punie.

Je ne crois pas qu'elle comprenne tout. En tout cas, elle m'écoute avec application.

– Et mon papa il a fait quoi de vilain ?

– Je ne pense pas que ce soit à moi de te le dire. Et puis tu sais, ce sont des histoires d'adultes.

– Et toi tu veux pas lui pardonner ? Moi j'ai pardonné à Élodie, déjà.

– C'est un peu plus compliqué que s'il m'avait poussée.

– Il t'a tiré les cheveux ? Parce que si c'est ça, toi t'as dit que c'était pour te montrer qu'il était ton amoureux. Que même si c'était bête c'était ça alors t'as qu'à lui dire que c'est bête et qu'il doit te le montrer mais pas en te tirant les cheveux.

– Non, il ne m'a pas tiré les cheveux, il ne m'a pas frappée, ni bousculée. Rien de tout ça.

– Alors il t'a dit que tu avais grossi ? Parce que l'amoureux de maman, un jour, il lui a dit ça et maman eh bien elle a été fâchée et il lui a acheté des fleurs pour se faire pardonner mais maman elle a dit que ses fleurs elles sentaient mauvais alors moi j'ai senti mais elles sentaient pas mauvais alors Alain il a dit que je pouvais les garder. Mais maman elle est restée fâchée longtemps, longtemps, longtemps.

Je tourne la tête et essaie de voir la taille de mon cul. Non, je n'ai pas grossi. Il est toujours aussi plat, malheureusement. Alors pourquoi cette gamine propose cette idée ?

– Tu trouves que j'ai grossi ? je lui demande.

On dit que la vérité sort toujours de la bouche des enfants.

– Ben je sais pas.

– Peu importe, non, ton papa ne m'a pas dit ça.

– Alors tu vas lui pardonner ?

– Oui.

36

Lise

– C'est un beau cadeau.

– Oui, c'en est un.

– Mais tu n'as pas de platine vinyle.

– Si, maintenant j'en ai une.

– Tu en as acheté une juste pour écouter ton unique disque ?

Je hausse les épaules. Loïc pose l'album d'Alice in Chains sur la table basse et la cheville sur son genou. Il prend son air sérieux. J'ai peur.

– Tu vas lui pardonner, là, non ?

– Bien sûr.

– Pourquoi tu le fais attendre ?

– J'ai été occupée. Sa fille a eu sa rentrée des classes. L'occasion ne s'est pas présentée, tout simplement.

– Tu te fous de moi ?

– J'espérais que tu ne t'en apercevrais pas.

– Ça fait deux semaines que tu es revenue, Lise.

– Je n'avais pas réalisé que tu tenais les comptes.

Il m'agace. Il a raison.

– C'est quoi le véritable souci ?

– Et si on allait trop vite ? Comme quand je suis revenue. Nous sommes allés trop vite et il a eu peur. Tu vois, là je suis sûre de moi. Je sais ce que je veux. Mais lui, est-ce qu'il n'a pas besoin d'encore un peu de temps ?

– C'est quoi, ça ?

Il me montre du menton la pile d'enveloppes décorées de cœurs. Je sais que c'est Emma qui les a faits, elle m'a vendu la mèche. Mais l'intérieur, ça ne concerne que son père et moi. Je les ai trouvées glissées sous la porte, une chaque jour…

– Des lettres.

– Des lettres d'Ange.

– Oui, et alors ?

– Alors il n'a plus peur. CQFD. N'attends plus.

Il a raison. Je suis sûre de moi, mais j'ai peur. De le faire fuir, encore.

– Tu as le cadeau pour Anthony ?

– Bien tenté, le changement de sujet.

La vérité, c'est que dans ses lettres, il s'est mis à nu. Et surtout, il m'a collé la vérité sous le nez. La moche. Celle où il a vécu une dépression qu'il s'efforce de me décrire. Et même si ça reste abstrait, je lis la douleur de ces moments entre les lignes. Je m'en veux. Je ne sais pas si lui pourra vraiment me pardonner un jour, mais moi, je doute être capable de *me* pardonner.

~~~

– Loïc, si tu fais le tour du salon encore une fois, je te jette du balcon.

– Je croyais que tu n'étais pas violente ?

– En ce moment, tout le monde me pousse à l'être. Toi y compris.

– Je suis impatient ! J'ai hâte de voir sa tête !

– Nous ne partirons pas avant au moins trois heures, rends-toi utile, fais un peu de ménage, par exemple.

La fête d'anniversaire d'Anthony est l'événement le plus palpitant qui nous soit arrivé à Loïc et moi depuis des semaines. Nous avons été occupés entre l'appartement à rénover et le boss qui se venge de mon nouveau mode de travail. Et puis à distance, forcément, difficile de sortir ensemble. C'est notre première soirée depuis un bail et il est pire qu'un gosse. Même Emma est plus calme ! C'est dire…
~~~

Parce que je la soupçonne définitivement d'être hyperactive. À moins que tous les gamins soient comme ça et, bizarrement, cette idée ne réveille toujours pas mon horloge biologique.

– On pourrait y aller à l'avance, ce n'est pas comme si nous ne le connaissions pas.

– Ça ne se fait pas.

– Tu parles, tu as peur de croiser ton Ange.

– Appelle-le encore une fois « mon » ange et tu passes vraiment par-dessus le balcon. La chute de trois étages ne te tuera peut-être pas, mais je pense que tu auras de sacrés dégâts.

Il s'en va bouder dans sa chambre et ne revient que deux heures plus tard. Je suis sûre qu'il a roupillé.

– Bon, tu peux aller t'habiller, là, c'est presque l'heure.

Je baisse les yeux sur mes fringues.

– Je suis habillée.

– Tu ne peux pas te pointer à une soirée d'anniversaire en jean et t-shirt.

– Si, je le peux. Je ne vais pas me déguiser juste parce que toi, tu avais envie de mettre une chemise.

– Un souci avec ma chemise ?

– Pas du tout, les cols pelle à tarte reviennent à la mode, il paraît.

Le sarcasme ne lui échappe pas et j'ai droit à un magnifique double doigt d'honneur.

– Fais au moins quelque chose pour tes cheveux.

– Je rêve ou tu as honte d'être vu en train d'arriver avec moi ?

– Honte, peut-être pas…

– D'accord, je vais me changer. C'est uniquement pour ne plus t'entendre geindre.

Je choisis un jean skinny, j'enfile mes Doc par-dessus, je change de t-shirt et je garde un t-shirt quand même. C'est un Bowie de l'époque *Starman*, mince, si ça ce n'est pas la classe. J'ai encore coupé le col et il me tombe sur l'épaule de manière sexy. Enfin, je crois. J'espère. Bref, ça ira. Et pour mes cheveux… Bah, je me fais un chignon qui de toute façon se désintégrera d'ici une petite heure, c'est juste pour que Loïc ne puisse plus la ramener. Je le retrouve dans l'entrée. Il soupire et secoue la tête, l'air désespéré.

– Tu ne pouvais pas faire un effort et mettre, je ne sais pas… une jupe ?

– Je t'emmerde. Voilà, tu me pousses à être grossière.

Nous partons, il tient le cadeau pour Anthony serré contre lui, donc aucun risque de l'oublier. Quand je pense que c'était mon idée… Je suis certaine qu'il va essayer d'en récupérer tous les bénéfices ! J'ai même dû faire le forcing pour l'empêcher de le lui amener le jour pile de son anniversaire en usant de tout le bon sens dont il est capable, pas beaucoup, pour lui faire comprendre que, oui, Anthony est du cinq octobre, mais la fête est le samedi suivant et que ça ne se fait pas d'arriver les mains vides.

Pas étonnant que je gère plutôt bien Emma, sans le savoir, j'ai eu un entraînement de choc avec Loïc.

Ange

Je suis nerveux. Je ne suis pas du genre à l'être. Mais je le suis.

Je sais qu'elle va bientôt arriver.

Je regarde Audrey s'agiter pour proposer à boire et à manger à ceux qui sont déjà là. Ça m'occupe.

– Inquiet ? Tu as peur qu'elle t'ignore ? Qu'elle se pointe avec son nouveau mec ? Qu'elle te frappe ?

– Merci, Sof, je me sens d'un coup tellement mieux.

– De rien, mon pote, moi si je peux rendre service.

En quelques semaines, elle a conquis tout le monde et, à part Emma, je n'ai personne de mon côté. Elle ne compte pas vraiment, elle m'aime d'un amour inconditionnel, elle n'a pas trop le choix. Et honnêtement, si je n'étais pas moi, je lui dirais que je ne mérite pas d'avoir qui que ce soit dans mon équipe.

Elle m'a aidé à transmettre à Lise toutes ces lettres où je lui raconte en détail ce que j'ai vécu durant son absence. Celle d'il y a dix ans. Me replonger dans cette période a été plus facile que je ne le pensais.

Car elle est là, maintenant, et je sais qu'elle est là pour rester. Mais j'avais besoin qu'elle comprenne comment j'ai pu en arriver à être aussi con avec elle cet été.

Lise

– On lui offre en même temps.

– Mais…

– On l'attrape chacun d'un côté et on lui offre ensemble.

– Mais…

– C'était *mon* idée. Alors si tu ne veux pas faire comme ça, c'est moi qui lui donne toute seule !

– D'accord.

Il sonne et je tire un peu de mon côté, car il n'arrête pas d'accaparer le cadeau vers lui.

– Loïc… je le menace.

Sans aucun effet, dès qu'Anthony nous ouvre, il ramène le paquet à lui d'un coup, bien sûr, je le lâche, parce que sinon ce serait risquer de l'abîmer… Et il lui lance un « joyeux anniversaire » tonitruant, tout en le lui tendant. Il trépigne, il fait de petits bonds agaçants. J'ai envie de le pousser du haut des escaliers. Quel sale gamin…

– Merci ! Entrez, presque tout le monde est là !

– Juste pour que ce soit clair, ce cadeau, c'était mon idée.

J'embrasse Anthony sur la joue et entre en plantant Loïc. Le deal était de dire que c'était notre idée à tous les deux et donc que le cadeau était de notre part à tous les deux. Mais avec le coup bas qu'il vient de me faire, c'est chacun pour soi !

– J'ai suivi mon impulsion, Lise, désolé !

– Trop tard.

– Je ne recommencerai plus !

Il est tout penaud. Bien fait.

– Tu n'en auras pas l'occasion. Je ne partagerai plus mes idées avec toi.

– Je vais nous chercher à boire.

– Fais donc ça.

– Liiiiiiise !

Emma me saute dessus et s'accroche à ma jambe. Je la secoue un peu, elle comprend vite, maintenant, elle a l'habitude. Elle me lâche et je me mets à sa hauteur.

– Bonsoir, Emma. Qu'avons-nous dit à propos du nombre de « i » dans mon prénom ?

– Un seul.

– Et qu'avons-nous dit à propos de ma jambe ?

– Que je ne suis pas un chien.

– Bien.

Je suis tendue, c'est clair, j'engueule tout le monde, ce soir.

– Putain de bordel de merde ! hurle Anthony dans mon dos.

– Gros mot ! Gros mot ! Gros mot ! l'imite Emma de l'autre côté.

Les cris en stéréo, c'est le pied.

– Il a ouvert ! Il a ouvert ! surenchéri Loïc en reprenant ses petits bonds.

Je me relève et me retourne pour voir Anthony foncer sur moi et me serrer dans ses bras. Adieu. Je viens de perdre deux ou trois côtes. Hé… ça ne sert à rien les côtes, c'est surfait, je devrais pouvoir vivre sans.

– Merci ! Merci ! C'est parfait !

Par-dessus son épaule, j'aperçois Ange qui nous observe. Il est assis sur le bord de la table basse du salon et il me sourit. Je lui rends son sourire et Anthony me libère enfin.

– Pour être honnête, parce que je ne suis pas comme certains, je précise en regardant Loïc, j'ai eu l'idée, mais je n'aurais pas pu y arriver sans Loïc.

Du coup, ils se font un câlin de mecs. Le truc très mâle, avec la bonne tape dans le dos et le serrage viril d'avant-bras. Un câlin de mecs, quoi. On n'appelle cependant pas ça un câlin, ça ne respire pas assez la testostérone. C'est une accolade.

Anthony feuillette son magazine avec des étoiles plein les yeux, on dirait un gosse et pas un type qui fête ses vingt-neuf ans. Le hors-série n'est pas encore sorti et toute l'équipe l'a signé. Même Voldemort a signé. Enfin… il a fait une sorte de croix sous l'édito. Je ne suis pas sûre que ce soit sa véritable signature et Loïc a déjà eu le courage d'aller lui demander ça, on n'allait pas chipoter sur le rendu. Il paraît qu'il a lancé quelque chose du genre « même à plusieurs centaines de bornes, Monroe arrive encore à nous faire chier ». Ce qui ne m'étonne pas une seconde.

Je sais qu'il est en train de m'observer. Je le vois du coin de l'œil et je fais mon possible pour ne pas avoir l'air de le remarquer. Parce que je ne sais pas du tout comment nous allons nous retrouver. Alors j'essaie de profiter de la soirée, je ne suis pas là pour lui, ni pour nous. Je suis là pour Anthony.

– Un petit four ?

Audrey se plante devant moi avec un plateau chargé de bonnes petites choses miniatures à manger.

– Tu as tout fait toute seule ?

– Oui, c'est sain et…

– Ne me dis pas ce qu'il y a dedans, je vais juste… goûter, tu sais… Et me dire que c'est pas forcément du pissenlit.

– Hein ?

– Bravo en tout cas, tu as bien bossé.

– Merci. Je file à la cuisine chercher des boissons.

Il y a pas mal de monde et je ne connais personne. Ce n'est pas grave. J'aime bien voir Anthony heureux qui papillonne d'un groupe à l'autre pour parler avec chaque invité. Je suis en train d'observer tout ça quand je le sens derrière moi. Je n'ai pas besoin de vérifier, je sais que c'est lui. Il pose le bout des doigts sur mon épaule, celle où mon t-shirt est censé me donner l'air sexy, et il les fait descendre doucement jusqu'à mon poignet. Il les entrelace aux miens et nous restons un moment immobiles, silencieux. Jusqu'à ce que je fasse un pas en arrière et que je sois contre lui. Il ne dit rien. Il est juste là.

Ange

Elle me laisse la toucher.

Lise

Nous restons comme ça un moment. Dans notre bulle. Et c'est le roi de la fête qui me sort de cet instant parfait :

– Queeeeen ! *Guitar Hero* !

Je sens Ange rire dans mon dos. Il resserre ma main avant de la lâcher. Le temps que je reprenne vraiment mes esprits et me retourne, il n'est plus là. Je retrouve Anthony et nous jouons, je ne le laisse pas gagner. Anniversaire ou pas, ce n'est pas mon genre. Et puis ça lui fait un but dans la vie, de me battre à ce jeu. Si je le laissais gagner, il perdrait sa raison de vivre. Il profite de la diversion que la sonnette de l'entrée lui offre pour éviter ma jubilation humiliante. Il revient avec deux hommes et les présente à notre petit groupe :

– Les gars, voici Michel et David qui viennent d'emménager à côté !

Nous les saluons et David pointe la console du doigt :

– *Guitar Hero !* Qui joue ?

S'ensuit une compétition où je me fais laminer par ce type débarqué de nulle part. Je ne suis pas aussi mauvaise perdante qu'Anthony, mais je joue pour gagner. Et Anthony se régale à me voir perdre. Les heures défilent, je n'arrive pas à remonter mon score et je finis par prétexter une envie de faire pipi. Peut-être bien que je suis aussi mauvaise perdante qu'Anthony, finalement…

Lorsque je reviens au salon, je ne vois plus Ange. Je ne sais pas où il est, Emma est partie avec sa mère depuis un moment déjà. Je reste encore un peu et, quand je remarque Loïc vautré sur le canapé, à moitié bourré, moitié endormi, je décide qu'il est temps de rentrer.

– Tu n'es pas sortable, je marmonne en le traînant jusqu'à la voiture.

Je m'installe au volant et découvre une enveloppe coincée sous mon essuie-glace. Je ressors en pestant pour l'enlever et sens quelque chose de lourd. Je reconnais un des cœurs d'Emma dessus. Je l'ouvre.

Il y a juste une feuille blanche, cette fois. Pas de longue lettre m'expliquant à quel point j'ai pu le faire souffrir. Il a scotché une clef dans un coin. La clef de chez lui ? Je regarde Loïc qui roupille, la tête en arrière et la bouche ouverte. Je vais doucement jusqu'à la porte d'entrée et m'assure que personne n'est sur le point de partir. J'aurais l'air complètement abrutie en train de fureter comme une cambrioleuse. Je retire la clef de la feuille et essaie de la mettre dans la serrure. Oui. C'est la clef de chez lui. Je fais trois petits pas de danse quand j'entends du bruit à l'intérieur, et je repars en courant jusqu'à la voiture. Je démarre un peu brutalement. Loïc ne réagit même pas.

37

Lise

Qui peut bien sonner un lundi matin à même pas huit heures ? J'hésite entre faire comme si je n'avais rien entendu, dans l'espoir de me rendormir, et aller passer ma mauvaise humeur sur l'intrus qui ose. Lundi, c'est sacré. Je vais faire ma garce, tiens, puisque la rumeur soutient cette théorie. Je me lève et enfile un short histoire de ne pas ouvrir en t-shirt/culotte. Sait-on jamais, que ce soit le voisin du dessus… Un coup d'œil dans le judas et je commence à paniquer. Qu'est-ce qu'il fait ici, avec sa sexytude matinale ?

Allez, courage, Lise, tu peux le faire.

J'ouvre.

J'attends.

Il me regarde lentement de haut en bas, puis de bas en haut. Et short ou pas, j'ai l'impression qu'il est de toute façon en train de m'imaginer sans rien.

– Tu me manques.

Il pose sa main sur ma nuque et m'attire à lui. Il me serre dans ses bras avant de murmurer à mon oreille :

– Sors avec moi, ce soir.

Je savoure l'instant et me blottis contre lui. Je profite de ses bras autour de moi, son souffle sur mon cou…

– Lise ?

– D'accord.

Il m'embrasse sur la joue, me sourit et s'éloigne. Je retourne me coucher, emmenant dans mon lit la sensation d'Ange avec moi.

Ange

Je souris comme un con en retournant à la voiture.

Elle a dit oui.

Lise

J'ai les mains moites. Je me suis changée cinquante fois, ce qui est totalement ridicule puisque j'ai fini par opter pour un jean et un t-shirt, comme toujours. J'ai mis mon préféré, de Queen bien sûr, coupé au col comme le sont tous mes t-shirts. J'ai failli mettre un soutien-gorge, je n'ai juste pas réussi à remettre la main dessus. Je me sens comme à un premier rendez-vous, empotée et maladroite. Alors que nous n'en sommes plus là. Il n'a jamais été question de reprendre de zéro. C'est impossible. Nous nous connaissons trop bien pour oublier le passé.

Quand il sonne, je prends une grande inspiration et essaie de me convaincre que je le mérite. Que je mérite qu'il me donne enfin cette deuxième chance.

– Liiiiiiise !

– Emma, bonsoir. Qu'avons-nous dit pour…

– Un seul i, pardon.

Elle a l'air toute penaude. Alors je lui fais une petite tapote sur la tête, pour la féliciter. Elle sourit. C'est tellement facile de se la mettre dans la poche. Si tout pouvait être aussi simple.

– Papa il a dit que ce soir on sortait tous ensemble alors moi j'ai dit qu'on n'avait qu'à aller faire un pique-nique mais papa il a dit que t'avais peut-être pas envie alors moi j'ai dit qu'on n'avait qu'à te demander et Audrey elle a dit mais si c'est une bonne idée alors elle nous a préparé un panier avec à manger et moi j'ai dit qu'on n'avait qu'à aller voir si T-Rex elle était là et papa il a dit c'est Lise qui décide alors Lise, tu veux ?

J'ai retenu mon souffle pendant toute sa tirade, par réflexe et habitude, et je prends une grande inspiration avant que mon cerveau ne soit privé d'oxygène trop longtemps et que je commence à dire des conneries. Enfin, même bien alimenté, il en débite des inepties, mon cerveau.

– D'accord, faisons ça.

– Alors il faut une couverture parce qu'Audrey elle a dit qu'on se met par terre pour faire un pique-nique mais papa il a pas pensé à la couverture alors moi j'ai dit mais Lise elle a peut-être une couverture.

– Entrez, je vais chercher ça.

Ils avancent jusqu'au salon et je suis secrètement soulagée qu'Emma soit là, car elle entretient à elle seule la conversation. Ange reste silencieux et j'essaie d'éviter son regard. Je suis mal à l'aise. J'ai l'impression que cette séparation de quelques semaines me pèse plus que la précédente qui a duré neuf ans. C'est paradoxal. Illogique. N'importe quoi. C'est pourtant comme ça que je le vis…

Je récupère un vieux plaid dans un placard et les retrouve au salon.

– On y va ! On y va !

Elle fait des bonds et me rappelle étrangement Loïc, le soir de l'anniversaire d'Anthony. Je suis certaine qu'il va adorer la comparaison quand je vais la lui mentionner. Je finis par lever les yeux sur son père et à ce moment, c'est elle qu'il regarde. Alors j'en profite pour l'observer. Il a l'air fatigué, Anthony m'a dit qu'il l'entendait souvent faire du sport, la nuit, dans sa chambre. De la muscu, ce genre de trucs où même si on me paye cher, très cher, je ne le ferai pas. D'après lui, il cogite beaucoup et s'angoisse parce qu'il n'est pas sûr que sa boulette peut être réparée. Il n'a aucune idée d'à quel point je me fiche royalement de ce qui s'est passé. Je veux simplement que nous repartions sur de bonnes bases, cette fois. Comment peut-il s'imaginer une seconde qu'après l'avoir quitté, il y a neuf ans, je pourrais lui en vouloir d'avoir eu des doutes ?

Ange

Je sens son attention sur moi, je concentre la mienne sur ma fille.

Je veux lui laisser le temps.

Nous laisser le temps.

Lise

– Il n'y a que des trucs sains, dans ce repas.

– Audrey l'a préparé.

– On va avoir la dalle, je fais remarquer.

Manger équilibré, bio, tout ça, c'est bon pour la santé. Enfin moi, c'est pas deux crackers aux graines de courge et à l'emmental allégé et trois roulés de jambon de dinde maigre au fromage frais à 0 % qui vont me caler.

– Moi j'aime pas ça.

Emma chipote, et je réalise que si je donnais le bon exemple, peut-être bien qu'elle le suivrait, vu que c'est mon clone miniature. Effectivement, je m'extasie sur les brochettes de crudités à tremper dans une sauce allégée et elle m'imite. Entre nous, ce n'est pas mauvais, c'est sûr. Et puis Audrey a dû passer un temps fou à préparer tout ça. J'arrête de râler. Il n'y a pas de pissenlit, c'est un repas réussi.

– Je vais chercher T-Rex ! nous annonce Emma en s'installant à son poste d'observation.

Elle a pris un morceau de salade qu'elle a posé sur le sol devant elle et je ne l'ai jamais vue aussi silencieuse et immobile plus de quinze secondes d'affilée. Cette tortue a des pouvoirs extraordinaires et elle ne le sait probablement pas. C'est un peu Tortue Géniale. En moins vicieuse…

– J'apprécie que tu sois venue, ce soir.

Je me tourne vers Ange et, cette fois, c'est moi qu'il regarde.

– J'apprécie d'être venue.

– J'ai déconné.

Il marque une pause, observe sa fille un moment avant de reprendre :

– Je suis désolé de ne pas avoir eu confiance en toi. En nous.

– Je sais.

– Et je…

– Arrête de te flageller. Nous sommes deux à avoir déconné.

Chacun son tour. Je te dirais bien que je suis désolée de ce que je t'ai fait traverser, mais ça me semble assez minable à côté de ce que tu as effectivement vécu.

– Alors ne dis rien.

– Oui, mais…

– Embrasse-moi.

Il se penche vers moi. Je sens mon cœur accélérer, comme si c'était la première fois. En quelque sorte, ça l'est. Il pose ses lèvres contre les miennes, délicatement, nous ne nous touchons qu'à ce niveau, ce petit point de contact qui réveille pourtant tout le reste de mon corps.

Un effleurement.

Un autre.

Sa langue qui caresse doucement ma bouche.

Ses yeux ouverts qui me fixent.

La certitude que, cette fois, c'est la bonne.

Ange

Ses lèvres.

Son souffle.

Sa peau.

Elle.

Lise

Il s'éloigne doucement, à regret, je le sais, je le sens. Je lui souris.

– Tu m'as manqué.

– T-Rex !

Je me tourne vers Emma et, effectivement, j'aperçois la tortue s'avancer paresseusement vers elle. Elle s'approche de la salade et semble la renifler. Ça renifle, une tortue ? Peut-être bien que ça a du flair… Elle en croque un petit bout, ce qui provoque un couinement de la part d'Emma qui, je le remarque avec plaisir, fait vraisemblablement un effort pour ne pas partir complètement dans les aigus.

Ange prend ma main. Je ne l'ai même pas entendu se rapprocher. Je resserre mes doigts autour des siens.

38

Lise

– Je l'ai vue, hier. Vous aviez raison, elle me pardonne.

– Bien sûr qu'elle te pardonne, Ange.

– Je n'en étais pas si sûr.

– Parce que tu es un homme et que vous êtes incapables de voir ce que vous avez sous le nez.

Je suis dans le couloir, juste devant la chambre d'Annabelle à la maison de retraite. J'ai failli entrer au moment où j'ai entendu la voix d'Ange. J'ai été tellement surprise de le savoir ici que je me suis arrêtée net. Je sais que je suis en train d'espionner et que ça ne se fait pas. La curiosité est un vilain défaut, bla bla bla… J'ai tenté d'expliquer à Emma qu'on ne pouvait rien récolter de bon en écoutant aux portes, j'ai essayé d'y croire. Soyons honnêtes une minute : qui, en entendant parler de soi, ferait humblement demi-tour alors qu'il peut rester, incognito, à écouter ? Pas moi.

– Comment vous sentez-vous ?

– Oh, tu sais, ce club… Nous sommes bien d'accord que tu n'en parleras pas à Lise ? Elle voue une haine farouche à Fabio depuis ma seconde chute.

– Je ne dirai rien, comptez sur moi.

Je vois, ça complote dans mon dos. Et je ne peux même pas m'en offusquer puisque je ne suis pas censée être au courant.

– Bon, alors, nous avons lancé un vote pour élire la plus belle couverture. Nous en avons sélectionné une dizaine et les avons exposées dans le réfectoire. La directrice a mis à notre disposition des bulletins qu'elle a imprimés exprès. Toutes les résidentes peuvent voter. Les résidents aussi… Cependant, je me doute qu'ils ne seront pas nombreux. Même les familles peuvent voter.

– Je peux voter alors. Dites-moi laquelle vous voulez que j'élise.

– La huit, sans aucune hésitation.

Elle dit ça avec une intonation coquine. Cette maison de retraite me dévergonde ma sage Annabelle ! Je savais que c'était une mauvaise idée !

– J'irai mettre mon bulletin avant de partir.

– Merci, Ange.

– Non, merci à vous.

– Je suis heureuse que tu viennes me voir.

– C'est normal. Vous nous manquez, là-bas.

– Lise a refait l'appartement, tu as vu ?

– J'ai eu un aperçu, hier. Elle a fait du bon travail.

– Oui, je suis contente qu'elle ait choisi de rester.

– Vous saviez qu'elle resterait.

Il ne lui pose pas la question, il déclare cela comme un fait établi. Elle me connaît si bien. Mieux que moi-même.

– Bien entendu. Elle est têtue. Pourtant elle sait ce qu'elle veut, maintenant.

– Oui, elle est têtue, c'est un euphémisme.

Espèce de sale petit comploteur. Il me critique quand je ne suis pas là. Attends un peu que je fasse la liste de tes défauts.

Ils se marrent sur mon compte. Je me sens trahie. Je vais devoir me venger. Même si c'est Ange qui subira mon courroux, car ça me semble sacrément lâche de m'en prendre à une vieille dame dans l'état d'Annabelle, ce serait frapper une femme à terre. Lui peut encaisser.

– Tu l'aurais vue, déterminée à ne plus jamais me lire un seul livre si Fabio est en couverture ! J'ai dû user de mon arme fatale.

Je rêve ! C'était donc ça, ces yeux de chiot abandonné ? Pourquoi tout le monde parvient à les faire, sauf moi ?

– Ce n'est pas l'heure de votre club, d'ailleurs ?

– Si, mais comme Lise nous espionne depuis un moment, je vais d'abord lui dire bonjour.

Eh mince. Grillée. Comment a-t-elle su ?

– Le miroir, Lili, le miroir, répond-elle à ma question muette.

Je lève la tête et je suis effectivement en plein dans le reflet du miroir qui fait face à la porte de la chambre, et donc au lit d'Annabelle. J'envisage pendant un instant de m'enfuir. De quoi aurais-je l'air si je cède à ma couardise ? À la place, j'avance lentement, la tête basse, et entre dans la chambre.

– Je ne suis là que depuis…

– …dix minutes, complète Annabelle pour moi.

Je relève les yeux, elle sourit.

– Je suis désolée, je n'ai pas pu résister.

Je croise le regard d'Ange qui sourit également, les bras croisés. Oh ça va, hein. Ils auraient fait pareil à ma place. On va peut-être m'épargner la lapidation en place publique, merci. Surtout que ce n'est pas moi qui parle d'eux dans leur dos. Enfin, si, je le fais, bien sûr. Je m'arrange simplement pour ne pas me faire surprendre, c'est la base, tout de même. Une des employées arrive à ce moment, les sauvant de mes remarques déplacées.

– Madame Laval, c'est l'heure de votre club !

– Un club, alors ? je glisse en souriant.

– Lili, je pense qu'avec ce que tu viens de faire, tu peux m'épargner ton discours sur l'influence néfaste de Fabio dans ma vie.

– Vas-y, je te rejoins dans un moment.

– Oh, tu nous ferais une lecture ?

Comment lui refuser ce petit plaisir ?

– Bien sûr, choisissez le livre et j'arrive.

– Même un avec Fabio en couverture ?

– Oui, même un avec Fabio.

Son sourire vaut toutes les concessions à mon embargo.

Quand elles sont sorties, Ange se lève et s'approche de moi.

– Tu m'en veux ?

– Ai-je une bonne raison de t'en vouloir ?

– Je ne sais pas, j'ai dit que tu étais têtue, tu n'étais pas censée entendre.

– Je pense qu'un bisou pourrait effacer l'affront subi.

Il dépose un chaste baiser tout sage sur mon front. Je le maintiens contre moi, l'attire pour que nos lèvres se touchent, les mains sur sa nuque, et il ne résiste pas quand ma langue se faufile dans sa bouche. Il sourit, même.

Je finis malgré tout par le libérer, on est un peu dans une maison de retraite. Il recule d'un pas et me sourit avant de passer son pouce sur le coin de ma bouche.

– Tu viens souvent la voir ? je lui demande.

– Quand je peux.

– Tu aurais pu me le dire.

– Pourquoi ?

– C'est gentil, je suis sûre qu'elle est ravie. Et puis, elle nous a reconnus tous les deux.

– Elle a de très bons moments.

– Oui, j'ai vu. J'ai l'impression qu'elle est heureuse, ici.

– Elle a de la compagnie, ça la change, elle adore ça. Tu as entendu pour le vote ?

– Oui, alors, toi aussi tu craques pour Fabio ? C'est les cheveux blonds, c'est ça, tu ne résistes pas ?

– Je préfère ne pas répondre. Viens, allons voter pour la huit.

Il passe son bras autour de ma taille et nous voilà en route pour sceller le destin de ces pauvres couvertures désuètes. Fabio est immortel.

« La brise s'immisçait dans ses cheveux qu'elle portait lâchés depuis qu'elle était revenue à la campagne, dans la maison familiale. Jamais elle n'aurait cru que la nature pouvait lui faire autant de bien. Mais depuis que Jonathan l'avait trompée, depuis que son univers s'était écroulé, il n'y avait rien que Nicky n'était prête à affronter. Retaper la demeure familiale dont elle venait d'hériter lui semblait le meilleur moyen de ne pas s'apitoyer sur sa vie. Un bruit la fit se retourner. Elle se retrouva

face à un inconnu qui la dépassait d'au moins une tête. Elle dut lever le menton afin de le regarder dans les yeux. Des yeux d'un gris semblable à celui que les nuages créaient dans le ciel ténébreux qui annonçait un probable orage. L'homme était musclé, beau, tentant... et représentait tout ce qu'elle cherchait à fuir.

– Qui êtes-vous?

– Le charpentier, nous avons rendez-vous.

Elle s'admonesta une gifle mentale pour avoir oublié la venue de l'entrepreneur qu'elle avait contacté afin qu'il établisse un devis pour tous ces travaux qui étaient hors de sa portée. Elle l'observa quelques secondes en silence avant de se reprendre :

– Oui, bien entendu.

Les muscles de son bas-ventre se contractèrent lorsqu'il sourit et dévoila une fossette sur chaque joue. »

– Ah. Je le savais. Il n'y a pas que moi qui suis sensible à cet atout!

Si les héroïnes de Fabio se font avoir, d'une certaine façon, ça me rassure. Alors que bon, elles se font avoir à peu près par n'importe quel attribut masculin.

– Mon premier mari avait des fossettes sur les fesses, déclare Roberta.

– Oh, je n'en ai jamais vu! s'exclame Annabelle, bien curieuse.

L'air de rien, je prends mentalement des notes pour proposer un article sur ce phénomène qui semble même faire rage chez le troisième âge. D'ailleurs, ça me donne carrément une idée d'article sur le troisième âge en général!

– Moi, j'en ai vu, de loin. Enfin, c'était une photo sur Internet, avoue Louise.

Que quelqu'un les arrête, je sens que ça va complètement dévier sur du grand n'importe quoi, cette histoire.

– Les fossettes sur le postérieur sont bien plus ravageuses que celles des joues, affirme Roberta. Mon premier mari savait qu'il lui suffisait de m'agiter ses fesses sous le nez pour obtenir ce qu'il voulait de moi. Absolument tout ce qu'il voulait. Il a même tenté d'user de ce stratagème lors du divorce!

– Pourquoi avoir quitté un homme tellement irrésistible ? je lui demande, épatée qu'elle ait pu tourner le dos à ces armes illégales.

– J'avais rencontré mon deuxième mari, il avait une cicatrice au sourcil et des fossettes aux joues. J'ai naïvement cru que ça pesait plus lourd dans la balance. Or, le temps m'a prouvé que les fossettes sur les fesses sont imbattables.

La discussion se poursuit un moment autour de ce qui faisait craquer ces dames chez les hommes. Enfin, je ne sais pas pourquoi je parle au passé, elles me semblent toutes très alertes, encore. Je suis sûre que je pourrais faire un bon papier sur le sujet.

Les commères évoquent les atouts des hommes qu'elles ont fréquentés dans leur vie, tombant toutes d'accord sur le fait que les fossettes sont loin devant dans le classement. Et moi, bien entendu, on me parle de fossettes, c'est à Ange que je pense. Il a dû repartir travailler après le dépôt de nos bulletins dans l'urne de l'élection du Fabio le plus sexy. Nous ne nous sommes pas donné rendez-vous. Nous avançons doucement, tranquillement, et je dois admettre que ça me plaît. Cette nouvelle séduction, ce temps que nous prenons à nous apprivoiser à nouveau. Cette véritable deuxième chance. Ça crée une tension sexuelle qui risque de nous exploser à la figure tôt ou tard, mais hé, ça promet des retrouvailles intenses…

– Lise ?

Je reviens dans la conversation et plusieurs paires d'yeux curieux me fixent.

– Quoi ?

– Tu pensais à Ange ? me demande Roberta.

– Vous le connaissez ?

Elles se mettent à glousser. *Glousser !* On dirait un poulailler en panique.

– Bien entendu ! Chaque fois qu'il vient rendre visite à Annabelle, elle a pour mission de nous l'amener ici, dans la salle commune.

– Pour mission ? je demande, craignant de comprendre de quoi il retourne.

– Il ne nous arrive pas souvent d'avoir de beaux jeunes hommes en chair et en os à admirer… Alors oui, c'est une mission capitale. La préservation de notre santé mentale est en jeu.

Je rêve. Ces grands-mères sont des obsédées en puissance !

– Vous matez Ange quand il vient ?

– Ben tiens, on va se gêner, ajoute Éléonore.

Non, sérieusement, elles commencent à me faire peur. Je dois protéger Ange de cette bande de cougars en chaleur.

C'est la première fois que j'utilise ma clef. *Sa* clef. Enfin, la clef de chez lui. Je suis mal à l'aise parce que je n'ai pas prévenu que je venais. Je sais qu'il est seul, c'est le jour où il fait la compta et je connais vaguement les horaires des autres. Je pourrais sonner, m'annoncer. Mais j'ai ma clef, j'ai envie de m'en servir. Symboliquement, ça compte beaucoup pour moi. Alors j'entre, sans bruit. Je me dirige directement vers le bureau. La porte en est ouverte et j'y trouve Ange en train de compulser une liasse de papiers, concentré.

Elles ont raison, à la maison de retraite, ce serait vraiment dommage de ne pas profiter de la vue qu'il offre. Il a remonté ses cheveux dans un élastique en un chignon qui se marie parfaitement avec sa barbe. Il est en tenue décontractée. Je ne vois pas ce qu'il porte en bas et, à en juger par le t-shirt, je me doute qu'il a son jean tout déchiré. Il ne m'a pas encore vue, alors je l'observe. J'hésite à le prendre en photo à son insu…

Il relève la tête, j'ai dû bouger un peu et le mouvement a attiré son attention. Il ne dit rien. Moi non plus. Je garde les yeux rivés sur lui. Il se lève, lentement. Très lentement. Chaque pas qu'il fait vers moi me provoque une contraction entre les cuisses, je ne vaux pas mieux que les vieilles de la maison de retraite. Je me demande ce qu'il penserait de se savoir réduit à l'état de toy-boy.

Il s'arrête juste devant moi, m'obligeant à relever la tête pour conserver le contact visuel.

– Tu voulais quelque chose ?

– Toi ?

Il sourit.

Je me hisse sur la pointe des pieds et pose les lèvres contre les siennes qui ne cessent de sourire. Ma langue retrouve rapidement la sienne, ses mains s'ancrent sur ma taille avant de remonter lentement le long de mon dos et de s'immobiliser sur ma nuque. Les miennes se glissent dans les poches arrière de son jean avant de le ramener contre moi. Plus près.

Ange

Plus près d'elle.

Toujours plus.

Jamais assez.

39

Lise

Nous sommes allongés dans son lit, habillés, et nous nous embrassons. Comme si nous étions redevenus ados. Et encore, je me souviens que lorsque nous étions effectivement adolescents, nous avions les mains bien plus baladeuses.

Il a délaissé sa compta pour passer un moment avec moi, pour profiter de ce rare moment de solitude dont nous bénéficions. Il s'écarte un peu de moi et je reprends mon souffle. Difficilement.

Je laisse ma main se promener du bas de son dos, où elle se trouvait, jusqu'à l'arrière de sa cuisse… puis je la ramène sur son érection. Il ferme les yeux et un petit soupir lui échappe. Je le frôle lentement, sans cesser d'observer ses réactions sur son visage. Je défais son jean et je le libère. Je le repousse sur le dos et descends en déposant de légers baisers sur le chemin. Jusqu'à arriver entre ses cuisses où je caresse toute sa longueur du bout de la langue. Il frémit, je l'entoure et commence des va-et-vient qu'il accentue en soulevant le bassin et en venant à ma rencontre. Mes lèvres se posent à son extrémité avant de s'entrouvrir pour le prendre le plus loin possible. Il gémit, je souris, il resserre les doigts dans mes cheveux, je suis excitée et je veux plus, tellement plus.

Il gémit encore, mon nom, mon surnom, il rejette la tête en arrière et appuie ses mains sur ma tête. Je trouve le bon angle. Je joue avec la langue, les dents, légèrement… Il accompagne mes mouvements des hanches. Je m'agrippe à sa cuisse de ma main libre et creuse un peu les joues. Il sursaute, je le refais, il jure. Il se redresse et je le prends plus loin, le plus loin possible, comblant le reste avec ma main refermée sur lui. Il tire un peu mes cheveux, je le sens se raidir sous ma langue, je le garde en moi. Il tente de m'avertir à nouveau, je n'ai pas l'intention de me reculer. Il jouit. Fort. J'avale chacun de ses gémissements. Je le caresse encore un peu, il est à nouveau étendu, je me relève.

Il est magnifique.

Allongé, les yeux fermés, encore sous l'effet de l'orgasme que je lui ai procuré.

Savoir que je suis capable de le mettre dans cet état me fait un bien fou. Dans tous les sens du terme.

– Viens là…

Il m'attire dans ses bras et je me retrouve allongée sur lui. Ses mains se posent directement sur mes fesses.

– Ton cul m'a manqué.

Je souris. Bêtement. J'ai probablement mon air de demeurée.

– Tes lèvres m'ont manqué.

J'accentue mon expression béate.

– Tu m'as manqué.

– Je sais.

– Reste manger avec nous, ce soir. C'est Sofiane qui cuisine, ajoute-t-il pour m'inciter à accepter.

– D'accord.

– Je dois travailler, avant, finir la compta.

– D'accord.

– Tu peux rester ici, ou venir avec moi, tu fais comme tu veux. Ne pars pas.

– D'accord.

Je crois que j'ai bugué pour de bon.

– Dis-moi d'arrêter, si tu ne veux pas.

Il déplace ses mains pour dégrafer mon jean. Je me tortille un peu pour lui donner un meilleur accès. Il me fait basculer sur le dos et se retrouve au-dessus de moi. Il retire lentement mon jean, sans me quitter des yeux. Qu'est-ce que ça m'a manqué. Pas uniquement ça, bien sûr, car cette intimité va bien au-delà du sexe. Me donner entièrement à lui, lui confier mon corps, sans aucune restriction.

C'est ma manière de lui montrer que rien n'a changé.

Il enlève mon t-shirt et, comme chaque fois, il retient sa respiration au moment où il réalise que je ne porte pas de soutien-gorge. Il est *toujours* subjugué alors que je n'en porte *jamais*. Et ça, ce regard, cet instant… c'est parfait.

Il me regarde quelques secondes. Je ne suis pas embarrassée. Jamais, avec lui. J'aime l'observer lorsqu'il fait ça. Que ses yeux glissent sur moi en une caresse abstraite dont l'effet est pourtant bien concret. Là. Entre mes cuisses. Je bouge un peu et ses yeux reviennent aux miens. Il descend sur moi, ses lèvres démarrant juste sous mon oreille, traçant un sillon humide jusqu'à mon ventre, mes jambes, puis plus haut, juste là. Il me pénètre de deux doigts alors que sa langue dessine de petits cercles, un peu au-dessus. Il me maintient contre lui d'une main, l'autre jouant tour à tour avec chacun de mes seins. Je sais que je ne vais pas tarder à jouir, il m'a trop manqué pour que ça dure. Je sens les premières vagues de plaisir monter : paresseuses, incertaines, crescendo… et je soulève instinctivement le bassin quand l'orgasme est à son paroxysme. Ses mains me maintiennent contre le matelas et il ne me relâche que lorsque je le repousse doucement, trop sensible pour en supporter davantage.

Ma respiration est hachée lorsqu'il se rallonge au-dessus de moi. Il s'essuie les lèvres du dos de la main avant de déposer une pluie de baisers dans mon cou, sur mes épaules, mes seins, partout. Je suis encore stone et il profite de cet instant vaseux pour murmurer à mon oreille qu'il m'aime, qu'il est désolé, qu'il ne me laissera plus partir, qu'il m'aime. Encore. Toujours.

Ange

Nous nous sommes endormis, j'ignore combien de temps. Je me réveille, excité, sa main entre mes jambes et ses lèvres dans mon cou. Elle me guide en elle.

Je voudrais lui faire l'amour. Mais j'ai besoin de plus.
Elle aussi.
Je me concentre sur son visage.
Sur le plaisir que j'y lis.
Pour moi. Et je ne retiens pas mes gestes.

Lise

Une goutte de sueur roule de son front à son nez. Tombe sur mes lèvres. Je sors la pointe de la langue pour la recueillir. Il m'embrasse avec autant d'empressement qu'il ne cesse de s'enfoncer en moi. Il soulève l'une de mes jambes et la replie sur ma poitrine. Je le sens mieux, je gémis de surprise. Je défais ses cheveux qui retombent autour de nous et en attrape une poignée pour l'attirer à moi. Il m'embrasse, c'est désordonné, brouillon, passionné et je relève l'autre jambe pour qu'il puisse assouvir ce besoin animal que nous avons l'un de l'autre. Il jouit soudainement et sa langue vibre contre la mienne, avant qu'il ne se laisse retomber sur moi. Il m'écrase un peu. Je m'en fous. Son souffle est erratique, le mien aussi. Il glisse sur le côté et m'attire contre lui avant de passer la main entre mes cuisses et de me caresser. Quelques secondes suffisent à provoquer l'orgasme qui attendait de se déverser en moi.

– Queen !

Anthony me saute dessus. Littéralement. Je suis sur le canapé, et maintenant, je suis prise en sandwich entre les coussins et lui. Heureusement qu'il est mince, avec un peu de chance, je sauve un poumon ou deux.

– Anthony… tu m'écrases.

– Désolé. Ça me fait tellement plaisir de voir que le blondinet a finalement arrêté de faire le con.

Il se redresse et m'aide à me rasseoir.

– Le blondinet est juste là, lui fait remarquer Ange qui semble être aussi ravi de voir son pote me toucher que lorsque je lui ai annoncé qu'il était le fantasme le plus populaire chez les femmes de plus de quatre-vingts ans.

– Tu restes manger ? C'est Sof qui cuisine, me demande Anthony en ignorant totalement la remarque d'Ange.

– C'est le plan.

– Je vous dérange ?

– Tu t'en sors avec ton article pour les reprises ?

Eh oui, j'ai été obligée de demander un délai, à court d'inspiration pour aborder le sujet d'un point de vue comparatif.

– Oui, je pense que j'ai trouvé le bon angle d'attaque.

– Hé ho… Je suis là, les gars.

– Super, tu me feras lire ?

– Bien sûr.

– Sinon, je peux vous laisser discuter…

– Ange, rends-toi utile, va nous chercher des bières, lui lance Anthony sans le regarder.

Je risque un coup d'œil et j'ai envie de rire, je me retiens. J'ai peur qu'à force il le prenne vraiment mal. Sauf que, sincèrement, il tire une de ces tronches…

– Tu ne peux pas y aller, toi ? Et laisser ma copine tranquille ?

– Ta copine ? Elle t'a dit qu'elle était ta copine ?

Silence.

– Lise, tu es sa copine ?

Je sens qu'il va éclater de rire d'un instant à l'autre. Et je prie pour qu'il soit aussi fort que moi et parvienne à résister. Il se fout de la gueule d'Ange, et je vais me mettre dans une situation délicate si jamais il cède et rit ouvertement. Car je serais alors obligée de me marrer aussi. Ce n'est pas charitable et Ange est tellement en insécurité par rapport à la situation qu'il ne réussit, lui, pas du tout à masquer ses sentiments. Il les porte comme une enseigne lumineuse clignotante au-dessus de sa tête.

– Non, je murmure à Anthony qui est sur le point de craquer.

– Si ! C'est trop…

– J'ai loupé quelque chose ? nous demande Ange, de plus en plus vexé.

Je secoue la tête en serrant les dents pour… trop tard. Anthony éclate de rire en se renversant sur le canapé et je fais appel à tout mon self-control pour ne pas le suivre.

– Je vais nous chercher les bières, je lance avant de me lever précipitamment et de m'enfermer à la cuisine.

Je les entends argumenter, Ange a pourtant l'air de finalement ne pas trop mal le prendre. Je suis convaincue qu'il s'en veut encore d'avoir frappé Anthony et, du coup, il le laisse lui mener la vie dure.

– Salut, tu as l'air épanouie.

Je tourne la tête et Audrey se tient à côté de moi, tout sourire. Sauf que le sien, de sourire, est sincère, innocent. Le mien était machiavélique en pensant à Ange et Anthony.

– Bonsoir, Audrey. Je m'occupe des bières, tu en veux une ?

– Avec plaisir. Alors, tu es de retour ?

– Je ne suis pas partie, je lui fais remarquer.

J'aime que la situation soit claire. Cette fois, je n'ai pas fui.

– Je sais, je voulais dire, ici, à la maison, avec nous.

– Oui, je suis de retour.

Je lui souris et lui tends sa bière avant d'en attraper trois et nous retrouvons les autres au salon. Sofiane arrive un moment après et nous accompagne en buvant quelques gorgées de la bouteille d'Audrey, avant d'aller préparer le repas. J'aime ce retour à la normalité, même si cette normalité n'a pas été très longue, j'ai quand même l'impression qu'elle prend le pas sur les années que nous avons vécues séparés.

Ange discute avec Anthony, Audrey me raconte ses dernières trouvailles en matière de *healthy food*. Tout va bien.

~~~

– Je n'aime pas que tu t'en ailles.

– Cesse de faire l'enfant, Ange. Je suis partie vingt-quatre heures.

Il me serre un peu plus contre lui. Nous sommes sur le palier de mon appartement et il ne semble pas avoir l'intention d'en bouger.

– On pourrait rentrer.

– Oui, pardon.
~~~

Il me relâche et me suit à l'intérieur. Nous nous installons au salon.

– Raconte-moi ta journée, je lui propose en m'allongeant et en posant la tête sur ses cuisses.

– On s'en tape, de ma journée. C'est maintenant, qui compte.

– Tu ne me dis jamais rien.

Il soupire et ferme les yeux. Je ne veux pas le pousser à me faire entrer de force dans sa vie, mais j'avoue que je commence à me vexer.

– C'est dur, Lise. J'ai des patients pour qui tout va bien et qui vont guérir rapidement, j'en ai d'autres qui sont en fin de vie, d'autres qui ont une vie de merde. On vient d'avoir cette nouvelle patiente, une gamine, elle…

Il passe ses mains sur son visage et reprend :

– Quand je rentre le soir, je n'ai pas envie d'en parler. Je suis obligé de faire la part des choses, sinon je ne tiendrais pas. On fonctionne tous comme ça. On quitte le dernier patient de la journée, on profite du trajet de retour pour faire la transition, et on passe à notre vie.

– Oh. Je ne savais pas, je comprends. Désolée.

Je me redresse et l'embrasse. J'aurais pu me douter de tout ça, je n'y avais jamais vraiment réfléchi. Et malgré tout, en m'expliquant pourquoi il ne souhaite pas aborder le sujet, je me suis sentie importante.

– J'ai quelque chose pour toi ! je lui lance en souriant, désireuse de changer l'ambiance un poil alourdie.

Il hausse un sourcil pendant que je fouille dans mon sac. Vraiment, il faut que je fasse le tri, un jour. Je sors des tas de trucs que j'étale sur le canapé entre nous parce que je n'arrive pas à remettre la main sur ce que je cherche. Il m'épargne tout commentaire sur le bordel de mon sac à main, ce dont je lui suis extrêmement reconnaissante. J'ai conscience qu'un couteau suisse, un protège-slip vieux de plusieurs années (neuf, hein, faut pas déconner), un paquet de chewing-gums vide, de la ficelle à rôti et une bougie parfumée ne sont pas incontournables dans le kit de la jeune femme active qui se respecte. Enfin je trouve la petite pochette, que je lui tends. Je ramasse mon désordre pendant qu'il l'ouvre. Il sourit et je mets mon sac par terre pour me rapprocher de lui.

– Je suis déçu…

– Hein ?

Il se fout de moi ? Je lui file la clef de chez moi et en plus il râle ?

– Tu aurais pu me faire un joli dessin.

– Et te filer des complexes ? Non, je suis magnanime, mon cher.

– Je vois ça.

Il m'allonge sur le dos et m'embrasse dans le cou, juste là, juste à l'endroit où il sait… Il sait que je ne peux pas lui résister quand il m'embrasse là. En même temps, soyons honnête, je n'ai aucune envie de lui résister.

– Comment veux-tu que je te remercie, Queen ? me murmure-t-il à l'oreille.

Étant donné qu'il a glissé une main sous mon t-shirt et qu'il me pince doucement le sein tout en appuyant son érection entre mes cuisses, j'ai un peu de mal à m'exprimer. Alors il répète sa question.

– Fort… je souffle.

– Fort ?

– Hum…

Ange

Je la regarde fermer les yeux et sourire.

Je la déshabille lentement.

Elle les ouvre et ne sourit plus.

– J'ai dit « fort ».

– Têtue ?

– Tu veux que je te fasse du mal, Ange ? Tu essaies de me pousser à te frapper ? J'ai des tas d'objets contondants dans mon sac à main, j'ai même un couteau suisse. Imagines-tu les tas de sévices corporels que je pourrais t'infliger, avec ?

Je ris et elle fronce les sourcils.

Alors je retire mon t-shirt, et mon jean suit rapidement le même chemin sur le sol. Elle m'attire à elle.

Elle est belle.

Je le lui ai déjà dit ? Je ne sais plus.

– Tu es belle.

Son regard s'adoucit.

– Merci.

– Ne me remercie pas pour ça.

– Je te remercie si je veux.

Têtue. C'est vrai. Je la fais taire en la pénétrant.

Fort.

Elle aspire de l'air d'un coup sec et gémit.

– Plus, me supplie-t-elle en plaquant les talons sur mes fesses.

Ses mains s'accrochent à ma nuque, les miennes sont autour de son visage. Je la regarde sans cesser de lui obéir.

Elle sait qu'elle peut me demander n'importe quoi.

N'importe quand.

N'importe comment.

Je le ferai.

Lise

– Caresse-toi, Queen.

J'ouvre les yeux et il m'observe. Toujours. Ça suffit à m'exciter encore plus. Je sais que je vais jouir rapidement, pourtant je lui obéis. Parce qu'il peut me demander n'importe quoi.

N'importe quand.

N'importe comment.

Je le ferai.

Mes doigts se posent, *là*, je commence à me caresser tout en percevant ses mouvements en moi. Je savais que je ne tiendrais pas longtemps. Il m'embrasse et absorbe chaque cri de plaisir qu'il provoque. Plus fort. Avant de me rejoindre. Brutalement.

Il se repose sur moi et nous reprenons lentement notre souffle.

– Liiiiiiiiise !

– Ta fille me traque sur le balcon.

– J'entends.

– C'est grave si ça ne me contrarie pas ?

– Elle te mène par le bout du nez, toi aussi.

– Liiiiiiii-seuhhhhh ! Lisssssssss-euh ! Liiiiiiiiiiiiiise !

– Cette gosse est une plaie.

Je le pousse et il me regarde, choqué.

– Tu vas y aller ?

Ah non, il n'est pas choqué par ce que j'ai dit au sujet de sa fille, juste parce que je compte la rejoindre.

– Les voisins vont finir par porter plainte pour tapage nocturne.

– Il ne fait pas vraiment nuit.

– Dis donc, c'est ta fille. Tu n'as aucune pitié.

– Aucune.

Il m'attrape par la taille et me ramène contre lui.

– Elle attendra, je ne t'ai pas vue depuis hier, j'ai la priorité.

– Quel père indigne !

Il sourit alors que sa fille beugle sans se décourager. Je me relève et me rhabille et il se met à bouder.

– Tu sais, Ange, je suis vraiment outrée que tu me fasses passer avant ta fille.

– Je ne te fais pas passer avant elle, je dis juste qu'elle est tenace, tu aurais pu attendre un peu avant d'y aller.

– Incroyable... Tu sais que j'ai une amie qui travaille aux services sociaux ? je le menace.

Je sors retrouver Emma qui s'arrête enfin d'alerter tout le quartier.

– Lise ! Je fais un club des filles, tu veux en faire partie ?

– Il y a qui dans ton club ?

– Toi et moi. Et je vais demander à Audrey.

– Un club ? Et moi ? demande Ange en nous rejoignant.

– C'est Lise que j'ai appelée, pas toi. Toi t'es qu'un garçon et moi les garçons ils m'énervent alors je fais un club que pour les filles.

– T'as entendu, boucle d'or ? Va faire à manger pendant qu'on tient notre première réunion du club de filles.

Je tends mon poing à Emma qui tape dedans avec le sien. Ange rentre en boudant, encore. Je me ferai pardonner plus tard. Je n'ai plus l'intention de m'éloigner de lui.

Jamais.

40

Ange

Je mets le live d'Alice In Chains sur sa platine.

Elle me fait signe d'approcher, un petit sourire en coin. Je m'assois sur le bord de son bureau et croise les bras. Elle place ses mains sur ses hanches et penche légèrement la tête sur le côté. Ses yeux se plissent et son sourire s'élargit.

Elle avance lentement vers moi, prédatrice, je scrute chacun de ses mouvements. Elle ne porte que son vieux t-shirt de Queen qui lui arrive à mi-cuisses et descend sur une épaule.

Elle est belle.

Sexy.

Elle se laisse tomber à genoux devant moi. Je me redresse un peu. Elle sourit toujours et me regarde par-dessous ses cils. Toujours trop maquillés. Deux éventails miniatures.

Elle ouvre mon jean sans me quitter des yeux. Même quand elle me prend entre ses lèvres, c'est mon visage qu'elle regarde. Je soupire. Elle me caresse. Je gémis. Je prends appui des deux mains sur le rebord. Elle se relève et s'éloigne.

Elle reprend sa place devant le lit et me fait à nouveau signe d'approcher.

Depuis que je suis tombé amoureux d'elle, je ne m'en suis pas relevé. Et je ne veux pas que ça arrive.

Jamais.

Note de l'auteure

J'ai toujours l'impression d'être à une remise de prix comme les Oscars quand je rédige des remerciements. Je ne sais jamais comment commencer ! Il y a tellement de personnes qui travaillent sur un livre, en coulisses, que j'ai peur d'oublier de nommer quelqu'un. Et si j'oublie quelqu'un, quels sont les risques que je finisse avec un contrat sur ma tête ? D'où cette inquiétude proche de l'angoisse…

On pourrait croire que l'auteur est un acteur important dans le processus de création d'un roman, en réalité, il n'en est rien. Je me la coule douce, et voici toutes les personnes qui ont vraiment bossé sur ce livre !

Jacinthe, pour commencer, qui a été la première à découvrir l'histoire d'Ange. Tu as donné vie au concept de « l'homme sans support » (comprendre qu'Ange, dans la toute première version, passait sa vie appuyé : contre un mur, l'encadrement de la porte, une table… c'était sa passion). Merci pour tes relectures, tes avis éclairés et tes remarques sans pitié qui m'ont aidée à avancer.

Sylvie, bien sûr, qui a cru en cette histoire pourtant sans prétention, qui l'a défendue, soutenue… et a travaillé dessus par la suite. Merci à toi d'être à la fois mon amie, mon éditrice, ma psy, mon coach de vie et mon binôme façon les Vamps, tout cela selon nos humeurs ! Juste un conseil : arrête de faire tomber ton téléphone. Et le mien. En te remerciant.

Cess, pour ta traque des détails comme la séparation du balcon qui nous a valu une discussion illustrée, entre autres. Merci d'être un véritable œil de lynx, de me rassurer et de m'avoir accompagnée tout au long de ce premier tome, et les autres !

Bérengère, merci de m'avoir fait rire quand tu tombais sur des passages bien ridicules. Je me souviendrai toujours maintenant du coup de la calculatrice dans le pantalon de yoga ! Avec Cess, vous êtes mon équipe de choc et je sais toujours où vous trouver pour vous harceler de mes incertitudes et de mes angoisses, comme de potins et autres paroles parfois bien trop audacieuses !

Lucie, tes avis éclairés, ton sens de la conquête du monde et tes remarques avisées m'aident à avancer, parfois même sans que je m'en rende compte. On les aura, tôt ou tard, dussions-nous créer notre propre créature hybride de Godzilla, Loki et Ben Barnes. Ou peut-être qu'il ne vaut mieux pas, finalement… Merci de m'accompagner dans cette aventure souvent intense qu'est l'écriture. Longue carrière à toi dans la romance, le polar, le fantastique…

Jane, une belle rencontre inattendue ! Merci à toi pour tes trucs et astuces, nos papotages, et les sous-titres des tomes de cette série qui sont cent pour cent de toi ! Quoi qu'il se passe maintenant, on y arrivera !

Lily, ma *community manager* personnelle qui fait aussi office de bêta lectrice, psy, coach de motivation et *partner in crime*, tout simplement ! Merci d'être montée dans le train de cette aventure parmi nos infirmiers préférés !

Ma maman, **Francette**, ne l'oublions pas. Merci pour tes relectures, ta traque de la coquille récalcitrante, ton absence de remarque quand tu lis une scène érotique écrite par ta fille (qui était encore un bébé il n'y a pas si longtemps !). Présente depuis le début, tu ne pouvais pas échapper à ces remerciements !

Ma fille, **Élanor,** mon mari, **Alexis,** et le chat, bien entendu, **Chewbacca**. Merci pour votre patience, car vivre avec une auteure en retard sur son planning, c'est gérer une maison presque à l'abandon, et vous le faites sans jamais me le reprocher. Vous êtes au top ! Par contre, on mange quoi, ce soir ?

Et comment boucler ces remerciements sans mentionner toute l'équipe des éditions **Hugo New Romance** ? Les **attachées de presse**, je vous fais un spécial *big up*, parce que vous le valez bien, toutes ! Mais une pensée particulière pour **Olivia**, **Stéphanie** & **Marion** avec qui j'ai travaillé en direct (ainsi que **Marie, Magali** et **Déborah** si je n'oublie personne, car les AP chez Hugo ça me fait comme les sept nains, il m'en manque toujours une !). **Laëtitia**, un *special thanks* aussi pour le magnifique travail sur les couvertures ! **Léo**, merci pour le travail final sur le texte ! **Hugo Boss**, merci d'avoir cru en mon texte, si tu me cherches lors du bilan, je risque de m'être planquée quelque part en Laponie (sauf si ce tome 1 cartonne, là je serai joignable). Et tous les autres, que je vous connaisse ou pas, toutes ces personnes de l'ombre qui font que ce livre peut exister : merci ! Ah, on me souffle dans l'oreillette que si je ne remercie pas Mélusine, la CM Hugo (et pas la sirène de l'histoire racontée brillamment par Lise), elle fera en sorte que mon livre n'apparaisse nulle part sur les réseaux sociaux. On l'a échappé belle ! Merci **Mélusine** d'avoir proposé d'être mon esclave personnelle ! Un jour, je t'offrirai une chaussette, promis ! Et un petit clin d'œil à la rambarde de l'autre côté de la route…

Et parce qu'il y a beaucoup de mon histoire et de moi dans ce roman, plus que ça n'a jamais été le cas, merci de prendre le temps de le lire, **vous** qui tenez ce livre et me soutenez, chacun à votre façon ! Je vous donne rendez-vous, je l'espère, pour l'histoire d'Anthony. Il paraît que [texte supprimé par l'éditrice pour cause de gros spoil] (non, je plaisante, je fais du faux teasing, pour que vous vous jetiez sur le prochain tome !) (ça a fonctionné ? Non parce que, sur un malentendu… on ne sait jamais !).

Fleur